"눈치챘느냐…… 저것이 전설의『붉은 달』이다……."

'일단 전설이라고 하면 뭐든지 다 그럴싸해 보인다니까.'

크림슨
_Crimson
“『붉은 달』은…… 아직인가!”
“『폭주』가 시작된다……”
메리
_Mary
he Eminence
Shadow
mber the moment anymore.
sired to become "The Eminence in Shadow"
could remember.
anga, or movie? No, whatever's fine.
come a man behind the scene,
what type I would be.

저거노트
_Juggernaut
"나는 감이 좋은 편이야!"
유키메
_Yukime
"사이좋게 지내고 싶은 것뿐이어요."

The Em
in Shad
Volume
엘리자
베트
_Elisabeth
The Eminence
The Eminence in Shadow

섀도우
_Shadow
The Eminence
“이번에는 좀,
진심으로
싸워주마……”

The Eminence in Shadow
알파
_Alpha
델타
_Delta
감마
_Gamma
“이것이, 그가 보았던 풍경……. 멀기만 하구나!”

베타
_Beta
뉴
_Nu

I can't remember the moment anymore.
Yet, I had desired to become "The Eminence in Shadow"
ever since I could remember.
An anime, manga, or movie? No, whatever's fine.
If I could become a man behind the scene,
I didn't care what type I would be.
Not a hero, not an arch enemy,
but the existence intervenes in a story and shows off his power.
I had admired the one like that, what is more,
and hoped to be.
Like a hero everyone wished to be in childhood,
"The Eminence in Shadow" was the one for me.
That's all about it.

The Eminence in Shadow

03

어둠의 실력자가 되고 싶어서! 03

되고 싶어서!
실력자가
어둠의

지음 아이자와 다이스케
일러스트 토자이

The Eminence in Shadow

I can't remember the moment anymore.
Yet, I had desired to become "The Eminence in Shadow"
ever since I could remember.
An anime, manga, or movie? No, whatever's fine.
If I could become a man behind the scene,
I didn't care what type I would be.
Not a hero, not an arch enemy,
but the existence intervenes in a story and shows off his power.

Not a hero, not an arch enemy,
but the existence intervenes in a story and shows off his power.
I had admired the one like that, what is more,
and hoped to be.
Like a hero everyone wished to be in childhood,
"The Eminence in Shadow" was the one for me.
That's all about it.

서장

The Eminence in Shadow

PROLOGUE

무신제에서는 클레어 누나가 우승했다.

로즈 회장이 난입하는 바람에 한때는 어찌 되려나 걱정했는데. 애드리브로 적당한 볼거리를 만들어서 다행이다.

전체적인 분위기가 완전히 그쪽으로 넘어갔었는데, '아, 이러면 되지 않을까?' 하고 순간적인 기지를 발휘해 내가 상황을 휘어잡은 패턴.

성공적이었다.

세상은 언제나 움직이고, 사람들도 뭔가 생각을 하면서 살아간다. 무대는 각본대로 진행되지 않는다. 앞으로도 유연한 생각을 중시하면서 어떤 상황에도 대처할 수 있는 애드리브 능력을 기르도록 하자.

뭐, 그래서 무신제가 끝나자 왕도는 일상으로 돌아갔다.

오리아나 왕국의 복잡한 사건 때문에 일부 사람들은 바빴던 것 같지만, 그건 일반 귀족인 나하고는 상관없었다. 평범하게 2학기가 시작됐다.

오리아나 왕국에서는 사람들이 무슨 파와 무슨 파로 갈라져 충돌하고 있는 것 같았다. 올해 안에 내란이 발생할지도 모른다는 소문이 자자했다. 내란이 일어나면 나도 꼭 난입하고 싶다. 아, 기대된다.

로즈 회장이 빠진 학교는 평소와 다름없었다.

불쌍하긴 하지만 어쩔 수 없지.

그 사건에 관해서는 치정 싸움이다, 왕위 계승권 다툼이다 하고 별의별 말들이 다 나왔지만 진상은 밝혀지지 않았다. 이유가 뭐든지 간에 나는 그녀가 살아가는 방식을 응원하니까. 어딘가에서 건강하게 잘 살기를 바란다.

누나는 우승하고 나서 한동안 바쁘게 지내는 것 같았다. 인사인지 파티인지 뭔지를 하면서 완전히 셀럽처럼 살던데, 가을방학 전에는 그 소란에서 벗어나 학교에도 돌아왔다.

일약 화제의 인물이 되었던 것이다.

그리고 이제 한가해진 누나가 날마다 귀찮게 굴었기 때문에 나는 하는 수 없이 우승 축하 파티를 열게 되었다.

그래서 현재 미쓰고시 상회 그룹의 레스토랑에서 나와 누나는 저녁식사를 하는 중이었다.

분명히『기간 한정 초특가, 가난한 사람의 행복 코스』로 예약했을 텐데. 어찌 된 일인지 호화찬란한 음식이 차려졌다. 신기하네.

"설마 네가 이렇게 유능한 줄은 몰랐어. 성에서 파티를 해도 이런 음식은 나오지 않았는데……."

화려한 음식들을 보고 누나가 말했다.

더군다나 여기는 개인실, VVIP룸이었다.

혹시 다른 사람으로 착각한 게 아닐까? 하고 화장실 갈 때 직원에게 확인차 물어봤다. 그러나 무슨 착오는 없는 것 같았다.

나중에 터무니없는 금액을 청구당할까 봐 내 간이 콩알만 해졌다.

아, 하지만 미쓰고시 상회 그룹이니까 감마의 친구로서 서비스를 받은 걸지도 모른다.

"실은 미쓰고시 상회의 회장님이 내 친구거든."

"거짓말."

"진짜라니까? 그래서 이렇게 서비스를 해준 걸 거야. 틀림없어."

"농담을 할 거면 좀 더 재미있고 알기 쉽게 하지 그래? 걱정 마, 의심은 안 하니까. 네가 나를 위해 최선을 다해줬다는 거, 다 알아."

누나는 생긋 웃었다.

이렇게 즐거워하는 누나의 모습은 오랜만에 본다. 나는 에이 뭐, 됐어, 그냥 넘어가자 하고 생각했다.

"미쓰고시 레스토랑의 음식은 참 좋아. 전부 다 참신하고 맛있어. 앗, 나 로스트비프는 처음 먹어봐."

"아, 그래."

그런 식으로 우리는 둘이서 식사를 즐겼다.

"안네로제는 패퇴했고, 아이리스 님은 도중에 기권했고, 지미나라는 정체를 알 수 없는 놈은 실격. 내가 우승한 것은 단순히 운이 좋았던 거야."

"그렇지."

"부정해라."

"아, 그건 아니야. 누나는 누나의 실력으로 우승한 거야!"

"맞아, 당연히 내 실력이지. 그러나 세상 사람들은 그렇게 생각하지 않아."

"뭐, 그건 그렇겠지."

"다시 말해봐."

"누나의 실력을 인정하지 않다니, 세상 사람들은 진짜로 보는 눈이 없구나?!"

"어쩔 수 없지. 서민은 원래 그런 거니까. 하지만 나는 누가 나를 얕보는데 묵묵히 참고 넘어가는 여자가 아니야."

"누나는 좀 얌전해질 필요가 있어."

"슬슬 화내고 싶어지는데."

"빌어먹을 우민들! 누나의 실력과 아름다움을 똑똑히 알게 해줄 테다!"

"물론 그래야지. 그러니까 너도 협력해."

"싫어."

"싫다는 대답은 거부한다. 이건 너에게도 도움이 되는 일이야."

"나에게 도움이 된다고?"

"그래. 넌 졸업하면 장래에는 어쩔 생각이야? 어중간한 성적으로는 좋은 직업을 가질 수 없어."

"어쩔 생각이냐니, 음……."

그러고 보니 졸업한 후의 미래는 별로 생각해보지 않았다. 가문은 누나가 이어받을 테고, 나는 무슨 직업을 가져야 할 텐데.

기사단처럼 화려한 것은 좀 아닌 것 같고.

좀 더 평범한 몸에게 어울리는 일…… 아, 그래.

"나는 문지기 A가 될 거야."

주인공한테 "통행료를 내지 않으면 통과할 수 없다!"라고 하는 역할.

"문지기 A? A는 뭐야?"

"흔하다는 뜻일걸?"

"저기요, 문지기 같은 것은 귀족이 할 일이 아니야. 애초에 그건 2교대이고 휴일도 거의 없어. 힘들고 박봉인 직업이야."

"아~ 그렇구나……."

휴일이 없는 것은 싫다. 어둠의 실력자 활동에 지장을 준다.

"그럼 감옥의 간수는?"

"더 끔찍하지. 쓰레기들을 상대하는 직업이야."

"으음~……. 에이, 미래의 직업은 미래에 정하면 되지. 나는 내가 하고 싶은 일을 할 수 있다면, 직업은 뭐가 되든 상관없어."

"뭐? 하고 싶은 일이 뭔데?"

"비밀이야. 나는 정말 중요한 것은 아무에게도 안 알려주거든."

"그래그래, 알았어. 하고 싶은 것은 하나도 없다는 뜻이지? 헛소리나 하면서 숙제를 나중으로 미루는 짓은 그만해."

"왜 그걸 그렇게 해석해?"

"너도 자신의 행동을 돌아보면 이해가 가지 않을까?"

"아니 뭐, 됐어."

"되긴 뭐가 돼. 네 장래에 관한 이야기야. 가을방학에는 시간 비워놔. 내가 시키는 대로 하면, 어떻게든 기사단에 넣어줄 테니까."

"뭘 하려는 건데?"

"후후. 곧 시조 흡혈귀 『피의 여왕』 토벌 작전이 시작될 거야. 너는 내 뒤에 붙어 있으면 돼."

누나는 호전적으로 웃었다.

저녁식사를 마치고 우리는 왕도의 밤거리를 걸었다.

계산할 때 돈을 주려고 했더니 필요 없다는 말을 들었다.

역시 감마의 서비스였던 걸까. 그런데 누나가 무신제에서 우승했으니까 그쪽 관련일 수도 있다. 어느 쪽인지 판단하기 좀 어렵네.

"기숙사 통금 시간 지났어."

"파티에 출석한다고 말해서 허가는 받아놨어."

"와, 역시 누나는 달라."

밤거리는 신기할 정도로 고요했다.

문득 하늘을 쳐다봤더니 초승달이 빛나고 있었다. 그 달이…… 왠지 모르게 평소보다 붉어 보였다.

"왜 그래?"

누나가 물어봤다.

"달이 평소보다 좀 붉은 것 같아."

"그래? 평소와 똑같아 보이는데."

"그런가. 하긴, 생각해보니 달의 색깔이 빨갛든 파랗든 별로 문제 될 건 없지."

하지만 빨간 것이 멋있다고 생각했다.

"아까 내가 『피의 여왕』 이야기를 하다 말았잖아."

"그랬나?"

"최근에 『피의 여왕』의 부하가 무법도시 바깥으로 나와서 사건을 일으키고 있다는 것은 너도 알지?"

그랬어? 몰랐다.

"그것을 중대한 사건으로 간주한 주변 국가들이 마검사 길드에 『피의 여왕』 토벌을 의뢰했어."

"흐음."

"그래서 일류 마검사들로 토벌 팀이 결성될 거야. 고집이 센 녀석들이 많으니까 팀이라고는 해도 서로 사이좋게 협력하지는 않을 테지만."

"오호."

"그래서 내가 너까지 덤으로 데려갈 수 있는 거야. 걱정할 필요는 없어. 너는 안전한 곳에서 구경만 하면 돼. 뒷일은 내가 알아서 할 테니까. 걱정 마, 나를 도와줬다고 하면 너도 공로를 인정받을 수 있을 거야."

"그렇군."

"여기서 공을 세우면 기사단에 꽂아 넣는 것쯤은 식은 죽 먹기야. 저번 파티에서 근위기사단 단장과 친해졌으니까, 네가 원한다면 내가 그분에게 잘 말해볼게."

"흐으음."

"토벌은 가을방학에 할 거야. 성급한 녀석들은 먼저 출발했을 테지만, 서두르지 않아도 괜찮을 거야."

그때 바람이 피 냄새를 실어 왔다. 진한 냄새. 누군가가 죽었을지도 모른다.

한발 늦게 누나도 눈치챘다.

"피 냄새다. 가까워."

누나는 멈춰 서서 어두운 뒷골목을 쏘아봤다.

"너는 뒤에서 따라와."

"알았어."

누나는 허리의 검에 손을 댄 채 뒷골목으로 들어갔다.

나도 좀 거리를 두고 따라갔다.

어두운 뒷골목에서 전진했더니, 저 안쪽에 검은 그림자가 웅크리고 있는 것이 보였다.

질겅, 질겅. 뭔가를 씹는 소리가 들렸다.

그래, 역시 죽었구나.

"……!"

누나는 경악의 비명을 꿀꺽 삼키고 검을 뽑았다.

인기척을 느꼈는지 검은 그림자가 이쪽을 돌아봤다.

그것은 피투성이 인간이었다.

아니, 아니다.

그것의 눈동자는 피처럼 붉었고, 헤벌어진 입에는 뾰족한 이빨이 있었다.

붉은 침이 돌바닥에 떨어졌다.

그것의 발치에는 무참히 뜯어 먹힌 인간의 잔해가 굴러다니고 있었다.

“무기를 버리고 투항…… 윽!”

“아아아아아아아!”

그것은 이를 드러내면서 누나에게 덤벼들었다.

인간이 아니라 짐승에 가까운 움직임.

누나의 검이 달빛을 받아 빛났고――이어서 그것의 몸통이 반으로 갈라졌다.

“충고는 했다.”

누나는 반으로 갈라진 그것에게 고했다.

그런데.

“뭐야, 아직도 살아 있어……?!”

그것은 상반신만 남은 채 바닥을 기어 오고 있었다. 팔을 쭉 뻗어 누나의 발을 붙잡았다.

“아아아아…….”

“끈질기구나!”

누나의 검이 그것의 목을 잘랐다.

그것의 머리는 돌바닥을 구르며 이빨 부딪치는 소리를 냈다. 딱, 딱, 공기를 깨물었다.

붉은 눈동자가 힘없이 누나를 노려보더니 잠시 후 침묵에 잠겼다.

뒷골목에는 숨 막힐 듯이 농후한 피 냄새가 퍼져 나갔다.

“이것은, *구울…… 설마『피의 여왕』의……?”

그것의 형태는 인간이었지만 피부는 혈색 없이 창백했다. 눈동자도 붉고 이빨도 날카로웠다.

짐승 같은 움직임. 생명력도 강해 보였다.

그러나 이성은 더 이상 남아 있지 않았을 것이다.

“구울은 흡혈귀의 부하인가?”

구울에게는 별 관심 없지만, 흡혈귀는 과연 얼마나 강할지 궁금했다.

“괴물…….”

누나는 고개를 숙이고 중얼거렸다.

“누나, 왜 그래……?”

“구울도 처음에는 인간이었던 거잖아…….”

“아마 그렇겠지.”

“요즘 들어 좀 무서워졌어. 언젠가는 나도 이런 식으로 변하지 않을까 하고. 이성을 잃어버린 괴물로…….”

“누나는 원래 이성이 없──.”

“──입 다물어. 로즈 왕녀는 〈악마 빙의〉였다고 해……. 뜬소문이긴 하지만. 그런데…… 아무에게도 말한 적 없지만, 사실 나는…… 〈악마 빙의〉일지도 몰라…….”

“응? 〈악마 빙의〉?”

옛날에 내가 치료해준 그건가?

“옛날에 내 등에 거무스름한 반점이 생겼었어. 무서워서 아무

*식시귀(食屍鬼). 인간의 시체를 먹는 괴물.

한테도 말을 못했는데, 그게 점점 더 퍼지는 거야. 그런데 어느 날 갑자기 상태가 좋아졌어. 어느새 거짓말같이 검은 반점이 싹 사라진 거야. 다행이다, 나았구나 하고 안심했었어. 하지만 최근에 자세히 조사해봤더니 〈악마 빙의〉란 것은 나을 수 없는 병이라는 거야. 혹시 그 검은 반점이 〈악마 빙의〉였다면, 언젠가 나는……."

"별로 걱정할 필요 없다고 생각하는데."

치료는 다 끝났으니까.

"흥, 바보야. 농담이었어. 내가 〈악마 빙의〉일 리 없잖아?"

누나는 웃었다. 그리고 밤하늘을 쳐다봤다.

"하지만…… 내가 언제까지나 같이 있어줄 수는 없을지도 모르니까……. 그러니까, 가을방학은 시간을 비워둬."

"어, 그래."

"이 이야기는 여기서 끝. 자, 기사단을 부르러 가자."

누나는 뒤돌아 걷기 시작했다.

문득 밤하늘을 우러러보니 오늘 밤의 달은 역시나 좀 붉어 보였다. 흡혈귀도 신경 쓰이고, 무법도시도 재미있을 것 같았다.

나는 기숙사의 내 방에서 베타의 이야기를 듣고 있었다.

학교 수업을 마친 밤 시간. 『섀도우 가든』의 정기 보고 시간이었다.

"무신제 사건으로 도엠의 입장이……."

"흐음."

누나의 이야기도 고려해서 이것저것 생각해봤는데, 역시 무법도시는 매력적이었다.

사실 요새는 도적 사냥도 안 했고, 무법도시는 한마디로 말해 도적 비슷한 놈들이 모여 있는 곳이고, 결국 도적의 것은 내 것이니까.

"엡실론도 활동하기 쉬워진 것 같습니다. 오리아나 왕국의 내부에……."

"흐음."

누나도 말했지만, 그 장래의 직업인지 뭔지 하는 거.

그건 요컨대 돈이 있으면 해결되는 문제잖아?

돈만 있으면 어떻게든 된다.

무법도시에는 도적 비슷한 놈들이 우글거리고 있다.

그놈들의 우두머리는 나쁜 짓을 해서 돈을 잔뜩 모았을 것이다.

그러니까 내가 그놈을 물리치고 보물을 가져오면 모든 문제가 해결된다. 좋아, 아주 간단하네.

"『섀도우 가든』의 전력도 순조롭게 확대되고 있으며, 알렉산드리아의 연구소에서는 증기기관 개발에 착수……."

"흐음."

평생 놀고먹을 수 있는 돈을 손에 넣으면 직업 따윈 아무래도 좋을 것이다.
오히려 그때그때 마음 내키는 대로 문지기도 되고, 호위병도 되고, 백수도 되고, 빵집 주인도 되면서 다양한 몹의 생활을 경험할 수 있을 것이다.
인간은 돈을 손에 넣음으로써, 돈에 얽매이지 않는 인생을 손에 넣는 것이다.
응, 방금 그건 명언이었어.
그러니까 무법도시에 존재하는 세 개의 세력 중 하나는 미안하지만 이제 괴멸 확정이다.
어느 세력으로 할까.
전부 다 해치워도 되지만, 한꺼번에 싹쓸이하면 훗날의 즐거움이 사라진단 말이지.
『피의 여왕』이 왠지 모르게 제일 흥미롭고, 시조 흡혈귀의 소멸 패턴도 얼마든지 망상을 할 수 있으니까 최고인데. 디저트는 끝까지 남겨놓고 싶은 마음도 있었다.
결정하기 어렵네.
그래도 현재로선 가장 유력한 멸망 세력은 역시『피의 여왕』일 것이다.
"이상으로 보고를 마칩니다."
"흐음."
"뭔가 미흡한 점이 있다면 얼마든지 말씀해……."
"냄새가 나……."
무릎을 꿇고 고개 숙이고 있는 베타에게 그렇게 말을 걸자, 그녀는 흠칫했다.
"무법도시…… 피 냄새가 나는구나……."
"다행이다, 내가 아니어서……."
베타는 조그맣게 중얼거렸다.
"『피의 여왕』이 움직이는 것 같던데……."
"그렇습니다. 『피의 여왕』과 『교단』의 연관성은 별로 없어서 따로 추적하고 있지는 않지만……."
"폭풍이 온다…… 피의 폭풍이……."
"피의 폭풍……?"
"달을 보아라. 베타."
"달……?"
나는 창밖에 떠 있는 좀 불그스름한 달을 가리켰다.
"아, 평소보다 붉은가요……?"
"눈치챘느냐…… 저것이 『붉은 달』이다……."
"——?! 설마, 저것이 전설의 『붉은 달』입니까……?!"
"……그렇다면 어쩔 테냐?"
멍하니 달을 바라보는 베타. 나는 피처럼 붉은 와인을 램프 쪽으로 들어 올려서 입에 머금었다.
전설의 『붉은 달』이란 말이지——.
일단 전설이라고 하면 뭐든지 다 그럴싸해 보인다니까.
"그, 그럴 수가…… 그렇다면, 무법도시는…… 아니, 그뿐만 아니라 주위에 있는 나라들도 괴멸적인 피해를……!"
"걱정하지 마라."

"하, 하지만, 이대로는 안 돼요! 당장 『섀도우 가든』을 파견하——!"

"걱정하지 말라…… 고 했을 텐데?"

"윽!! 시, 실례했습니다……."

나는 벌벌 떠는 베타를 내려다보면서 우아하게 다리를 꼬았다.

"이 건은 나에게 맡겨."

"설마…… 섀도우 님 혼자서 가시려는 건가요?!"

"불복하는 건가……?"

"물론 그것이 가장 확실한 방법이란 것은 저도 압니다만……. 그러나 섀도우 님께 혹시라도 무슨 일이 생기면, 저희는!"

"……걱정하지 마라."

나는 입꼬리를 움직여 웃었다.

"고작…… 달이 붉어진 것뿐이지 않느냐. 그렇지?"

"——?!"

베타가 눈을 휘둥그렇게 뜨고 나를 쳐다봤다.

처음에는 경악한 얼굴이었던 그 표정이 점점 부드러운 미소로 바뀌었다.

"제가 미처 알지 못했네요."

그리고 깊이 고개를 숙였다.

"고작 달이 붉어진 것뿐이다……. 전설의 『붉은 달』도, 섀도우 님 앞에서는 아무 의미가 없는 것이지요. 무운을, 빌겠습니다."

아~ 진짜로 달이 좀 불그스름한 것뿐인데, 어느새 그게 전설의 『붉은 달』이 되었네. 역시 베타는 굉장해.

"붉은 달도 아름답다고 생각하지 않아……?"

"후후…… 그러게요. 섀도우 님이 계시기 때문에 이렇게 아름답다고 느낄 수 있는 거겠죠."

"마시겠느냐……?"

"네! 감사합니다."

나와 베타는 달을 바라보며 와인을 즐겼다.

자, 가을방학에는 무법도시에서 화려하게 한 건 해볼까.

무법도시는 한마디로 말해 거대한 슬럼가다.

노숙자들이 모여 있고, 판잣집들이 늘어서 있고, 썩은 냄새가 진동하는 쓰레기장.

하지만 그것이 무법도시의 전부는 아니다.

왜냐하면 무법도시에는――세 개의 마천루가 우뚝 솟아 있기 때문이다.

"저것이 『피의 여왕』의 성. 『홍(紅)의 탑』인가……."

석양빛을 받으며 하늘 높이 솟아 있는 피처럼 붉은 탑을 우러러보며 그렇게 말한 것은 마치 악역 프로레슬러 같은 남자였다.

"왜? 퀸튼. 겁먹었어?"

그런 퀸튼에게 말을 건 사람은 금발 미청년이었다.

"겁먹긴 누가 겁먹어. 골드. 그냥 이렇게 높은 건물은 처음 봐서 그런 거야."

"흥……. 나도 전 세계를 돌아다니면서 싸웠지만, 확실히 이건 굉장한 탑이야. 올라가는 데에도 하루는 족히 걸리겠어."

두 사람은 『홍의 탑』을 우러러보며 한숨을 쉬었다.

마치 피의 나선처럼 하늘로 올라가는 『홍의 탑』. 이것이 어떻게 만들어졌는지 두 사람으로선 상상도 할 수 없었다.

"탑이 훌륭하다고 해서 거기 있는 놈들이 강한 것은 아니잖아? 자, 가자."

"한낱 건달들의 모임이니까. 『피의 여왕』은 우리가 해치운다."

퀸튼과 골드. 대조적으로 생긴 이 두 사람은 처음 이야기를 나눴을 때부터 신기하게도 마음이 잘 맞았다. 그것은 같은 사람에게 졌다는 공통점이 있어서일지도 모르지만, 어쨌든 두 사람은 무신제 이후로 사이좋게 같이 다니게 되었다.

두 사람은 해 질 녘의 무법도시를 걸었다. 중심부로 다가갈수록 황폐해진 슬럼가에서 다문화가 융합된 복합적인 도시로 점점 거리의 인상이 바뀌었다.

"놀라운걸……."

"그러게…… 조심해."

외부에서 볼 때에는 결코 알 수 없는 무법도시의 내부.

건물만 변한 것이 아니었다. 길을 걷는 사람들도 이제는 평범한 노숙자가 아니었다. 그들은 사냥감을 노리는 형형한 눈빛으로 두 사람을 보고 있었다.

변변찮은 놈은 하나도 없었다.
퀸튼과 골드도 그 사실을 이해했다.
언제든지 칼을 뽑을 수 있도록 경계하면서 전진했다. 그러자 잡다한 거리에서 음울한 통일감이 느껴지기 시작했다.
『피의 여왕』의 영역에 들어왔다는 증거였다.
두 사람 모두 공기의 변화를 감지했다.
"가깝군."
이 동네 주민은 이상하게도 눈에 띄지 않았다. 그러나 건물 안에서 뭔가 꿈틀거리는 기척이 느껴졌다. 『홍의 탑』도 꽤 가까워 보였다.
두 사람은 정신 바싹 차리고 전진했다.
이윽고 『홍의 탑』에 도착했다.
"여기가 탑의 입구……!"
퀸튼이 거대한 문으로 다가갔다. 문은 섬세하게 조각되어 있었다. 불길한, 인간이 아닌 존재를 묘사한 것이었다.
"가자."
퀸튼이 문에 손을 댄 순간.
"히힛, 기다려……."
누군가가 말을 걸었다. 쉬어빠져서 알아듣기 힘든 목소리였다.
손을 멈추고 주위를 둘러보자, 문 옆에 지저분한 누더기가 떨어져 있었다. 자세히 보니 희미하게 움직이고 있는 그것은——누더기를 뒤집어쓴 인간이었다.
"히힛, 너희는 문을 열 자격이 없어……."

누더기 인간이 그렇게 말하더니 몸을 일으켰다.

그것은 비쩍 마른 남자였다. 키는 퀸튼보다도 더 크지만, 볼이 홀쭉하고 눈은 움푹 들어가서 완전히 뼈와 가죽만 남은 상태였다. 푸석하고 지저분한 백발이 어깨를 덮고 있었다.

살아 있는 시체. 그렇게 형용하는 것이 가장 정확할지도 모른다.

"자격이 없다고?"

"이 문을 열어도 되는 것은 하인, 손님, 강자뿐이야……."

"아하…… 그래, 실제로 우리는 하인도 손님도 아니야. 그러나 『피의 여왕』을 사냥하러 온 강자다."

퀸튼은 그 백발 남자를 쳐다보고 히죽 웃었다.

그러자 상대는 눈알을 뒤룩 굴려 퀸튼을 내려다보더니 웃었다.

"히힛, 히히힛, 힛, 힛, 히히힛……."

"뭐가 그렇게 우스워?!"

"히힛, 힛, 나는 내가 멍청하다고 생각하는데…… 나보다 더 멍청한 자를 보는 것은 언제나 참 재미있어……."

"뭐라고?!"

"히힛, 주제를 알아야지……. 이렇게 되고 나서 후회해봤자 소용없거든……."

백발 남자는 누더기의 일부를 벗었다.

드러난 것은 그의 오른쪽 반신.

그런데 오른팔 전체가 없었다.

"이것이 4년 전 『피의 여왕』에게 도전했던 멍청이의 말로……

오른손잡이였던 그 멍청이는 오른팔을 잃고 지금은 꼴사납게 사육되는『경비견』이 되었어…….”

그의 목에는 쇠사슬이 달린 튼튼한 개목걸이가 채워져 있었다.

“흥. 나는 무신제의 용자 퀸튼이다. 그리고 이 녀석은『필승 금룡』골드. 너 같은 잔챙이와는 차원이 달라!”

“히힛, 모르겠는데……? 나보다 약한 놈의 이름은 기억하지 않는 성격이라서…….”

“뭐라고? 이 자식, 그러는 넌 누군데?”

“히힛, 난 한낱『경비견』이지……. 그러나 옛날에는……『하얀 악마』라고 불린 적도 있었어…….”

“『하얀 악마』? 몰라. 골드, 넌 알아?”

퀸튼이 골드에게 물어봤다.

“어디서 들어본 것 같기도 한데……, 미안, 기억이 안 나.”

골드는 고개를 옆으로 흔들었다.

그러나 그 눈은『경비견』을 주시하면서 경계하고 있었다.

“그렇대. 이름 없는 잔챙이 씨.”

“히힛, 뭐, 그래도 상관없어. 멍청이의 이름 따위는 망각되는 게 낫지…….”

“미안하지만 우리는 지나가야겠어.”

“나는『경비견』이라서……, 잔챙이를 지나가게 놔둘 수는 없어…….”

“……맘대로 해. 난 책임 못 진다.”

퀸튼은 자기 앞을 가로막는『경비견』을 노려보며 대검을 뽑아

들었다.
『경비견』도 왼손으로 가늘고 긴 외날 검을 뽑았다. 키보다도 더 큰 아름다운 칼이었다.
"조심해……, 퀸튼."
골드도 검을 빼 들고 말했다.
"조심하라니, 뭐를?"
"이 남자…… 능력을 측정할 수 없어."
"뭐? 뼈와 가죽밖에 없는 이 외팔이가? 말도 안 돼!"
퀸튼은 그 충고를 무시하고 상대에게 칼을 휘둘렀다.
대검의 궤적이 저녁 햇살을 받아 빛났고——그 직후, 핏방울이 튀었다.
"……어?"
반으로 싹둑 잘린 대검이 바닥에 떨어져 메마른 소리를 냈다.
"퀴, 퀸튼!!"
골드의 절규와, 배가 갈라진 퀸튼이 쓰러진 것은 동시였다.
"자…… 다음은, 너냐……?"
골드 앞에는 퀸튼의 피를 뒤집어쓴『경비견』이 서 있었다.
"젠장, 네 이놈!"
골드는 퀸튼을 벤『경비견』의 검 놀림을 전혀 보지 못했다.
그가 본 것은 허공에 뿌려진 핏방울과 부러진 대검뿐이었다.
무시무시한 실력이었다.
잘 쓰던 오른팔을 잃고 뼈와 가죽밖에 안 남았지만, 그래도 이 말라비틀어진『경비견』이 아득히 높은 곳에 있는 실력자란 것을 골드는 깨달았다.

하지만, 그럼에도 불구하고 골드는 검을 겨누었다.

퀸튼과 알고 지낸 시간은 짧았다. 그러나 그들은 패배를 딛고 다시 일어나겠다는 목표를 공유한 동지였다.

"안심해라……. 죽은 것은 아니야. 죽으면 써먹을 수 없게 되니까……."

『경비견』이 웃었다.

"네가 감히, 퀸튼을!!"

골드는 마력을 검에 집중시켜 그의 최강 기술을 사용했다.

"사신(邪神) 즉살(卽殺) 금룡검!!"

기술을 발사하려는 순간, 골드의 시선과 『경비견』의 시선이 부딪쳤다.

끔찍하게 충혈된 『경비견』의 까만 눈동자.

골드는 심연과도 같은 그 눈동자를 보고 『하얀 악마』를 기억해냈다.

"서, 설마, 너는……."

『경비견』의 입꼬리가 위로 올라갔다.

이 외팔이 『경비견』이 『하얀 악마』라면——.

골드는 절망적인 격차를 깨닫고, 순간적으로 자신의 검을 지면으로 내리쳤다.

"흐음……?"

엄청난 흙먼지가 일었다.

"퀸튼!! 반드시——반드시, 구하러 올게!!"

그렇게 외치면서 멀어지는 발소리.

"도망쳤나……? 나는 쫓아가지 않아……『경비견』이니까……."

검을 한 번 휘둘러 흙먼지를 일소한 뒤, 『경비견』은 빠르게 멀어지는 골드의 뒷모습을 바라봤다.

"히힛, 그런데…… 과연 무사히 도망칠 수 있을까……?"

『경비견』이 지켜보는 가운데 여러 집들의 문이 열리더니 『그들』이 골드를 덮쳤다.

"힛, 히힛, 히힛, 히히힛……!"

『경비견』은 하늘 높이 우뚝 솟은 마천루를 우러러봤다.

세 개의 마천루가 있고, 세 명의 지배자가 군림하는 이곳이 바로 세상의 쓰레기장——무법도시다.

이 세상 전체의 악과 부(富)와 힘이 모여드는 약육강식의 세계.

왕도, 기사도, 마물도, 아무도 간섭할 수 없다.

이곳은 무법도시.

이곳에서는 힘이 곧 법이다.

The Eminence in Shadow

I can't remember the moment anymore.
Yet, I had desired to become "The Eminence in Shadow"
ever since I could remember.
An anime, manga, or movie? No, whatever's fine.
If I could become a man behind the scene,
I didn't care what type I would be.
Not a hero, not an arch enemy,
but the existence intervenes in a story and shows off his power.

Not a hero, not an arch enemy,
but the existence intervenes in a story and shows off his power.
I had admired the one like that, what is more,
and hoped to be.
Like a hero everyone wished to be in childhood,
"The Eminence in Shadow" was the one for me.
That's all about it.

무법도시에서 도적 사냥을 하자!

The Eminence in Shadow
Volume Three
Chapter One

1장

가을방학.

나는 누나와 둘이서 무법도시로 향했다.

“여기가 무법도시인가. 냄새가 나네.”

“어쩔 수 없잖니? 슬럼가니까.”

누나는 시선으로 주위의 노숙자들을 위협하면서 말했다.

저 멀리 세 개의 탑이 우뚝 서 있는 것이 보였다. 볼링 핀처럼 쓰러뜨리면 재미있을 것 같았다.

“저 탑으로 가면 되는 거야?”

“아니, 다짜고짜 적의 본거지로 쳐들어가서 뭘 어쩔 건데? 마검사 협회가 거점을 준비해놨다고 하니까 우선 그쪽에 가서 정보를 수집할 거야.”

“아, 그래?”

나는 누나를 뒤따라 슬럼가를 걸었다. 잠시 걸었더니 노점들이 늘어선 장소에 도착했다.

이상한 음식, 수상한 약, 장물, 애완동물이 진열된 곳. 활기가 있어 보였다.

“거기 아름다운 아가씨! 이거 좀 보고 가! 싱싱한 애완동물이 입하됐어!”

“어, 나?”

“그래, 당신! 세상에서 제일 아름다운 아가씨!”

"흥, 보는 눈이 있네. 그럼 조금만 구경해볼까."
"누나, 저건 그냥 아부하는 거잖아."
"입 다물어."
나는 노점으로 끌려갔다.
"자, 이거 봐. 이게 방금 입하된 싱싱한 애완동물이야!"
가게 주인이 끌고 온 것은 구속용 목걸이에 얽매인 금발 청년이었다.
"마검사 노예 골드 군! 어때? 잘생겼으니까, 아름다운 아가씨에게 잘 어울리지 않아?"
골드 군의 얼굴은 집단 린치라도 당한 것처럼 엉망진창이었다. 그는 그 꼴로 "우…… 우……!" 하고 신음하며 뭔가 호소하고 있었다.
"얼굴이 엉망진창인데?"
"으음, 어디선가 본 듯한 느낌이 드는걸."
"하하하! 운반할 때의 충격으로 조금 상처가 났나? 좋아, 원래 3,000만 제니이지만 2,700만 제니로 깎아줄게!"
"비싸."
"아니아니, 아가씨. 이런 레벨의 마검사 노예는 외부에서 구매하려면 돈을 두 배는 더 줘야 하거든? 무법도시에서나 볼 수 있는 특별 가격이야!!"
"필요 없어."
"흥정을 잘하네, 아가씨! 알았어, 그럼 오늘은 특별히 한 마리 더 줄게!"

"'마리'로 계산하는구나."
"자, 이거 봐! 이놈도 싱싱한 마검사 노예, 퀸튼 군이야!!"
주인이 끌고 온 것은 복부에 커다란 상처가 난 악역 프로레슬러 같은 남자였다. 일단 상처를 치료하긴 한 것 같았다.
퀸튼 군은 "움, 우움……!" 하고 신음하면서 뭔가 호소하고 있었다.
이 녀석도 어디선가 본 것 같은데…….
"골드 군과 퀸튼 군, 두 마리 한 세트로 4,000만 제니다!! 이런 상품은 무법도시가 아니면 사지도 못해!!"
"배에 상처가 났잖아."
"오, 이놈도 운반할 때의 충격으로 흠집이 생겼나?! 알았어, 두 마리 한 세트로 3,700만 제니! 더 이상은 깎아줄 수 없거든?!"
"역시 필요 없어."
"뭐?! 아니, 아가씨. 이건 너무하잖아?!"
"난 이미 가지고 있거든."
누나가 그렇게 말하면서 내 머리를 거칠게 쓰다듬었다.
"아하~ 꼬마야, 넌 아가씨의 노……."
"아니야."
"자, 가자."
나는 누나에게 목덜미를 붙잡혀 끌려갔다.
그때 누군가가 주인에게 말을 걸었다.
"주인장. 두 마리가 3,700만 제니라는 게 사실인가? 그러면 내가 살게."

"물론 진짜죠. 감사합니다! 어? 당신은……."
"우, 우……!"
"움, 움……!"
두 마리가 팔렸나 보다.
둘 다 어디선가 본 듯한 얼굴이어서 신경 쓰였는데, 무사히 팔려서 다행이다.
어라?
저게 팔렸다는 것은 현재 저 노점에는 적어도 3,700만 제니의 현금이 존재한다는 것이고, 고로 저 가게를 습격하면…….
아, 아냐. 저런 작은 것에 만족하면 안 된다.
꿈은 크게 가져야지.
"야, 빨리 걸어."
"그렇게 잡아당기지 않아도 걸을 수 있어."
"이렇게 하지 않으면 네가 미아가 될 텐데?"
"미아 안 돼."
나는 걸으면서 저 멀리 우뚝 솟아오른 세 개의 마천루를 보았다.
빨간색, 하얀색, 검은색 탑이 각각 하나씩 있었다.
자, 어느 것으로 할까.

마검사 협회의 거점에 도착하자, 누나는 회의인지 뭔지에 불려 갔다.

아마도 유력한 마검사들만 모아서 의논을 하는 것 같았다.

나는 불려가지 않았다.

누나는 억지로 나를 참가시키려고 했지만 끝내 실패했나 보다.

누나는 "얌전히 기다려"란 말을 남기고 회의에 참가하러 갔다.

그래서 나는 얌전히 무법도시에서 산책을 하기로 했다.

밖으로 나갔더니 이미 해가 저물어 있었다. 잔광 덕분에 하늘은 아직 밝았지만, 동쪽 하늘에는 벌써 불그스름한 달이 떠올라 있었다.

날이 갈수록 점점 더 달이 붉어지는 느낌이 드는 것은 아마도 기분 탓이 아닐 것이다. 이세계의 달은 역시 지구와는 다른 건가…….

무법도시 사람들은 모두들 달에는 신경도 안 쓰고 돌아다니고 있었다.

눈앞에 있는 손님, 눈앞에 있는 사냥감, 오늘 하루를 살기 위해 그들은 필사적으로 움직였다.

그래서 나는 기념비적인 오늘의 열 번째 소매치기를 당하게 되었다.

나는 바지 주머니의 딱 적당한 곳에 지갑을 넣고 다녀서 자주 소매치기를 당했는데, 그때마다 꼬박꼬박 거꾸로 소매치기를 해줬다.

즉, 내 지갑을 되찾고 상대의 지갑까지 훔치는 것이다.
어차피 이 세상은 약육강식.
공격당하면 반격한다.
오늘 하루 만에 내 지갑의 돈은 4만 제니에서 11만 제니로 늘어났다. 참 신기한 일도 다 있다.
어쩌면 내 천직은 무법도시의 주민 A일지도 모른다.
산책만 해도 저절로 돈이 벌리는 이 도시는 나에게는 낙원이었다.
콧노래라도 부르고 싶은 기분으로 걷고 있는데, 돌연 비명소리가 들렸다.
"구울이다!! 구울이 나타났어!!"
오, 구울. 근처에 있나 보네.
무법도시 주민들의 반응은 신속했다. 싸우지 못하는 사람들은 즉시 도망쳤다.
그러나 비명 따위에는 신경도 안 쓰고 영업을 계속하는 노점도 많았다.
심지어 히죽히죽 웃으면서 비명소리가 난 곳으로 향하는 사람도 있었다.
"구울이 나왔대. 요즘에는 꽤 많이 나오네?"
"스트레스 해소나 할까."
어떤 사람은 주먹으로 뚝뚝 소리를 냈고, 어떤 사람은 나이프를 뽑았다.
응, 그래, 이해해. 나도 사건이 일어나면 구경하러 가는 타입이니까. 나는 몰래 그들을 뒤따라 현장으로 향했다.
비명소리가 났던 현장에 도착하자, 구울은 이미 붙잡혀 있었다.
다리가 부러졌나 보다. 바닥을 구르고 있었다.
"이 자식! 감히 내 팔을 물어?!"
걷어차이는 구울.
"제기랄! 돈 걸었다가 폭삭 망했어!! 너 때문이야!!"
밟혔다.
"마리한테 100만 제니를 바쳤는데도 차였어!! 네놈 탓이야!!"
부러졌다.
지면에 핏물이 퍼져 나간다.
응, 그래. 생명력이 강한 구울은 좋은 샌드백이란 말이지.
구울은 "아아아아……" 하고 신음하면서 무기력하게 당하고 있었다. 이것이 무법도시구나.
틀림없이 이 정도 사건은 무법도시에서는 일상다반사일 것이다.
피와 살육의 도시——좋아, 좋아.
"후후후……."
나는 희미하게 웃으면서 벽에 기대어 팔짱을 꼈다. 이 무법도시에서 수수께끼의 소년 같은『어둠의 실력자』를 연출하고 싶은 것이었다.
이윽고 실컷 얻어맞은 구울은 힘없이 축 늘어졌고, 집단 린치를 하던 남자들도 슬슬 질린 것 같았다.
이젠 거의 다 끝났나.

어느새 하늘도 상당히 어두워져 있었다.
돌아갈까? 그렇게 생각한 순간, 구울이 되살아나는 기척이 느껴졌다.
"히익!! 아, 안 돼!!"
남자가 비명을 지른 것과, 핏방울이 흩뿌려진 것은 거의 동시였다.
돌연 되살아난 구울이 남자에게 달려들어 그의 목을 콱 물어뜯은 것이다.
"이, 이놈이 왜 이래?! 평소랑 다르……?!"
또 한 명이 죽었다.
그러나 남자들은 동요하면서도 검을 뽑았다.
되살아난 구울은…… 붉었다.
피부도 눈동자도 피처럼 붉었다. 그것은 뾰족한 이빨과 손톱을 드러내면서——포효했다.
"그아아아아아아아!!"
구울이 짐승 같은 몸놀림으로 점프했다.
날카로운 손톱을 휘둘러 남자의 목을 잘라냈다.
"도, 도망쳐!!"
그 대단한 무법도시의 주민들도 도망치기 시작했다.
구울은 시체를 붙잡아서 뜯어 먹었고, 나는 벽에 기대어 "후후후……" 하고 미소 지었다.
자, 이제 어쩔까.
평소처럼 몹답게 도망칠까……, 이대로 수수께끼의 소년인 척해볼까.
무법도시 주민들은 어차피 두 번 다시 만나지도 않을 테니까.
이번에는 굳이 몹다움을 추구하지 않아도 될 것이다.
"후후후……."
으음.
내가 그렇게 고민하고 있는데.
문득 기척이 느껴져서 위를 쳐다봤더니, 붉은 구울의 머리 위에서 날씬한 검사가 뛰어 내려왔다.
검사는 착지하면서 검을 아래로 휘둘러 붉은 구울을 정수리부터 반으로 쪼개버렸다.
훌륭하군.
붉은 구울을 일도양단한 검사는 검에 묻은 피를 떨어내고 이쪽을 돌아봤다.
나와 그 검사의 눈이 마주쳤다.
칠흑의 의복을 입고 챙 넓은 모자를 쓴 날씬한 검사는——빨간 머리 미녀였다.
그 여자와 나는 한동안 서로 마주 보고 있었다.
"도망치는 게 좋을 거야……."
그녀는 의외로 귀여운 목소리로 그렇게 말했다.
"폭주가 시작된다……."
그러더니 심각한 얼굴로 하늘에 뜬 붉은 달을 바라봤다.
"달이 붉어……. 이제는, 시간이 없어……."
"당신. 이름이 뭐야……?"

자기 할 말만 하고 떠나려는 그녀를 불러 세웠다.

"나는『최고(最古)의 뱀파이어 헌터』메리……. 『피의 여왕』엘리자베트를 사냥하는 자……."

그리고 그녀는 밤의 어둠 속으로 사라졌다.

뭘까. 이 감정은.

이것은――.

이 느낌은――뭔가가 꿈틀거린다.

"후후후……."

나는 붉은 달을 쳐다보며 미소를 지었다.

거점으로 돌아가는 시간이 좀 늦어질 것 같은데…… 누나가 화내지 않았으면 좋겠다.

밤의 무법도시에서 가장 시끌벅적한 곳은 언제나 홍등가이다.

노출이 심한 옷을 입고 화려하게 꾸민 여자들이 길 가는 남자를 유혹한다.

그런 홍등가에서 갑자기 비명이 울려 퍼졌다.

"구울이다!! 구울이 나타났어!!"

하지만 이 정도 사건에는 이골이 났다.

즉시 창관의 경호원이 출동해서 구울을 퇴치한다.

늘 있는 일. 오늘도 그렇게 될 터였다.

"끼, 끼야아아아아아아아아아악!!"

창부의 절규와 동시에 경호원이 무참히 물어 뜯겼다.

홍등가에 나타난 구울은 평소와는 달리 붉었다.

붉은 구울은 경호원을 쉽게 산산조각 내고, 겁에 질려 굳어버린 젊은 창부를 덮쳤다.

"마리!!"

같이 일하는 창부가 그녀의 이름을 불렀지만 이미 늦었다.

그런데 그 직후, 붉은 구울이 반으로 갈라졌다.

"어……?"

두 동강이 나서 쓰러진 구울의 등 뒤에서, 칠흑의 롱코트를 입은 검사가 등장했다.

그는 칠흑의 칼을 휘둘러 피를 떨어내고 마리를 내려다봤다.

깊이 눌러쓴 후드 안에서 붉게 빛나는 두 눈동자.

"……!"

무감정한 그 눈을 본 순간, 마리는 공포에 떨면서 뒷걸음질쳤다.

"죽고 싶지 않으면 도망쳐라……."

칠흑의 남자는 지저에서 울리는 듯한 목소리로 말했다.

"——폭주가 시작된다."

그리고 칠흑의 남자는 붉은 달을 우러러보며 중얼거렸다. 어쩐지 근심 어린 모습이었다.

"『붉은 달』…… 남겨진 시간은 거의 없다."

최근 들어 묘하게 붉어진 달.

마리는 이상하게 여겼지만, 다른 창부들은 아무도 신경 쓰지 않았다.

달이 붉어져도 세상은 전혀 변하지 않는다. 다들 그렇게 생각했다.

"자, 잠깐만요……. 당신은 누구죠?"

마리는 칠흑의 남자를 불러 세웠다.

무서운 사람 같았지만, 그는 자신을 구해줬다.

적어도 감사 인사를…….

"내 이름은 섀도우……. 어둠 속에 숨어서, 어둠을 사냥하는 자……."

그리고 섀도우는 밤의 어둠 속으로 사라졌다.

"아…… 인사를……."

마리는 홀연히 사라져버린 섀도우를 찾으려고 이리저리 눈을 돌렸다.

"마리!! 괜찮아?!"

선배 창부가 마리를 꼭 끌어안았다.

"으, 응, 난 무사해……."

"다행이다……. 요새는 왜 자꾸 이런 일만 생길까? 『피의 여왕』인지 뭔지 몰라도……."

"아, 안 돼, 그런 말 하면……."

"흥, 몰라. 그나저나 저 녀석이 섀도우구나……."

"아는 사람이야?!"

"으, 응, 소문은 들었어. 학교를 습격하거나 성역을 날려버리거나 하면서 마음대로 설치고 다니는 조직의 두목이래."

좀 무섭긴 해도 나쁜 사람처럼 보이진 않았다.

"섀도우 씨는 악당이 아니야……."

"무슨 소리를 하는 거야? 이곳의 지배자들과 비슷한 대악당인데. 그런데 그 대악당이 대체 왜 무법도시에……."

"폭주가 시작된다고 했어. 또 달이 붉고, 시간이 없다고……."

그는 앞으로 일어날 일을 알고 있다.

아무도 신경 쓰지 않았던 붉은 달을 눈치채고, 그 이유를 알아낸 것이다.

마리는 그가 혼자서 모두를 지키려고 한다는 느낌을 받았다.

"뭔 소리야. 요새 『피의 여왕』 쪽이 어수선한데, 설마 섀도우와 협력해서 또 항쟁이라도 시작한다는 거야? 어휴, 못살아. 그때마다 희생되는 것은 늘 우리 같은 사람들인데."

"아냐, 섀도우 씨는…… 뭔가를 막으려고 온 거야."

"뭔가? 그 뭔가가 뭔데?"

"그건…… 모르지만, 틀림없이 엄청난 일일 거야."

무슨 일이 생기려는 걸까.

마리는 불안하게 붉은 달을 우러러봤다.

그러나 반드시 섀도우가 어떻게든 해결해줄 거라는 예감이 들었다.

"고마워. 섀도우 씨……."

섀도우가 사라진 어둠을 향해 마리는 중얼거렸다.

시드가 사라졌다.

클레어는 동생을 찾으려고 밤의 무법도시를 질주했다.

"시드, 이 멍청한 녀석!! 얌전히 기다리라고 했잖아!"

시드가 혼자서 거점을 떠났다는 말을 들었을 때 클레어는 정신이 아득해졌다.

지금쯤 노예가 되어 팔렸을걸? 하고 비웃는 협회 마검사를 때려눕힌 뒤 클레어는 거점에서 뛰쳐나왔다.

밤의 무법도시는 위험하다.

무법도시는 평범한 슬럼가가 아니다. 시드 같은 마검사 학교 학생은 이 도시 주민에게는 좋은 먹잇감에 불과했다.

"검은 머리, 검은 눈인 열다섯 살쯤 된 남자애를 혹시 못 보셨나요?!"

클레어는 지나가는 사람들에게 물어보면서 필사적으로 찾아다녔다. 당연히 클레어를 덮치는 주민도 있었지만, 그런 놈들은 모조리 물리쳤다. 무신제 우승자의 실력은 역시 만만한 것이 아니었다.

목격담을 바탕으로 찾아다니다가 클레어는 마침내 검은 머리 인간을 발견했다.

그러나——.

그는 뒷골목에서 구울에게 잡아먹히는 중이었다.

"머, 멈춰!!"

클레어는 재빨리 검을 뽑아서 구울을 순식간에 산산조각 냈다. 분노가 그녀의 검을 가속시켰다. 미친 듯이 바람을 가르는 소리가 났다.

그리고 클레어는 엉망진창이 된 검은 머리 남성의 시체 앞에서 털썩 무릎을 꿇었다.

"어떻게…… 이럴 수가……."

피에 젖은 검은 머리. 시드의 머리카락도 딱 이 정도 길이였다.

몸은 완전히 망가져서 도저히 식별할 수 없었다.

그러나 유력한 목격담은 이것밖에 없었다.

"미안해, 시드…… 내가 무법도시 같은 곳에 너를 데려오는 바람에……."

아직 시드라고 확인된 것은 아니었다.

그러나 클레어는 피투성이 검은 머리를 끌어안고 울었다.

지독한 후회와 미안함이 클레어를 짓눌렀다.

그런데 그녀의 등 뒤에서 한 사람이 다가왔다.

"……뭐야, 볼일 있어?"

클레어는 검은 머리를 끌어안은 채 질문했다.

"검은 머리 검은 눈의 소년을 찾아다닌다는 사람이 혹시 당신인가……?"

"……뭐?"

지푸라기라도 잡는 심정으로 뒤를 돌아보자, 그곳에는 아름다운 붉은 머리 여검사가 서 있었다.

"당신은……?"

"나는 메리. 뱀파이어 헌터다. 검은 머리 검은 눈의 소년이라면, 두 명 정도 짚이는 것이 있어."

"?! 가, 가르쳐줘!"

"첫 번째 소년은 좀 전에 봤다. 폭주한 구울 앞에서 '후후후……' 하고 웃고 있었지."

클레어는 그 모습을 상상해보고 즉시 부정했다.

"아니야. 내 동생은 그렇게 기분 나쁘게 웃지는 않아."

"그래? 두 번째 소년은 마검사였다. 『피의 여왕』의 부하에게 공격당해 그대로 끌려갔지……."

"뭐?! 그 사람, 어떻게 생겼어?!"

"수수하고 눈에 띄지 않는 느낌이었어……."

틀림없이 시드다.

"아아, 맙소사…… 시드……."

"미안하다. 구하려고 했는데, 너무 늦어서……."

"……하, 하지만, 끌려갔다는 것은 아직 살아 있다는 거잖아?!"

"아마도…… 그는……."

메리는 말을 할지 말지 망설이는 듯했다.

"뭔가 알고 있는 거야?!"

"그는…… 제물이 될 거야. 이제 곧 『붉은 달』이 시작된다. 그 전에 구출하지 않으면……."

"가르쳐줘! 시드는 어디 있어?! 어떻게 하면 구할 수 있어?!"

메리는 잠시 생각하는 것처럼 시선을 이리저리 옮겼다. 그러다가 산산조각 난 구울의 시체를 봤다.

"이건 당신이 한 거야?"

"응? 맞아. 내가 한 거야."

"당신이 협력해준다면…… 어쩌면……. 내 목적은『피의 여왕』엘리자베트. 그리고 당신의 목적은 동생을 구출하는 것. 우리는 협력할 수 있을지도 몰라."

이어서 메리는 클레어에게 손을 내밀었다.

"협력해준다면 모든 것을 이야기해줄게."

클레어는 주저 없이 그 손을 잡았다.

"협력할게. 시드를 구할 수만 있다면 난 뭐든지 할 수 있어."

"따라와."

메리는 골목길 안쪽으로 들어갔다.

클레어는 벌떡 일어나 피투성이 검은 머리를 휙 던졌다. 자세히 보니까 시드의 머리카락과는 전혀 달랐다.

"시드, 기다려. 누나가 반드시 구하러 갈게……!"

주먹을 불끈 쥔 클레어도 골목길의 어둠 속으로 사라져갔다.

클레어가 안내된 곳은 다 쓰러져가는 가옥이었다. 실내는 희한하게도 대량의 흙모래로 거의 뒤덮여 있었다.

먼지와 곰팡이 냄새가 가득한 그곳에서 메리는 램프를 켰다.

"일단 의자는 거기 있는데……."

메리는 여전히 서서 말했다.

"필요 없어."

그 의자는 앉으면 부서질 것 같았다.

"그래, 알았어. 클레어라고 했나? 당신의 동생은 아마도 『피의 여왕』 엘리자베트의 성 『홍의 탑』에 있을 거야."

"제물이라는 것은 무슨 뜻이야?"

"그것을 설명하려면 우선 『피의 여왕』 엘리자베트에 관해서 설명해야 해. 엘리자베트는 시조 흡혈귀라고 불리는 여왕이었어. 과거에는 그녀 외에도 시조라고 불리는 흡혈귀가 있었고, 세상의 밤은 흡혈귀가 지배했었어. 1,000년도 더 이전의 이야기지만……."

메리는 어딘가 먼 곳을 바라보는 듯한 눈빛으로 담담하게 이야기했다.

"흡혈귀는 세상의 밤을 지배했지만, 그 지배도 마침내 막을 내리게 되었어. 인간에게 흡혈귀의 약점이 알려졌거든. 흡혈귀는 점점 사냥을 당하는 신세가 되었어. 흡혈귀의 약점은 세 가지. 첫째, 심장이 파괴되면 죽는다. 흡혈귀는 경이로운 재생능력을 가지고 있어서 불사신으로서 공포의 대상이 되었지만, 심장이 파괴되면 더 이상 재생하지 못해. 이 사실은 흡혈귀를 두려워하던 인간에게는 큰 힘이 되었어. 둘째, 그들은 흡혈 행위를 하지 않으면 능력을 유지하지 못해. 장기간 피 없이 살아온 흡혈귀는 인간과 비슷한 능력밖에 발휘하지 못하게 돼. 그들은 종족적으로 반드시 인간과 공존할 수밖에 없으므로, 결코 인간을 멸망시킬 수는 없었어. 그리고 셋째, 그들은 햇빛을 쐬면 재로 변해. 아무리 흡혈귀가 강하고 인간이 약하다 해도, 햇빛만 비추면 누구나 그들을 죽일 수 있어. 함정에 빠뜨려도 되고, 주거지를 부숴도 되고, 방법은 얼마든지 있었어. 그리하여——낮은 그들의 처형장으로 변했다."

"자세히 알고 있네."

메리의 이야기를 들으면서 클레어는 그 지식에 감탄했다.

흡혈귀를 잘 아는 인간은 소수였다.

왜냐하면 흡혈귀란 것은 이미 과거의 존재이고, 그들이 인간에게 주는 피해는 근년에는 거의 없는 거나 마찬가지였으므로.

단, 무법도시는 예외였다. 무법도시의 『홍의 탑』만은 흡혈귀의 최후의 보루라고 알려져 있었다.

마검사 협회의 회의를 진행한 직원도 "흡혈귀를 확인한 적은 없고, 책에서 읽은 지식이 전부다"라고 말했었다.

"그들은 인간들에 의해 내쫓겼어. 이윽고 세상의 밤에서 흡혈귀는 사라지고, 모든 인간들이 그들의 존재를 잊어버리게 되었어. 그리고 1,000년 전에 그 끔찍한 사건이 일어났지……. 『붉은 달』이 하늘에 떠오른 어느 날 밤, 고작 하룻밤 만에 한 나라가 멸망했다. 지금은 그 이름을 기억하는 사람조차 없는 작은 나라였어……. 그것은『피의 여왕』엘리자베트와 그 권속(眷屬)의 소행이었다."

"『붉은 달』이라니, 최근에 묘하게 붉어진 달 말이야……?"

클레어의 질문에 메리가 고개를 끄덕였다.

"『붉은 달』은 흡혈귀와 그 권속의 능력을 비약적으로 상승시킨다. 궁지에 몰린 그들은『붉은 달』이 뜬 밤에 반역을 개시한 거야.『붉은 달』은 3일 동안 지속됐어. 최초의 하룻밤 만에 나라 하나가 멸망했고, 나머지 두 번의 밤에 세 개의 나라가 괴멸적인 피해를 입었다.『붉은 달』이 끝나자『피의 여왕』과 그 권속은 홀연히 자취를 감췄고, 그 후 사람들이 그들의 존재를 잊을 때까지 모습을 드러내지 않았어……."

"설마 다시 한 번 흡혈귀들의 반역이 시작된다는 거야?"

메리는 고개를 끄덕였다.

"그들은 인간을 한낱 가축이라고 생각해. 가축한테 쫓겨난 굴욕을 그들은 결코 잊지 않아. 현재『피의 여왕』은 1,000년 동안 긴 잠에 빠져 있어. 무법도시의 흡혈귀들을 통솔하는 것은 크림슨이라는 측근 흡혈귀다.『붉은 달』이 시작되면 크림슨은『피의 여왕』을 부활시킬 거야. 그리고 1000년 전의 비극이 또다시 되풀이될 테지……."

"설마, 제물이란 것은……?"

동생의 얼굴이 클레어의 뇌리에 떠올랐다. 목소리가 떨렸다.

"『피의 여왕』이 부활하려면, 마력이 풍부한 젊은 남자의 생피가 필요하다. 클레어의 동생은『피의 여왕』에게 제물로 바쳐질 거야…….”
“그러게 놔둘 수는 없어! 『붉은 달』은 언제 시작되는데?!”
메리는 구멍 난 벽을 통해 바깥의 달을 쳐다봤다. 달은 이미 심홍색으로 물들어 있었다.
멀리서 비명소리 같은 것이 들렸다.
“지금, 시작됐다…….”
이어서 무법도시의 밤에 사람들의 절규가 울려 퍼졌다.
“구울이다아아아아아아아아아앗!! 도, 도망쳐!!”
사람들이 난리를 치고, 피 냄새가 도시 전체에 퍼졌다.
“폭주가 시작됐다……. 『붉은 달』은 그들에게 절대적인 힘을 부여한다. 그러나 그 대가로 억제하기 힘든 흡혈 충동에 시달리게 되지. 이것이 모든 것의 시작…….”
“윽!! 그럼, 시드는?! 내 동생은 『홍의 탑』에 있는 거지?!”
“잠깐만.”
뛰쳐나가려는 클레어를 메리가 불러 세웠다.
“크림슨은 완벽을 기하기 위해, 달이 가장 붉게 물드는 순간에 『피의 여왕』을 부활시킬 것이다. 아직 한나절 정도는 시간이 있어.”
“한나절? 한나절 후면 대낮이잖아?”
“『붉은 달』은 3일 동안 지속된다. 3일간 밤이 끝나지 않아. 걱정 마, 계책이 있으니까.”
메리는 그렇게 말하더니 낡은 마루판을 뜯어냈다.
“나는 이날을 위해…… 굴을 팠어.”

"……굴?"

클레어는 고개를 갸웃거렸다.

실제로 그것은 굴이었다.

마루판이 있었던 곳에는, 인간이 기어서 지나갈 만한 굴이 뚫려 있었다.

"『홍의 탑』에는 평소에는 수많은 권속들이 있어서 침입할 수 없어. 그러나『붉은 달』이 시작되면 그들은 밖으로 나온다. 이것은 그 탑에 침입할 절호의 기회……."

"즉, 이 굴은……?"

"지상에서 침입하기는 어려워. 그래서『홍의 탑』아래까지 굴을 파놓은 거다."

"……그렇군."

"마지막으로 확인하고 싶다. 나의 목적은『피의 여왕』엘리자베트를 살해하는 것. 클레어의 목적은 남동생을 구출하는 것. 고로 서로 협력한다. 맞지?"

"맞아. 잘 부탁해, 메리."

"잘 부탁한다. 클레어."

두 사람은 누가 먼저랄 것도 없이 손을 내밀어 악수했다.

"자, 그렇게 정했으니 빨리 가자. 시드, 기다려."

클레어는 망설임 없이 굴 속으로 들어가 전진했다.

메리는 클레어를 먼저 보내더니 고개를 돌려 다시 한 번 붉은 달을 쳐다봤다.

그 눈동자는 어쩐지 서글프게 흔들리고 있었다.

"엘리자베트 님, 이제 얼마 남지 않았습니다……."
그녀는 작게 중얼거리더니 클레어의 뒤를 따라갔다.

내가 마검사 협회의 거점으로 돌아와보니 누나가 없었다.
누나도 산책하러 간 걸까?
심심하다. 잠이나 자면서 기다려야지.

——눈을 뜨자 무법도시가 난장판이 되어 있었다.
"이건……."
날이 밝았어야 할 시간인데도 여전히 어두웠다. 하늘에는 심홍색 달이 떠 있었다. 그리고 도시에서는 구울이 날뛰고 있었다.
"설마, 『폭주』인가……?"
메리라는 소녀가 말했던 중요 키워드.
거점에서는 긴급회의를 열고 어떻게 대응할지 정하는 중인 것 같았다.
어수선한 분위기가 느껴져서 즉시 일어났으니까 아마 괜찮을 테지만, 이벤트에 늦진 않았겠지?
나는 거점을 빠져나와 높은 건물 옥상에 올라서서 칠흑의 옷을 입었다.

"마침내 이 순간이 왔구나……!"

틀림없다. 이것은…… 진짜다.

진짜로 거창한 뱀파이어 이벤트가 발생한 것이다!

나는 가면 뒤에서 의미심장한 미소를 지으며 칠흑의 롱코트를 펄럭였다.

키워드는 『붉은 달』 『폭주』 『피의 여왕』인가…….

아, 그리고 『최고의 뱀파이어 헌터』 씨도 있었지. 꼭 이벤트 도중에 접촉하고 싶다.

어렵지만 가장 재미있는 루트를 구축해야 한다.

이런 전개라면, 아마도 최종 목표는 『피의 여왕』 토벌.

그러니까 『홍의 탑』에서 혼란을 틈타 이익을 취하는 일석이조 계획을 기본으로 하고, 고도의 유연성을 유지하면서 임기응변으로 대응하면 될 것이다.

아 참, 누나는 아직 돌아오지 않았다.

하지만 터프한 아가씨니까 괜찮을 것이다. 누나의 성격상 이미 『홍의 탑』에 돌입했을 가능성도 있다.

자, 그럼 이벤트를 주지하면서 구울을 사냥해볼까.

마리는 그날의 마지막 손님을 떠나보내고 방문을 닫았다.

달빛이 비치는 방 안, 흐트러진 시트를 무시하고 대충 벗어둔 속옷을 주웠다.

속이 비치는 그 속옷을 입고 침대로 다이빙했다. 아름다운 옆얼굴이 베개에 파묻혔다.

오늘은 많은 일이 있어서 지쳤다. 손님의 질도 별로 좋지 않았고…… 이제 그만 자자.

"으음……."

그러나 체액에 젖은 시트와 방에서 나는 냄새가 불쾌했다. 마리는 한숨을 쉬고 창문을 열었다.

숨 막히는 냄새가 서서히 사라져갔다. 그 대신 외부의 소음이 흘러 들어왔다.

"어? 무슨 일이라도 생긴 걸까……."

평소 같으면 하늘이 밝아질 시간이다. 홍등가도 일을 마치고 잠드는 시간.

그런데 오늘은 날이 밝지 않았고, 도시 전체가 왠지 부산스러웠다.

그리고 밤하늘에는 여전히 새빨간 달이 떠 있었다.

먼 곳을 보니 화염이 건물을 태우고 있었다.

화재였다.

바람을 타고 온 연기 냄새가 어렴풋이 느껴졌다.

그런데 그보다도 더 생생한 금속 비린내 같은 것이 코를 찔렀다.

화재 현장은 멀었다. 여기까지 불이 번지지는 않을 것이다.

그러나 평소와는 뭔가 달랐다. 허둥지둥 거리를 뛰어가는 주민들. 왜 저렇게 허둥거리는 걸까.

그저 화재가 났을 뿐인데.

창가에 서 있는 마리를 붉은 달이 아름답게 비추었다. 하얀 피부에 검은 속옷이 잘 어울렸다. 적자색 머리카락과 눈동자는 달빛 아래에서도 선명하게 드러났다.

이런 미인이 속옷만 입고 창가에 서 있으면 저절로 멈춰 서는 남자도 있을 것이다. 평소 같으면.

그런데 오늘은 아무도 없었다.

묘하게 차가운 눈빛으로 마리는 먼 곳의 화재와 홍등가를 내려다봤다.

열세 살 때 팔려서 5년 동안 이 도시에서 살았다. 무법도시에 들어온 지 얼마 안 된 주민들은 누구나 바깥세상으로 돌아가고 싶어 한다. 그러나 시간이 흐를수록 그런 생각은 점점 희미해지고 어느새 무법도시에 적응하게 된다.

마리는 아직 포기하지 않았다.

그러나 포기하면 편해질지도 모른다. 최근에는 그런 생각을 하게 되었다.

마리는 이 홍등가에서도 손꼽히는 창부이지만 1등은 아니다. 여주인은 마리가 적극적으로 일하면 1등이 될 수 있을 거라고 말했다.

틀림없이 그런 식으로 살아가는 것도 잘못은 아닐 것이다. 모든 것을 잊고 오직 하룻밤의 사랑과 쾌락에 푹 빠져버리면…….

"휴……."

오랜만에 바깥세상을 생각했다. 조금씩 바깥세상은 잊어버리고 조금씩 무법도시에 익숙해지면서, 모두들 이 도시에 녹아들어 가는 것이리라.

자신도 언젠가는 반드시…….

마리는 창문을 닫으려고 했다. 그런데 그때.

"꺅!"

짐승 한 마리가 창문을 통해 안으로 뛰어 들어왔다.

아니, 그것은 짐승이 아니라, 짐승처럼 움직이는 인간 비슷한 것——구울이었다.

"아, 아아……."

좁은 실내에는 도망칠 곳이 없었다.

마리는 바닥에 주저앉아 슬금슬금 뒤로 갔다.

구울은 날카로운 이를 드러내며 웃더니, 속옷만 입은 마리에게 덤벼들었다.

"아, 안 돼……."

눈물이 흘러내렸다.

그 순간 마리는 죽음을 각오했다.

"도망치라고…… 했을 텐데."

낮은 목소리가 울려 퍼졌다.

순식간에 구울이 산산조각 났다.

살점이 후드득 떨어지고 방 안에 피가 튀었다.

"다, 당신은……."

칠흑의 칼을 들고 있는 낯익은 그의 모습을 본 순간, 마리의 가슴이 두근거렸다.

그곳에 있는 사람은 칠흑의 롱코트를 입은 남자——섀도우였다.

"폭주가 시작됐다……. 보아라, 거리가 피로 물드는구나……."

"거리가……?"

마리는 시트로 몸을 가리고 바깥을 내다봤다.

"……끔찍해."

어느새 거리는 피로 물들어 있었다.

참혹한 살덩어리와 날뛰는 구울들. 미처 도망치지 못한 창부들이 가게 밖으로 나왔다가 공격당하고 있었다.

"앗, 위험해……!"

그중에는 마리의 선배도 있었다. 무의식중에 소리를 질렀다.

그러나 그 직후, 선배에게 덤벼든 구울이 갈가리 찢어졌다.

"폭주가 시작됐어……. 피의 폭풍이 휘몰아친다……."

그곳에 있는 것은 칠흑의 롱코트를 입은 남자.

"아앗?!"

마리가 옆을 돌아보니, 그곳에는 이미 아무도 없었다.

"도망쳐라. 너무 늦기 전에……."

그때 길 저편에서 비명소리가 들렸다.

한순간 마리는 그쪽에 정신이 팔렸다. 그새 섀도우는 홀연히 사라져버렸다.

"폭주가…… 피…… 도망……."

어디선가 목소리만 들려왔다. 구울의 시체가 허공을 날았다.

자세히 보니, 길에 널린 살점도 피도 전부 다 구울의 것이었다.

그의 모습은 보이지 않았지만, 흩어지는 구울의 살덩어리가 점점 멀어지는 것은 알 수 있었다.

"사람들을…… 구해주는 건가?"

마리의 직감은 틀리지 않았다. 역시 섀도우는 구하러 와줬다.

마리는 속옷 위에 옷을 걸쳐 입고 재빨리 짐을 싸서 2층에서 뛰어내렸다.

"고마워, 섀도우 씨……."

마리는 뜨거운 눈동자로 섀도우가 사라진 방향을 바라봤다.

언젠가는 섀도우에게 이 은혜를 갚겠다고 속으로 결심하면서――마리는 혼란을 틈타 도망치기로 했다.

마검사 협회는 수세에 몰리고 말았다.

일류 마검사들을 모아서 구울들의 폭주에 대처했지만, 강화된 구울과 압도적인 물량 앞에서 후퇴하지 않을 수 없었다.

"『철완』 그레인도 부상당했어!! 후퇴한다!"

"이 멍청아――! 거긴 너희의 담당 구역이잖아!! 교대할 사람이 누가 있어?!"

"아, 몰라!! 부상자가 있다고! 그럼 이대로 죽으란 거냐?!"

큰길에서 구울에게 포위된 마검사들은 필사적으로 저항을 시도했지만, 끊임없이 몰려드는 구울한테 점점 밀리고 있었다.

"여러분! 제멋대로 행동하지 말아주세요!"

『피의 여왕』 토벌 작전의 지휘를 맡은 마검사 협회의 엘리트 직원 클로디아가 필사적으로 외쳤지만, 사기는 자꾸만 저하됐다. 붕괴는 시간문제였다.

거리는 구울의 시체로 뒤덮여갔다.

누가 뭐래도 일류 마검사 집단이니까. 개개인의 실력은 구울보다 뛰어났다.

그러나 설마 이렇게까지 많은 구울이 한꺼번에 밀려올 줄은 몰랐다.

아마 이것은 오랜 세월에 걸쳐 준비해온 계획적인 범행일 것이다.

이만한 마검사들을 데려왔는데도 『홍의 탑』의 발치에도 다가가지 못했다. 이것이 무법도시의 1/3을 지배하는 『피의 여왕』의 힘인가…….

마검사 협회에서도 옛날부터 "무법도시에는 손대지 마라"라는 말이 전해져 내려왔었다. 클로디아는 그 말의 의미를 이해하고, 그것을 무시했던 마검사 협회 상층부의 판단을 저주했다.

"빌어먹을 영감탱이들."

클로디아는 평소에는 결코 입 밖에 내지 않는 욕을 뱉었다. 엉덩이를 만지는 성희롱 영감탱이, 가슴을 뚫어져라 보는 음흉한 영감탱이, 끈덕지게 밤에 같이 놀자고 권유하는 발정 난 영감탱이, 그리고 또…… 아아, 진짜 끝도 없었다.
클로디아는 상부의 지시를 무시하고 철수 명령을 내리기로 결심했다. 그러다가 혹시 강등된다면, 그 영감탱이들을 시원하게 패주고 사표 낼 거다.
그런데 현재 그들은 구울 무리에 둘러싸여 고립되어 있었다.
여기서 철수하는 것도 쉽지 않을 것이다.
"이미 늦었나……."
클로디아는 자조했다. 결단은 좀 더 빨리 할 수 있었을 텐데.
몸을 사리느라 결단을 미뤘던 자기 자신이 제일 어리석은 인간이었다.
클로디아는 허리의 검을 뽑아 들고 각오를 다졌다.
마검사 협회의 빌어먹을 영감탱이들을 위해 목숨을 걸 생각은 없었고, 제멋대로인 근육덩어리 바보 마검사들도 솔직히 어찌 되든 상관없었다.
그러나 제때 판단을 하지 못한 자신의 실수는 스스로 책임져야 했다.
"철수합니다! 제가 맨 끝에 설게요!"
본디 클로디아는 마검사로 시작해서 여기까지 출세한 것이었다. 이래 봬도 검술 실력은 자신 있었다.
"오케이, 야, 철수한대!!"
"뒤는 맡길게! 간다!"
줄줄이 후퇴하는 마검사들.
클로디아는 구울을 베면서 '누구 한 명 정도는 남아도 되잖아?!' 하고 속으로 소리쳤다.

밀려오는 구울들. 후퇴하는 마검사들. 그리고 분투하면서도 그들의 움직임에 맞춰 물러나는 클로디아.

그러나 혼자서 뒤를 맡은 클로디아의 부담은 엄청났다. 금방 한계에 부딪쳤다.

핏물을 밟고 넘어진 클로디아에게 구울이 쇄도했다.

"윽……!"

클로디아가 눈을 질끈 감은——그 순간.

밤하늘에서 칠흑의 마검사가 내려왔다.

"앗, 당신은……."

그는 클로디아 위에 올라탄 구울을 일격에 날려버렸다. 그 숙련된 칼 놀림을 클로디아는 홀린 듯이 바라봤다.

칠흑의 마검사는 자세를 낮추더니 그 칼을 회수했다.

이어서——.

"섬멸해라……『칠흑선(漆黑旋)』."

칠흑의 마검사가 들고 있는 칼이 그의 키보다 몇 배나 더 길어졌다.

그 직후, 칠흑의 선풍이 불었다.

그것은 구울들을 종잇장처럼 찢어버리면서 눈 깜짝할 사이에 구울 군단을 섬멸했다.

"이건, 말도 안 돼……."

클로디아는 엉덩방아를 찧은 채 칠흑의 마검사를 쳐다봤다.

그 아름다운 칼의 궤적과 거기에 실린 마력의 밀도에 그녀의 심장이 떨렸다.
클로디아도 어엿한 마검사이므로 알 수 있었다. 상상을 초월하는 그의 실력을.
앞다투어 도망치던 마검사들도 멈춰 서서 경악한 눈빛으로 칠흑의 마검사를 보고 있었다.
"저, 저놈은, 뭐야……?"
"순식간에 구울을 섬멸하다니……."
협회의 마검사들이 술렁거렸다.
"폭주가 시작됐다……. 이제 너희가 가진 힘으로는 감당하지 못해……."
그는 주위의 소란스러움에도 아랑곳하지 않고, 심연에서 울려오는 듯한 음성으로 말했다.
"폭주……?"
"달이 붉다. 남겨진 시간은 거의 없어……."
밤하늘에 떠 있는 붉은 달.
클로디아는 이 정도로 붉어진 달은 본 적이 없었다.
어쩐지 기분 나쁘다는 생각은 했지만, 달이 붉어진 이유는 몰랐다.
"붉은 달…… 설마……."
그 순간, 무법도시에서 발생하고 있는 사건과 오래된 전설이 클로디아의 머릿속에서 하나로 연결됐다.
"설마, 이것이 그『붉은 달』인가……?!"
그렇다면 위험하다.

『붉은 달』이 떴던 1,000년 전, 흡혈귀에 의해 겨우 하룻밤 만에 나라가 멸망했다.

이대로 있으면 1,000년 전의 참극이 되풀이될 것이다.

"자, 잠깐만요! 마검사 협회 직원으로서, 당신에게 협력을 요청합니다!"

뒤돌아 떠나려고 하는 칠흑의 마검사를 클로디아가 불러 세웠다.

그의 파격적인 힘은 큰 도움이 될 것이다. 다만 상층부의 빌어먹을 영감탱이들을 어떻게 설득하느냐가 문제인데…….

"필요 없어——금방 끝낼 거니까."

그는 담담히 그렇게 대답했다.

"끝낸다니……?"

클로디아는 전율했다.

"설마, 혼자서『피의 여왕』을 토벌하겠다는……?!"

불가능하다.

『붉은 달』의『피의 여왕』은 천재지변이나 마찬가지다. 국가가 단결해야지만 겨우 저항할 수 있는 존재인 것이다.

그러나 이 칠흑의 마검사라면——결코 불가능하진 않을지도 모른다.

"다, 당신은, 대체……."

"내 이름은 섀도우……. 어둠 속에 숨어서, 어둠을 사냥하는 자……."

그는 칠흑의 코트를 펄럭이면서 피의 융단 위를 걸었다. 클로디아는 멍하니 그 뒷모습을 지켜봤다.

"저 사람이 섀도우……."

클로디아는 혼잣말을 중얼거렸다.

저벅, 저벅. 멀어지는 그의 발소리.

그가 가는 곳에는『홍의 탑』이 솟아 있었고, 머리 위에서는 심홍색 달이 빛나고 있었다.

"크림슨 님, 제물 준비가 끝났습니다."

"그래……."

무법도시를 내려다보던 크림슨은 그 시선을 밤하늘에 있는 달로 옮겼다. 단려한 얼굴. 옆으로 넘긴 와인레드 색깔의 머리카락.

"『붉은 달』은…… 아직인가……."

달은 붉게 물들어 있었다. 그러나 아직 부족했다. 만전을 기하려면 좀 더 기다려야 한다.

"도시 제압은 어떻게 되고 있나?"

"제압은 계획대로 순조롭게 시작됐습니다. 다만……."

"다만?"

크림슨은 뒤를 돌아봤다. 말문이 막힌 부하를 응시했다.

남자 부하는 그 시선에 주춤하면서도 뒷말을 계속했다.

"다만…… 국지적으로 예상 이상의 저항이 일어나고 있습니다."

"마검사 협회인가?"

"아뇨. 마검사 협회는 문제가 안 됩니다. 저항하는 것은 세 명입니다. 하나는『요호(妖狐)』유키메. 또 하나는『폭군』저거노트입니다."

"아, 그놈들……."

크림슨은 얼굴을 찡그리면서 무법도시를 내려다봤다. 구울들은 순조롭게 세력을 확장시키고 있었지만, 이에 저항하는 것처럼 역행하는 세 개의 흐름이 있었다.

『백(白)의 탑』의 지배자『요호』유키메.『흑(黑)의 탑』의 지배자『폭군』저거노트. 이 두 명은 그동안 몇 번이나 자신을 괴롭혀왔다. 인정하고 싶진 않지만, 크림슨의 실력은 그 두 명보다는 조금 뒤떨어졌다.

하지만 그것도 오늘로 끝이다.

『붉은 달』이 시작됐다. 여왕님만 부활한다면 그놈들도 피바다 속으로 가라앉을 것이다.

"크크큭…… 마음대로 하게 놔둬. 어차피 여기까지는 오지도 못한다.『피의 여왕』만 부활하면 우리가 이기는 거야……."

크림슨은 웃으면서 방 중앙에 자리 잡고 있는 관으로 다가갔다.

"사랑스러운 우리 여왕님……, 이제 곧 우리가 세상을 지배한다……."

그는 관을 어루만지다가 문득 뭔가를 깨달았다.

"잠깐만. 세 명이라고 했지. 나머지 하나는 누구냐?"

『붉은 달』의 그들에게 저항할 수 있는 세력은, 크림슨이 아는 한 두 명밖에 없었다.

"그, 그게, 아직 정확히 알아내진 못했습니다. 그런데 그놈 하나가 다수의 구울을 해치웠고, 또 증원하러 간 흡혈귀까지도 일소했습니다."

"뭐라고……?"

"그놈의 이름은 섀도우. 저희의 견해로는, 그놈이 가장 위협적인 존재가 될 것 같습니다……."

"섀도우……."

크림슨은 미간을 찌푸리며 그 이름을 중얼거렸다.

I didn't care what type I would be.
Not a hero, not an arch enemy,
but the existence intervenes in a story and shows off his power.
I had admired the one like that, what is more,
and hoped to be.
Like a hero everyone wished to be in childhood,
"The Eminence in Shadow" was the one for me.
That's all about it.

The Eminence in Shadow

I can't remember the moment anymore.
Yet, I had desired to become "The Eminence in Shadow"
ever since I could remember.
An anime, manga, or movie? No, whatever's fine.
If I could become a man behind the scene,
I didn't care what type I would be.
Not a hero, not an arch enemy,

2장

『홍의 탑』으로 돌입한다!

The Eminence in Shadow
Volume Three
Chapter Two

『홍의 탑』으로 향하는 세 개의 흐름이 있었다.

하나는 거칠게 날뛰는『폭군』.

그 남자는 갈색 대악당이었다.

대형 손도끼 같은 쇳덩어리를 휘둘러서 구울을 완력으로 쪼개 버렸다.

아무도 그에게 다가가지 못했다. 그의 공격범위 안에 들어간 순간 무참히 난도질당했다.

또 한 명은 춤추는『요호』.

그 여자는 요염한 아름다움을 지닌 은색 여우 인간이었다.

희귀한 아홉 개의 꼬리가 밤의 어둠 속에서 빛났다.

그녀는 양손에 든 철선(鐵扇)으로 춤이라도 추는 것처럼 구울을 베었다.

기모노 틈새로 보이는 매혹적인 피부에 시선을 빼앗기는 순간 모든 것이 끝난다. 두 번 다시 깨어나지 못할 잠에 빠지는 것이다.

수많은 구울을 학살하다가 두 개의 흐름이 교차했다.

"죽어라, 암여우!"

"거참 방해가 되는 남정네구나."

『폭군』의 대형 손도끼를『요호』가 교묘하게 흘려 넘겼다.

대형 손도끼가 지면을 쾅 때렸다. 흙먼지가 피어올랐다.

“오랜만이다. 『요호』.”
『폭군』 저거노트는 흉악한 얼굴로 웃었다.
“두 번 다시 만나고 싶지 않았건만.”
『요호』 유키메는 불쾌한 듯이 한숨을 쉬었다.
“저놈의 흡혈 박쥐들을 해치우는 김에, 너도 여기서 죽여야겠다.”
저거노트는 대형 손도끼를 가볍게 치켜들었다.
“끈덕진 사내는 마음에 안 들어…….”
유키메도 철선을 들어 올렸다.
두 사람이 행동을 개시하려는 순간, 마지막 흐름이 거기 합류했다.
칠흑의 롱코트를 입은 그 남자는 소리 없이 밤하늘에서 날아내려왔다.
그리고 그를 쫓아온 흡혈귀 세 명을 순식간에 도륙했다.
『폭군』은 그의 몸놀림을 보고 경악했다.
움직임의 매끄러움, 순발력, 거기에 숨겨져 있는 압도적인 위력. 그것은 『폭군』조차 인정하지 않을 수 없는 수준이었다.
『요호』는 그의 검기에 감탄했다.
검 놀림의 아름다움, 그리고 군더더기 없이 완성된 기술. 그것은 오랫동안 살아온 그녀도 처음 보는 것이었다. 예술의 영역으로 승화된 그 검무는 『요호』마저도 진심으로 감탄하게 만들었다.
“네놈은 누구냐……?”
“당신은……?”

둘이 동시에 질문을 던졌다.

칠흑의 남자는 뒤를 돌아보더니, 칼을 휘둘러 피를 떨어냈다.

"내 이름은 섀도우. 어둠 속에 숨어서, 어둠을 사냥하는 자……."

세 개의 흐름이 교차됐다.

세 명은 시선으로 서로를 견제했다.

유키메는 맑은 물 같은 눈동자로, 저거노트는 까만 맹금류 같은 안광으로, 섀도우는 붉게 빛나는 무기질적인 눈으로──.

"섀도우……? 어디선가 들어본 이름이군."

"요즈음 바깥세상에서 소문이 자자한 정체불명의 무장집단 『섀도우 가든』. 그 두령의 이름이 아닌가."

"아, 이놈이 그 섀도우인가."

"미덥지 않은 소문이었는데, 확실히 소문이 날 만한 실력이로구나."

두 명의 날카로운 시선을 받은 섀도우는 별로 개의치 않는 것 같았다.

바람이 불고 섀도우의 칼이 움직이자, 유키메가 철선을 펼치고 저거노트가 대형 손도끼를 들었다.

무언의 견제가 한동안 이어졌다.

"이대로 셋이서 친목회라도 하자는 건가? 아니면 데스 매치라도 시작할까?"

침묵을 깨뜨린 것은 저거노트였다.

"그렇다면 나는 섀도우 님과 협조해야겠구나. 어떠셔요? 섀도우 님."

유키메는 섹시한 눈빛으로 섀도우를 바라봤다.

"아, 그 썩을 여우는 조심해라. 방심했다간 뒤통수 맞는다."

저거노트가 코웃음을 치며 말했다.

"——시시하군."

그런 분위기 속에서 섀도우는 너무나 쉽게 등을 돌렸다.

"『붉은 달』이 뜨고 폭주가 시작됐다……. 네놈들을 상대할 시간은 없어."

"나한테 등을 보이다니, 아주 여유가 넘치셔?"

저거노트가 섀도우의 등을 노려봤다.

"무언가 아는 것 같은데. 『붉은 달』……, 예전에 어디선가 들어본 듯한……."

"어이구, 역시 할망구는 건망증이 심해서 문제야."

"조용히 하시게. 섀도우 님의 말대로, 이곳에서 다투는 것도 무의미한 짓이야. 나도 우리 아이가 구울에게 당해서 성이 났는데. 당신도 그렇지 않은가?"

"네놈이랑 똑같이 취급하지 마. 무법도시에 탑이 세 개나 있을 필요는 없어. 그래서 슬슬 하나 줄여도 되겠다고 생각했을 뿐이야."

"그렇다면 지금은『피의 여왕』에 집중하도록 할까."

"흥! 잘 가라, 썩을 할망구. 다음에는 죽일 거다."

저거노트는 유키메와 섀도우를 쏘아본 뒤 그곳을 떠났다.

유키메는 저거노트가 완전히 사라진 것을 확인하고 나서 섀도우를 불러 세웠다.

"기다리셔요. 섀도우 님, 사실 저는 당신을 알고 있어요. 저는 이곳 홍등가의 주인이어요."

섀도우는 흘깃 유키메를 봤다.

"그곳에 있는 아이들 여러 명이 섀도우 님의 도움을 받은 것 같더군요. 참으로 신세를 많이 졌어요. 괜찮으시다면, 다음에 꼭 답례를 하고 싶사와요."

"답례는 필요 없다……. 도와주려고 한 것도 아니고."

저벅저벅. 섀도우는 부츠 소리를 내면서 걸어갔다.

"모두가 진심으로 고마워하는데. 겸허한 분이시군요. 저는 언제나 기다리고 있을 터이니, 마음 내키시거든 부디 『백의 탑』을 방문해주시어요……."

유키메는 섀도우의 뒷모습을 향해 인사했다.

"그럼 다음에 다시 뵙죠."

그리고 요염하게 웃더니 유키메는 『홍의 탑』으로 향했고, 섀도우도 모습을 감췄다.

『경비견』은 『홍의 탑』에서 사냥감을 기다리고 있었다.

비쩍 마른 몸뚱이를 끌어안은 자세로 문 앞에 앉아, 뺨을 경련시키듯이 추하게 웃었다.

그는 과거에 『하얀 악마』라고 불리던 살인귀——아니, 기사였다.

어떤 나라의 기사단장이었던 그는 하얀 제복을 입고, 하얗고 아름다운 머리카락을 휘날리면서 시민을 지키는 이상적인 기사처럼 보였다.

하지만 그 정체는 밤이면 밤마다 거리에서 사람을 베고 다니는 살인귀였다. 그는 천성적으로 사람을 베는 것을 좋아했다. 붉은 피와 비명, 그리고 절망한 얼굴. 타인의 목숨을 빼앗음으로써 자신이 살아 있다는 사실을 실감할 수 있었다.

그러나 어느 날, 동료에게 범행을 들키고 말았다. 그 순간 그는 『하얀 악마』가 되었다.

『하얀 악마』는 하룻밤 만에 기사단 전원을 베어 죽이고 도주했다. 도주한 곳에서도 살인을 반복하다가 마침내 무법도시에 도착했다.

무서울 것이 없었다. 자신은 생존경쟁 피라미드의 꼭대기에 서 있다고 생각했다.

그러나 그 환상은 『홍의 탑』에 도전했다가 깨져버렸다. 『하얀 악마』라고 불리면서 공포의 대상이 되었던 남자가, 크림슨 앞에서는 꼼짝도 못하고 패배한 것이다. 그는 일방적으로 유린당하다가 꼴사납게 살려 달라고 빌었다.

그리고 지금은 『경비견』이 되었다.

인간을 죽이는 자유조차 빼앗겼다.

인간을 죽이는 것이 삶의 보람이었던 그는 살아갈 이유를 잃었다…….

하지만 그런 그에게, 인간을 죽일 절호의 기회가 찾아왔다.

"히힛……."

『붉은 달』이 시작되자 흡혈귀들 중 상당수는 탑에서 나갔다.

그의 행동을 비난할 자도 남아 있지 않았다. 『붉은 달』이 지속되는 동안에는 자유롭게 살인을 할 수 있는 것이다.

그래서 『하얀 악마』는 사냥감이 오기를 기다렸다. 『경비견』으로서가 아니라 『하얀 악마』로서, 단지 죽이기 위한 사냥감을 기다렸다.

마검사 협회가 『피의 여왕』을 토벌한다는 소문이 있었다. 누군가가 이 『홍의 탑』에 도착해주기를. 그렇게 『하얀 악마』는 기도하는 듯한 심정으로 사냥감이 오기를 기다렸다.

그리고──.

거친 발소리가 울려 퍼지더니 드디어 기다리던 사냥감이 나타났다.

"히…… 히힛?"

크게 기뻐하며 고개를 든 『하얀 악마』. 그 눈앞에 있는 것은 갈색 대악당이었다.

전신에서 약동하는 탄력적인 근육과, 키보다 더 길고 거대한 손도끼.

예리한 그 눈이 『하얀 악마』를 쏘아봤다. 압도적 폭력이 그곳에 있었다. 틀림없었다. 이자는 무법도시의 지배자 중 하나, 『폭군』 저거노트였다.

"방해된다. 비켜."

"힛……."

『하얀 악마』는 잽싸게 시선을 피하고 문 앞에서 비켜줬다.

『하얀 악마』는 자기보다 강한 존재가 있다는 사실을 알고 있었다. 무법도시의 지배자와 간부는 절대로 건드리면 안 된다. 그는 크림슨에게 도전했다가 그 사실을 알게 되었다.

"거참 거치적거리네."

『폭군』은 문 앞에 서더니 그대로 대형 손도끼를 옆으로 휘둘러 문을 파괴했다.

"히익?!"

그는 몸을 움츠리고 『폭군』이 지나가기를 기다렸다가, 무참히 파괴된 문을 보았다.

철로 보강된 두꺼운 문이었다. 마검사라도 이것을 파괴하기는 쉽지 않을 것이다. 그것을 일격에 파괴한 남자가 『홍의 탑』으로 들어갔다.

앞으로 무슨 일이 일어날 것인가. 『하얀 악마』는 두려워졌다.

그때 등 뒤에서 발소리가 들렸다.

조용하고 부드러운 그 발소리는 틀림없이 여자였다. 여자의 살은 부드러워서 좋았다.

『하얀 악마』는 흉악한 미소를 지으며 뒤를 돌아봤다.

그곳에 있는 것은 현실성이 없을 정도로 불가사의한 아름다움을 지닌 미녀였다.

고운 은색 머리카락과 여우 귀. 기모노 띠에는 철선 두 개가 꽂혀 있었다.
거기까지는 좋았다.
그런데 그 여자의 등 뒤에서는 아홉 개의 여우 꼬리가 살랑거리고 있었다.
"히익?!"
틀림없었다. 무법도시의 지배자 중 하나인『요호』유키메였다.
"비키렴."
"히잇!"
『하얀 악마』는 상대가 말하기도 전에 비켰다. 그로선 도저히 이길 수 없는 엄청난 거물이었다. 그는 구석에서 벌벌 떨면서『요호』가 지나가길 기다렸다가『홍의 탑』을 쳐다봤다.
『폭군』과『요호』가 들어간 이 탑은 괜찮은 걸까. 괴수 대전이 시작되려는 걸까.
그때 등 뒤에서 발소리가 들려왔다.
저벅저벅 울려 퍼지는 발소리.『하얀 악마』는 웃었다.
『폭군』과『요호』가 왔으니, 그보다 더한 존재가 오지는 않을 것이다.
예상대로 그곳에 있는 것은 처음 보는 시커먼 남자였다.
칠흑의 롱코트를 입고, 후드를 푹 눌러쓰고, 얼굴은 가면으로 숨기고 있었다.
그런데 이 남자는 겉모습만 봐서는 실력을 가늠할 수 없었다.『하얀 악마』정도의 실력자는 보통 싸우기도 전에 상대의 실력을 웬만큼 파악할 수 있다. 그런데 이 롱코트를 입은 남자의 실력은 전혀 알 수 없었다.

그러나 『폭군』과 『요호』에 비하면 별것 아니리라.

——그토록 기다렸던 사냥감이다.

"……히힛!!"

시커먼 남자가 자신의 공격범위 안에 들어온 순간, 『하얀 악마』는 상대를 공격했다.

——해치웠다.

그렇게 생각한 직후, 『하얀 악마』는 밤하늘을 쳐다보고 있었다.

"힛……?"

어리둥절하여 주위를 둘러봤다. 그의 하반신이 아직 서 있는 것이 보였다.

그의 하반신은 상반신과 분리되어 피를 뿜어내면서 털썩 쓰러졌다.

그제야 겨우 『하얀 악마』는 깨달았다. 자신이 양단되었다는 것을.

"힛…… 힛……."

그를 양단한 시커먼 남자는 그대로 『홍의 탑』으로 들어갈 줄 알았는데, 갑자기 탑의 벽을 밟더니 곧장 수직으로 벽을 뛰어 올라갔다.

"히잇?!"

『하얀 악마』는 피를 뿜으면서 제 눈을 의심했다.

그런데 그것으로 끝이 아니었다. 시커먼 남자는 탑 중간에서 돌연 멈춰 서더니, 주먹으로 벽을 후려쳐 커다란 구멍을 뚫고 그 안으로 들어갔다.
맙소사. 말도 안 돼.
이 남자는 먼저 온 두 명보다 훨씬 위험한 존재였던 것이다…….
『하얀 악마』는 자신이 결코 손대면 안 될 생물에게 손대고 말았다는 것을 깨달았다.
"히…… 히……."
그리고 숨이 끊어지기 직전에 '그러고 보니 저 근처에 보물창고가 있었지'란 생각을 했다.

탕, 탕, 탕 하고 뭔가를 두드리는 듯한 소리가 났다. 베타는 읽던 책에서 눈을 떼고 고개를 들었다.
넓은 서고 안을 둘러보자, 벽의 일부가 소리를 내면서 진동하고 있었다.
누군가가 밖에서 벽을 두드리는 건가?
그렇게 생각한 순간, 갑자기 벽이 무너지더니 흙모래와 더불어 두 명의 여성이 이쪽으로 굴러 들어왔다.
"아악?!"
"읏."
검은 머리 소녀가 납작 엎어지면서 얼굴이 바닥에 부딪쳤고,

그 위로 붉은 머리 여성이 쓰러졌다.

"아야~. 의외로 벽이 약하네?"

코를 누르며 고개를 드는 검은 머리 소녀. 베타는 그 얼굴을 본 적이 있었다. 베타의 주인님의 누나, 클레어 카게노였다.

"거봐, 좀 더 신중해야 한다고 했잖아……."

붉은 머리 미녀가 무표정하게 말했다.

"꾸물거리면 늦을 거 아냐? 저기, 메리. 슬슬 비키지 그래?"

"아, 미안. 클레어."

붉은 머리 여성은 클레어 위에서 비켜났다. 두 사람은 일어나서 서로 옷에 묻은 흙을 떨어냈다.

"그런데 여기는 어디지?"

"『홍의 탑』의 지하일 텐데……."

"여기는 『홍의 탑』의 지하 서고야."

두 사람의 의문을 해결해준 것은 베타였다.

그제야 겨우 두 사람은 의자에 앉아 있는 베타의 존재를 눈치챘다.

"……벌써 들켰나 봐."

"거봐, 좀 더 신중해야 한다고 했잖아……."

"미안. 그런데 이 경우에는 어차피 들켰을 거야."

두 사람은 동시에 검을 뽑고, 서고의 의자에 앉아 있는 베타와 대치했다.

베타는 한숨을 쉬고 책을 덮었다.

"설마…… 벽을 뚫고 사람이 튀어나올 줄은 몰랐어. 목격자는 제거해야 하는데…….”

힐끔 클레어를 보고 중얼거리는 베타.

“이건 좀 처리하기 어려운걸. 너희도 가만히 있어.”

이어서 베타는 몰래 지시를 내렸다. 현재 이곳에는 그들 세 명밖에 없는데도.

“나는 싸울 마음이 없어. 칼을 거둬줄 수 없을까? 클레어 씨.”

“……! 내가 누구인지 알아?”

“무신제 우승자, 클레어 카게노 씨. 맞지?”

“나도 꽤 유명해졌군. 좋아, 당신이 누구이고 목적이 뭔지 가르쳐줘. 적이 아니란 사실이 증명된다면 우리도 물러설게.”

“뭐? 잠깐만, 클레어.”

“불필요한 전투를 할 시간은 없잖아? 겉보기엔 『피의 여왕』의 관계자처럼 보이지도 않고, 또…… 상당히 껄끄러운 상대야.”

클레어가 날카로워진 눈빛으로 말했다.

베타는 자연스럽게 앉아 있었지만, 거기서 쉽게 공격할 수 없는 분위기가 느껴졌다.

“그런 것 같네.”

검은색 보디슈트를 입고 가면으로 얼굴을 가린 베타는 확실히 『피의 여왕』의 관계자처럼 보이진 않았다. 굳이 따지자면 클레어와 같은 침입자처럼 보였다.

“나는 누구이고, 목적은 무엇이냐……. 그래, 난 당신들처럼 『홍의 탑』에 침입한 거야.”

“더 자세히 설명해봐.”

"이야기가 좀 길어질 텐데."

"상세하고도 간결하게."

"그것 참 난제네."

베타는 어깨를 으쓱했다.

"나는 『섀도우 가든』의 베타. 볼일이 있어서 『홍의 탑』에 들어온 거야."

"흐음. 그 유명한 『섀도우 가든』이 왜 이런 곳에 와 있어?"

"글쎄…… 어디까지 말하면 좋을까. 나도 말할 수 있는 것과 없는 것이 있거든. 음…… 우리는 어떤 사정이 있어서 〈악마 빙의〉 연구를 하고 있는데, 그것 때문에 시조의 피 샘플이 필요하다고나 할까."

"〈악마 빙의〉……?!"

"왜 시조의 피가 필요한 거지……?"

클레어는 〈악마 빙의〉에 반응하고, 메리는 시조의 피에 반응했다.

"〈악마 빙의〉의 피와 시조의 피는 본디 같은 것이었는데, 피가 이어져 내려가는 과정에서 증상이 변이됐을지도 모른다. 연구 도중에 그런 가설이 제기됐어."

"그것은 시조에 대한 모독……."

메리의 눈빛이 험해졌다. 들고 있는 검에 힘이 들어갔다.

"어디까지나 가설일 뿐이야. 우리는 시조를 모독할 생각은 없어. 단지 검증을 위해 시조의 피 샘플이 필요한 거지. 그나저나 의문이 하나 있는데. 왜 당신이 화를 내는 거야? 『최고의 뱀파이어 헌터』 씨."
"——?! 내가 누구인지 알아……?"
"소문은 들었거든."
"그래……. 그럼 나를 방해하지 마."
"응, 좋아."
메리는 여전히 베타를 쏘아보면서 검을 거두었다. 베타는 어깨를 으쓱하더니 아까 읽던 책을 다시 펼쳤다.
"역시 오래오래 살아온 흡혈귀의 서고는 굉장해. 귀중한 자료들로 가득 차 있어. 자, 이제 클레어 씨도 납득했어?"
베타는 책을 읽으면서 질문했다.
클레어는 뭔가 생각하는 것처럼 메리와 베타를 번갈아 쳐다봤다.
"하나만 가르쳐줘."
클레어는 진지한 얼굴로 베타를 똑바로 응시했다.
"내가 대답할 수 있는 것이라면."
베타도 그 시선을 느끼고 고개를 들었다.
"〈악마 빙의〉를 치료할 방법은 있어?"
베타는 즉시 대답하지는 않았다.
클레어의 얼굴을 물끄러미 바라보면서 한동안 생각에 잠겨 있었다.
"그것은…… 나는 대답할 수 없어. 다만 이것 하나는 말해둘게. 클레어 씨가 걱정할 필요는 없습니다."
"그게 무슨 의미야?"

"말 그대로의 의미입니다."

베타는 더 이상은 할 말이 없다는 듯이 책장을 넘겼다.

클레어는 살짝 혀를 차고 돌아섰다.

"가자."

그런데 서고를 나가려는 두 사람을 베타가 불러 세웠다.

"잠깐만. 클레어 씨, 당신이 『최고의 뱀파이어 헌터』와 함께 『홍의 탑』에 온 이유가 뭔지 물어봐도 될까?"

"그걸 왜 물어보는데?"

"그냥 좀 궁금해서."

클레어는 미간을 찡그리며 말했다.

"내 동생 시드가 『피의 여왕』에게 납치당했어. 서두르지 않으면, 『피의 여왕』을 위한 산 제물이 될 거야."

"당신 동생이……?"

베타가 고개를 갸웃거렸다.

"그게 정말입니까?!"

그리고 세 명밖에 없어야 할 서고에서 네 번째 인물의 목소리가 울려 퍼졌다.

소리가 난 곳을 봤더니, 어느새 그곳에는 한 여성이 서 있었다. 그녀도 검은 보디슈트로 몸을 감싸고 얼굴은 가면으로 숨기고 있었다.

"666번, 자중해라."

"하지만……, 네, 죄송합니다……."

666번은 마치 당장이라도 뛰쳐나가고 싶은 감정을 억제하는 것처럼 고개를 숙이더니 뒤로 물러났다.

"이제 됐어? 그럼 갈게."

클레어가 서고의 문에 손을 댔다.

"마지막으로 하나만 더. 다시 한 번, 안식의 땅으로 향하는 길은 없어……?"

"무슨 소리야?"

클레어가 뒤를 돌아봤다.

그런데 베타는 클레어를 보지 않았다. 베타는 가만히 메리만 보고 있었다.

"앗, 기다려."

메리가 베타를 외면하고 아무 말 없이 문을 열고 서고에서 나가자, 클레어도 허둥지둥 그 뒤를 쫓아갔다.

조용해진 도서실에서는 한동안 책장 넘기는 소리만 울려 퍼졌다.

"666번. 실태였어……."

책을 읽으면서 베타가 말했다.

"죄송합니다……."

666번은 고개를 숙였다.

"람다도 너의 실력은 인정했어. 알파 님도 너의 활약을 기대하고 계셔. 이건 감점이야. 너희도 제대로 신경 써주도록 해."

"죄송합니다."

"죄송해요~."

666번 옆에 두 명의 소녀가 나타났다.

"666번은 이번이 첫 번째 실전 훈련이잖아. 664번, 분대장인 너에게도 책임이 있어."

"네……."

"앞으로 주의해. 다시 한 번 확인하는데, 우리의 임무는 연구실의 의뢰로 시조의 피 샘플을 회수하는 거야. 단, 『피의 여왕』은 섀도우 님이 처리하실 거라고 말씀하셨으니까 우리가 마음대로 움직이면 안 돼. 고로 섀도우 님이 오실 때까지는 서고에서 자료를 조사하고 중요한 서류를 회수한다. 알았지? 자, 그럼 작업을 재개해."

"네."

지시를 받은 세 명은 신속히 작업을 재개했다.

메리의 예상대로 『홍의 탑』에는 흡혈귀가 거의 안 남아 있는 듯했다.

그러나 마주치는 흡혈귀가 전혀 없는 것도 아니어서, 그들 두 명은 산발적으로 흡혈귀의 습격을 받았다.

클레어는 검을 휘둘러 흡혈귀의 목을 잘랐다. 그러나 흡혈귀의 육체는 아직도 움직이고 있었다.

"심장을 찔러!"

메리의 말대로 클레어는 머리 없는 흡혈귀의 심장을 찔렀다. 그러자 심장 부근에서부터 실금이 쫙 퍼지듯이 붉은 빛이 나더니, 그 후에는 재만 남았다.

클레어의 등 뒤에서는 메리가 마지막 한 놈을 해치우고 있었다.

흡혈귀의 습격을 받고도 상처 하나 없이 여기까지 올 수 있었던 것은 메리의 협력이 있었기 때문이다.

메리는 마력량은 클레어보다 못해도 숙달된 검술사였다. 그리고 특히 흡혈귀와의 전투에 익숙했다.

흡혈귀는 대개 신체능력에 의존해 싸우는데, 정식으로 싸우면 그 초인적인 움직임과 경이로운 재생력에 의해 우리가 고전하리란 것은 쉽게 상상할 수 있었다.

그러나 메리는 마치 흡혈귀의 전투방식을 다 아는 것처럼 상대의 행동을 예상하고, 민첩하고 정확하게 움직였다.

메리의 협력은 동생을 구하기 위해서는 꼭 필요한 것이었다. 클레어는 그것을 잘 알고 있었다.

하지만, 그래도——클레어는 물어보지 않을 수 없었다.

"뭔가 숨기고 있지 않아?"

남겨진 재를 우울하게 보고 있는 메리에게 클레어가 질문을 던졌다.

"뭔가라니, 그게 뭔데……?"

메리는 감정을 알 수 없는 얼굴로 뒤를 돌아봤다.

"메리. 아까 서고에서 좀 이상했었어. 마치 흡혈귀를 편드는 것 같았어. 『피의 여왕』을 토벌하려는 거 아니었어?"

"토벌할 거야."

"아, 그래? 그러면 왜 그렇게 흡혈귀를 숙지하고 있는 거야? 싸우는 것을 보면 알아. 당신은 틀림없이 흡혈귀를 알고 있어. 누구보다도 깊이 이해하고 있어."

"나는 오로지 『피의 여왕』을 토벌하기 위해 살아왔으니까……."

"그것만으로 설명하기엔 뭔가 부자연스럽다는 거야. 그럼 아까 서고에서 했던 마지막 말의 의미는 뭔데? 안식의 땅이 뭐야? 그녀가 향하는 길은 뭐고?"

클레어의 말투는 점점 공격적으로 변했다.

그러나 메리는 아무런 대답도 하지 않았다.

"입 다물고 있으면 어떡해. 그러면 알 수가 없잖아."

"실은 클레어도 마찬가지 아냐?"

"뭐?"

"클레어도 숨기는 것이 있잖아. 왜 〈악마 빙의〉에 신경 쓰는 건데?"

"그건……."

"〈악마 빙의〉의 치료법 따윈 있을 리 없잖아."

"……그렇지."

클레어는 입술을 깨물었다.

"누구나 숨기는 것은 있어. 안 그래?"

"……서로에 대한 탐색은 그만둘까. 나는 『피의 여왕』 토벌에 협력하고, 당신은 내 동생 구출에 협력하는 거야."

"그래, 그거면 돼……."

두 사람은 눈을 맞추지 않고 그대로 탑을 올라갔다.

“잠깐만.”

이윽고 앞서 가던 메리가 멈춰 섰다.

“왜?”

“이 앞에서 누군가가 싸우고 있어.”

두 사람은 발소리를 죽이고 그곳으로 접근했다. 전투는 문 너머에서 이루어지는 것 같았다. 다른 통로는 없는 듯했다.

“들어갈 수밖에 없나…….”

“조금만 문을 열고 안을 살펴보자.”

메리는 클레어의 말에 동의했다. 문틈으로 몰래 안쪽을 살펴봤다.

안쪽은 커다란 홀 같은 공간이었다. 큼직한 개구부를 통해 하늘에 뜬 붉은 달이 보였다.

그곳에서 갈색 거한이 흡혈귀의 목을 붙잡고 웃고 있었다.

“약하군…….”

그 남자가 들고 있는 대형 손도끼는 피에 젖어 있었고, 주위에는 구울의 살점과 재가 흩어져 있었다.

“네놈은 분명히 간부였지? 본 적 있는 얼굴이야. 크림슨은 어디에 있어?"
갈색 남자는 흡혈귀의 목을 조르면서 질문했다.
"글, 쎄, 어디일까……."
"하긴, 말할 리가 없나."
"아니…… 말할 필요가, 없는 거다……."
흡혈귀가 그렇게 말한 순간, 그는 붉은 안개로 변신했다. 고위 흡혈귀만 쓸 수 있는『안개화(霧化)』기술이었다.
"오?"
갈색 남자의 손은 허공을 쥐었다. 그의 등 뒤에 붉은 안개가 모여들었다.
흡혈귀의 팔이 거기서 불쑥 튀어나왔다. 날카로운 손톱이 갈색 남자를 덮쳤다.
그러나 갈색 남자는 뒤를 돌아보지 않았다.
"나는 감이 좋은 편이야……."
그는 대형 손도끼를 아무렇게나 휘둘렀다.
엄청난 풍압이 문까지 도달했다. 메리와 클레어는 허둥지둥 문을 받쳤다.
그리고 다시 안을 들여다봤더니, 그곳에는 다진 고기처럼 끔찍하게 사방으로 흩어진 흡혈귀의 살점이 굴러다니고 있었다.
살점은 금방 재로 변했다.
"저놈은 대체 뭐야?"
딱 봐도 흡혈귀는 아니었다. 그러나 아군처럼 보이지도 않았다.
"저자는 무법도시의 지배자 중 하나인『폭군』저거노트. 저자와는 싸우지 않는 것이 좋아. 방금 그가 죽인 흡혈귀는『피의 여왕』의 간부 중 세 번째로 강한 실력자…….”

“저게 세 번째로 강한 놈이라고……?”

도저히 그렇게 안 보일 정도로『폭군』과의 실력 차이는 압도적이었다.

“저자가 갈 때까지 숨어 있자…….”

메리의 제안에 클레어도 동의했다.

그러나 문 너머에서『폭군』의 음성이 들려왔다.

“나는 감이 좋거든……. 이봐, 거기 있지?”

“!”

그 직후에 문이 산산이 부서졌다.

옆으로 휘두른 대형 손도끼가 문 너머에서 등장하자, 두 사람은 반사적으로 납작 엎드려 그것을 피했다. 두 사람의 머리 위에서 폭력적인 소리가 울려 퍼졌다.

“계집애 둘인가.”

부서진 문 앞에서『폭군』이 두 사람을 내려다보고 있었다.

“망했네.”

“싸울 수밖에 없어.”

두 사람은 검을 뽑았다.『폭군』은 웃었다.

“흡혈귀 같진 않은데…… 뭐, 일단 여기서 죽어라.”

대형 손도끼가 위에서 날아왔다.

두 사람은 좌우로 점프해 그 손도끼를 피했다.

대형 손도끼가 그대로 바닥을 박살냈다. 돌조각들이 마구 튀었다.

돌조각들에 휩싸인 『폭군』은 날카로운 눈빛으로 두 개의 표적을 노려보더니, 가까이 있는 클레어를 목표물로 정했다.

그는 호쾌하게 전진했다. 그 두꺼운 양팔로 대형 손도끼를 휘둘렀다.

그러나 클레어도 『폭군』의 움직임을 똑바로 보고 있었다.

『폭군』은 힘과 속도를 겸비했다. 그러나 무기의 특성상 움직임이 커질 수밖에 없었다. 아무리 빨라도, 클레어라면 충분히 꿰뚫어 볼 수 있었다.

실제로 클레어는 『폭군』의 일격을 검으로 받아냈다.

그러나 상상보다 훨씬 더 묵직한 충격에 클레어의 표정이 일그러졌다. 다음 동작이 딱 한순간 늦어졌다.

『폭군』에게는 그 한순간이면 충분했다.

"검사란 놈들은 다 똑같이 움직이는군……!"

『폭군』은 어느새 대형 손도끼를 한 손으로 들고 있었다.

그리고 나머지 한 손으로――클레어의 안면을 가격했다.

"클레어!!"

원호하려는 메리. 그러나 『폭군』이 날카롭게 쏘아보자 그녀는 멈춰 섰다. 섣불리 움직이면――죽는다.

튕겨져 날아간 클레어는 바닥을 굴러갔지만, 곧 아무 일도 없었던 것처럼 벌떡 일어났다.

그리고 피를 토했다.

"아야~. 뭐야, 입안을 콱 깨물었잖아……."

클레어는 『폭군』을 노려봤다.
『폭군』은 능숙하게 한쪽 눈썹만 씰룩거리면서 웃었다. 그의 복부에는 어느새 얕은 칼자국이 남아 있었다.
"방금 그 일격으로 대부분의 놈들은 끝장낼 수 있는데. 너는 꽤 단련된 것 같구나."
"손버릇이 나쁜 동생이 있거든."
클레어는 입가에서 피를 흘리면서, 새빨개진 이를 드러내고 웃었다.
아까 안면을 가격당할 때 그 충격을 죽이면서 『폭군』의 배를 벤 것이다.
클레어는 움직임을 확인하려는 듯이 허공에 대고 칼질을 했다. 그리고 피가 섞인 침을 탁 뱉었다.
"폭력만 가진 남자군. 당신에게는 기술이 없어."
클레어는 그렇게 허세를 부렸지만 사실 말과는 달리 여유는 별로 없었다. 입안에 심한 상처가 나서 피가 계속 흘렀고, 방금 얻어맞은 충격으로 머리가 빙빙 돌았다.
한 대씩 주고받는 방식을 선택한 것이 실수였다. 일격의 파괴력이 전혀 달랐다.
"아, 그래. 나는 무술은 배우지 않았어……. 나한테는 필요 없었으니까!"
이어서 그는 클레어를 공격했다.
『폭군』이 강한 이유는 선천적으로 뛰어난 신체능력과 풍부한 마력량, 그리고 압도적인 전투감각 때문이었다. 그의 싸움에 기술은 필요 없다. 그에게 기술이란 것은 족쇄에 불과했다.

그의 무식한 참격(斬擊)을 클레어는 다시 한 번 받아서 넘기려고 했다.

그러나 대형 손도끼를 받아낸 클레어의 몸이 오히려 휙 넘어갔다.

다리가 휘청거렸다. 뇌에 충격이 남아 있었던 것이다.

"──!!"

『폭군』이 그 빈틈을 놓칠 리 없었다.

그는 대형 손도끼를 허공으로 확 치켜들더니…….

"말했잖아. 나는 감이 좋다고……."

옆으로 휘둘렀다.

그 일격은 클레어의 몸에서 완전히 빗나가 그 옆을 무시무시한 속도로 통과했다.

이어서 대량의 피가 클레어의 옆얼굴에 튀었다.

"……어?"

클레어는 무사했다.

그러나 옆을 돌아봤더니, 그곳에는 배가 갈라진 메리가 있었다.

쿨럭…… 하고.

메리는 피를 토하면서 무릎을 꿇었다.

"메, 메리!!"

"검사란 것들은 정말로 다 똑같이 움직이는군. 그놈은 쭉 내가 방심하는 순간을 노렸고, 나는 쭉 그놈이 나를 죽이러 오는 순간을 노렸다……. 뭐, 그런 거야."

『폭군』은 흉악한 얼굴로 웃었다.

힘없이 무릎을 꿇은 메리에게 클레어는 울상을 지으며 달려갔다.

"메리…… 아아, 이럴 수가……."

메리의 부상은 내장까지 손상된——치명상이었다.

클레어는 메리의 상처 부위에 손을 대고 마력을 쏟아부었다.

그러나 메리가 그 손길을 거부했다.

"쿨럭! 피를…… 쿨럭!"

메리는 클레어에게 시선을 고정한 채 피를 토하면서 뭔가를 호소했다.

"메리, 움직이면 안 돼……!"

그러나 메리는 클레어의 손을 꽉 움켜쥐고 필사적으로 호소했다.

"클레어…… 미안…… 피…… 빨게 해줘."

"응? 뭘 빨아……?"

메리는 클레어에게 입을 맞췄다.

"우, 우읍?!"

경악한 클레어가 눈을 크게 떴다.

메리는 클레어의 입술에 입을 대고 거기서 흘러나오는 피를 빨았다.

메리의 눈이 붉게 변했다.

"뭐 하는 거얏?!"

클레어는 메리를 밀쳐냈다. 그런데 그곳에 이미 메리는 없었다.

"어?!"

"읏?!"

클레어가 경악함과 동시에 『폭군』이 고통스런 소리를 냈다.

클레어가 뒤를 돌아보자, 팔을 다친 『폭군』이 위를 쳐다보고 있었다.

"위……? 앗, 메리?!"

메리는 공중에 떠 있었다. 그 눈동자는 붉게 빛났고, 입에서는 뾰족한 송곳니가 튀어나와 있었다.

배에 난 상처는 어느새 완전히 아물었다.

"아하, 그래…… 재미있군."

『폭군』은 육식동물처럼 웃었고, 메리는 서글프게 웃었다.

그리고 『폭군』의 대형 손도끼와 메리의 검이 격돌했다.

그 힘은——호각. 아니, 약간 『폭군』이 우세한가.

"나쁘지 않은데……?!"

"읏!!"

서로 불꽃을 튀기면서 무기를 맞대고 있었다.

"그러나——내가 한 수 위다."

그 직후, 메리가 튕겨져 날아갔다.

철저히 완력으로 휘두른 대형 손도끼가 돌조각을 마구 흩뿌렸다.

"메리!!"

벽에 쾅 부딪친 메리는 힘없이 주저앉았다.

"크윽…… 피가, 아직 녹아들지 않았어……."

"끝이다."

메리에게 정신이 팔린 클레어 앞에, 어느새 『폭군』이 대형 손도끼를 치켜들고 서 있었다.

대응하기엔 이미 늦었다.

"시드…… 미안해……."

최후의 순간에 클레어는 오직 동생 생각만 했다.

――바로 그때.

"……각성의 시간이 다가왔다."

칠흑의 롱코트를 입은 남자가 날아 내려와서 『폭군』과 클레어 사이에 섰다.

"헉?! 이 자식, 뭐 하는 짓이냐?!"

"……방해된다."

그는 대형 손도끼를 받아넘기더니 아무렇게나 발차기를 했다.

아무렇게나, 상상을 초월하는 속도로.

그 발차기 한 방에 『폭군』이 휙 날아갔다.

『폭군』은 엄청난 기세로 벽을 들이받아 박살내더니 피를 토했다.

그런데 운 나쁘게도 그곳은 바깥이었다.

발밑에는 아무것도 없었다. 『폭군』은 자유낙하했다.

"젠장, 섀도우우우우우우우우우우우우우우우우우우……!!"

고함소리가 점점 멀어져갔다.

"당신이…… 섀도우……?"

클레어는 섀도우의 뒷모습을 쳐다봤다.

아득히 높은 경지에 있는 압도적인 힘. 평소 같으면 경계심을 품었을지도 모른다.
그런데 이때 클레어는 이유 모를 편안함을 느꼈다.
왜 처음 만난 섀도우에게 이런 감정을 느끼는 걸까. 클레어로선 알 수 없었다.
그러나 섀도우의 뒷모습에서 눈을 뗄 수 없었다.
"남겨진 시간은 거의 없다……."
그리고 섀도우는 홀연히 모습을 감췄다.
"아……."
마치 환상처럼 사라져버렸다.
"섀도우……."
클레어의 가슴속에는 쓸쓸함이 남았다.
"저자가 섀도우…… 우리를 구해준 건가?"
메리가 몸을 일으키더니 그렇게 말했다.
"아마도……."
"저『폭군』이 일격에 당하다니……."
"메리, 다친 데는 괜찮아?"
"괜찮아. 저기…… 미안해, 클레어. 갑자기 피를 빨아서."
"그건 괜찮은데…… 저, 메리가 숨기려고 했던 것은, 혹시……."
"응, 나는 흡혈귀야……."
"그렇구나……."
"전부 다 말할게. 내 정체와 목적. 그리고『피의 여왕』의 진실을……."

메리는 슬픈 눈빛으로 이야기를 시작했다.

메리는 과거에『피의 여왕』엘리자베트의 부하였다.

그것은 세상의 밤을 흡혈귀가 지배하던 시대의 이야기. 그때부터 엘리자베트는 시조 중에서도 특히 강한 힘을 가지고 있었다.

흡혈귀들은 마치 오락을 즐기듯이 아무렇게나 인간을 사냥해서 대충 먹었다. 대부분의 흡혈귀에게 인간이란 존재는 하등한 가축에 불과했다. 흡혈귀가 인간을 지배하는 나라도 있을 정도였다.

흡혈귀에게는 황금시대였다.

하지만 그런 시대에 엘리자베트만은 유일하게 필요 이상으로 인간을 사냥하는 것을 싫어했다.

살아가기 위해 필요한 만큼만 사냥하고, 쓸데없이 남의 목숨을 빼앗지 않는다. 그런 엘리자베트의 방식에 반발하는 흡혈귀도 많았다. 그래서 엘리자베트는 강력한 힘을 가졌음에도 불구하고 부하는 많지 않았다.

그러나 이윽고 시간이 흘러 흡혈귀에게 암흑시대가 찾아왔다.

인간이 흡혈귀를 사냥하는, 흡혈귀에게는 악몽 같은 시대. 흡혈귀 왕국의 괴멸을 기점으로 인간들은 줄줄이 흡혈귀에게 반기를 들었다. 눈 깜짝할 사이에 흡혈귀의 숫자가 줄어들었다.
그 무렵 엘리자베트와 부하들은 인간이 다스리는 작은 나라의 영주로서 국경을 지키고 있었다. 인간과 협력하여 밭을 일구고, 마물과 싸우고, 영지를 다스리고 있었다.
엘리자베트의 영지에서는 흡혈귀는 인간을 멸시하지 않았고, 인간은 흡혈귀를 두려워하지 않았다. 그런 관계가 구축된 것도 그들이 인간의 피를 빨지 않았기 때문이다.
흡혈귀는 인간의 피를 빨지 않으면 살아갈 수 없다.
그것이 상식이었는데, 엘리자베트가 스스로 피를 끊음으로써 그것이 거짓임을 증명했던 것이다.
시조의 흡혈 충동은 일반 흡혈귀보다 수십 배나 더 강하다. 엘리자베트의 고통은 상상할 수 없을 정도였을 것이다. 그러나 그녀는 자신의 팔뚝을 깨무는 듯한 고통 속에서도 기어코 피를 끊는 데 성공했다. 그리고 그 모습을 본 부하들도 엘리자베트의 선택을 따랐다.
피를 끊은 흡혈귀는 점차 능력을 잃어버리고 보통 인간과 비슷해졌다.
하지만 그 대신 얻은 것도 있었다.
그것은 태양 아래에서 살아가는 능력. 피를 끊은 흡혈귀는 인간과 마찬가지로 햇빛이 비치는 아름다운 세상에서 살 수 있었다.
그리고 또 하나, 평화로운 마음을 손에 넣었다. 피를 끊고 햇빛을 받으며 살아감으로써 흡혈 충동은 서서히 약해져갔고, 그들은 인간과 다름없는 정신을 가지게 되었다.

그러나 그 상황에서도 시조 엘리자베트만은 변함없이 강력한 힘을 가지고 있었다.

햇빛을 받으면 피부가 문드러지기 때문에 까만 양산 없이는 외출할 수 없었다. 그나마 재가 되지 않았던 것은, 시조들 대부분이 원래부터 햇빛에 대한 내성이 있기 때문이었다.

그리고 아무리 피를 끊어도 엘리자베트의 미칠 듯한 흡혈 충동은 사라지지 않았다.

하지만 그런 고통 속에서도 그녀는 검은 양산을 쓰고 다른 이들과 마찬가지로 대낮에 활동하면서 부하들을 모아놓고 이야기했다.

"이곳에 안식의 땅을 만들자. 흡혈귀도 인간도 차별 없이 모두 행복하게 살 수 있는 땅을……."

그리고 엘리자베트는 인간에게 쫓겨 온 흡혈귀를 보호하여 자기 부하로 삼아줬다.

물론 피를 끊는다는 조건하에.

그중에는 엘리자베트를 업신여기면서 반항하는 흡혈귀도 있었다. 그러면 엘리자베트는 슬픈 얼굴로 그를 추방했다. 상대가 불복하면 그녀가 직접 처단했다.

어느새 온 세상 흡혈귀들이 인간에 의해 쫓겨나서 엘리자베트 밑에 모여들게 되었다.

인구가 늘고, 인간과 흡혈귀가 섞이고, 영지는 번영했다. 강력한 힘을 가지고 국가의 보호를 받는 엘리자베트의 영지에는 뱀파이어 헌터도 나타나지 않았다.

그곳에는 엘리자베트가 꿈꿨던 『안식의 땅』이 분명히 존재했었다.

모두가 행복해지기를. 그것이 그녀의 소원이었다.

그러나 『안식의 땅』은 하룻밤 만에 붕괴됐다.

그것은 『붉은 달』이 뜨던 밤이었다.

엘리자베트는 날마다 강해지는 흡혈 충동을 억제하려고 성에 틀어박혀 있었다.

당시 메리는 제1간부였고, 제2간부가 크림슨이었다.

두 간부는 교대로 엘리자베트의 방으로 식사를 가져갔다. 그리고 크림슨이 식사를 가져갔을 때 사건이 발생했다.

크림슨이 엘리자베트의 식사에 인간의 피를 섞은 것이다.

평소의 엘리자베트였다면 먹기 전에 냄새로 눈치챘을지도 모른다. 설령 먹었어도 충동을 억제할 수 있었을지도 모른다.

그러나 그날은 『붉은 달』이었다.

오랫동안 피를 끊었던 엘리자베트는 결국 참지 못하고 폭주했고, 크림슨과 그의 부하들이 일제히 반기를 들었다.

폭주한 엘리자베트와 크림슨 일당은 겨우 몇 시간 만에 영지의 인간들을 잡아먹었다.

인간을 가축이라고만 생각하던 흡혈귀가, 인간과 같이 사는 것은 불가능했던 것이다.

엘리자베트의 꿈은…… 『안식의 땅』은 환상에 불과했다.

피를 끊고 힘을 잃어버린 엘리자베트의 부하들은 아무것도 못하고 도망치다가 살해됐다.

딱 한 명, 메리만 제외하고.

메리는 엘리자베트를 막기 위해 죽은 자의 피를 먹었다.

그리고 영지에서 빠져나간 엘리자베트 일행을 추적했다.

엘리자베트 일행의 기세는 꺾일 줄을 몰랐다. 그녀는 그날 하루 만에 작은 나라를 괴멸시키고 국왕을 갈가리 찢어 죽였다.

메리가 제때 막아내지 못한 것이다.

엘리자베트의 폭주는 3일 동안 이어졌고, 세 개의 나라가 괴멸적인 피해를 입었다.

메리가 엘리자베트를 발견한 것은 모든 것이 끝나버린 날 밤이었다.

엘리자베트는 자신이 멸망시킨 나라를 바라보며 울고 있었다.

"두 번 다시 똑같은 실수를 하지 않도록, 두 번 다시 되살아나지 않도록, 내 재를 바다에 뿌려줘……."

그렇게 말하더니 엘리자베트는 자신의 심장에 칼을 꽂고 쓰러졌다.

분명히 재가 되었어야 했다.

그러나 그녀는 재가 되지 않았다. 검이 급소에서 살짝 빗나간 것이었다.

숨도 쉬지 않았고, 심장도 뛰지 않았다.

마치 죽은 것 같았다.

그러나 아직 살아 있었다.

그 입에 인간의 피를 흘려 넣으면, 즉시 그녀는 되살아날 것이다.

반대로 그 검을 조금만 더 깊이 꽂아 넣으면, 즉시 그녀는 재로 변할 것이다.

메리는 둘 중 무엇도 할 수 없었다.

주군의 뜻을 거역하지도 못하고, 또 주군을 죽이지도 못했다. 메리는 영원한 잠에 빠진 주군을 관 속에 숨기고, 그것을 영원히 지키기로 결심했다.

"어리석은 선택이었어. 그로부터 몇 년 후, 나는 엘리자베트 님을 크림슨에게 빼앗겼다. 피를 끊은 나로서는 엘리자베트 님을 지켜드릴 힘이 없었던 거야. 그리고 그분은 또다시 이용당할 위기에 처했다. 만약 1,000년 전과 똑같은 비극이 일어난다면, 나는 그분께 어떻게 용서를 구해야 할지 모르겠어……."

메리는 슬픈 얼굴로 웃었다.

"이것이 나에 관한 전부다. 나는 인간이 아니라 흡혈귀야. 비밀로 해서 미안하다……."

"아냐, 됐어. 나도 마찬가지인걸. 나는 〈악마 빙의〉일지도 몰라. 옛날에 등에 검은 반점이 생겨서 점점 넓게 퍼졌었는데. 어느 날 갑자기 상태가 좋아지더니 어느새 거짓말처럼 검은 반점이 싹 사라졌어. 만약에 그 검은 반점이 〈악마 빙의〉였다면, 나는 언젠가는 괴물이 될 테지……. 그래서 내가 사라져버리기 전에, 내 동생을 기사단에 입단시키고 싶어서 억지로 여기까지 데려온 거였어. 하지만 내가 잠깐 눈을 뗀 사이에 그 아이를 빼앗겨서…… 혹시 시드에게 무슨 일이라도 생긴다면, 나도 어떻게 용서를 구해야 할지 모르겠어……."

"그랬구나……."

그들은 한동안 침묵했다.

"나는『안식의 땅』이 환상이었다고 생각하지 않아. 다시 시작할 수는 없을까?"

클레어로서는 엘리자베트가 잘못했다는 생각은 도저히 할 수 없었다. 가능하다면 그녀를 도와주고 싶었다.

그러나 메리는 고개를 옆으로 흔들었다.

"나는 더 이상 똑같은 실수를 하고 싶지 않아."

"그래…… 당신이 안 하겠다면, 내가 그녀를 돕겠어. 엘리자베트를 납치해서『붉은 달』이 끝날 때까지 기다리면 그녀는 폭주하지 않을 거야."

"클레어…… 왜 그렇게까지 하려는 거야?"

"『붉은 달』이 끝나면 엘리자베트를 깨울 거야. 그다음에 다시 한 번 이야기해보자."

"하지만…… 엘리자베트 님은 틀림없이 죽음을 원하실 거야."

메리는 고개를 숙이고 생각에 잠겼다. 마음속에 복잡한 갈등이 존재하는 것이리라.

"그거야 직접 이야기해보기 전까지는 모르지. 이런 식으로 끝나면 너무 슬프잖아. 메리도, 엘리자베트도, 그리고 죽은 사람들도……."

클레어는 메리의 눈동자를 들여다보며 미소 지었다.

메리의 눈동자에는 망설임이 담겨 있었다. 그녀도 실은 이대로 끝나는 것을 원치 않는 것이었다.

"당신들이 꿈꾸던 『안식의 땅』은 환상이 아니었어. 나는 그렇게 생각해. 그러니까 다 함께 웃으면서 끝내자."

"고마워…… 신세를 지는군."

메리는 고개를 들더니 끄덕거렸다.

"신경 쓰지 마. 자, 그럼 크림슨을 해치우고 잠자는 여왕님을 납치해볼까?"

"응. 클레어의 동생도 반드시 구할 거야."

클레어의 움직임이 딱 멈췄다.

"시드를 구하는 사람은 나야. 함부로 나서지 마."

"아, 응……."

"메리, 당신은 나의 아름답고 화려한 구출극을 보조해줘."

"……알았어."

두 사람은 탑을 올라갔다.

Not a hero, not an arch enemy,
but the existence intervenes in a story and shows off his power.
I had admired the one like that, what is more,
and hoped to be.
Like a hero everyone wished to be in childhood,
"The Eminence in Shadow" was the one for me.
That's all about it.

The Eminence in Shadow

I can't remember the moment anymore.
Yet, I had desired to become "The Eminence in Shadow"
ever since I could remember.
An anime, manga, or movie? No, whatever's fine.
If I could become a man behind the scene,
I didn't care what type I would be.
Not a hero, not an arch enemy,
but the existence intervenes in a story and shows off his power.

3장

『피의 여왕』을 찾아서!

The Eminence in Shadow
Volume Three

Chapter Three

과연 시조 흡혈귀의 보물창고답군.

지금까지 본 적도 없는 보물이 산더미같이 쌓여 있었다. 나는 감동에 젖어 전율했다.

그런데 이것도 좋고 저것도 좋구나 하고 이것저것 보물을 물색하다가, 가져갈 수 있는 물건은 한정되어 있다는 사실을 문득 떠올렸다.

기본적으로 미술품은 팔아치울 방법이 없으니까 포기하자. 안타깝게도 보물창고에는 미술품이 제일 많았다.

그다음은 보석과 귀금속. 작은 것은 괜찮지만, 큰 것은 부피도 크고 팔기도 어렵다.

그렇다면 선택 범위는 저절로 좁아진다.

가장 확실하고 효율적으로 돈을 벌기 위해서 내가 가져가야 할 물건은——금화였다.

500엔 크기의 동전 하나가 10만 제니. 그것도 환금할 필요 없이 그대로 쓸 수 있다.

다른 것들을 압도하는 효율과 신뢰성이다.

이토록 굉장한 보물들을 눈앞에 두고, 이 얼마나 꿈도 희망도 없는 이야기인가.

"뭐, 현실은 원래 이런 거지……."

나는 형형색색의 보물들에게 작별을 고하듯이 중얼거리고 금화를 싹싹 긁어모았다.
물론 가져갈 방법도 생각해뒀다.
슬라임 보디슈트의 제일인자인 엡실론을 참고해서 나는 보디슈트에 금화를 집어넣었다.
엡실론은 슬라임을 집어넣었으니까. 나는 금화를 집어넣는 것이다.
보디슈트에도, 롱코트에도, 후드에도, 빈틈없이 금화를 꽉 채워 넣었다.
아니, 거짓말. 관절 부분에는 공간을 좀 남겨뒀다.
그래도 나는 1,000개가 넘는 금화를 슬라임 보디슈트에 집어넣었다.
금화 1,000개. 즉, 1억 제니. 계산이 잘못되진 않았을 것이다.
나는 최소 300년은 살 생각이니까 이걸로는 턱없이 부족하다.
하지만 더 이상 금화를 집어넣는 것은 아무래도 위험했다.
금화 1,000개의 중량은 마력으로 강화하면 전혀 문제가 되지 않았지만, 단순히 움직이기가 힘들었다. 지금도 움직임이 좀 딱딱해졌는데, 더 이상 집어넣었다간 완전히 뻣뻣해질 것이다.
그리고 금화 1,000개 정도는 겉보기에는 그다지 티가 나지 않지만, 만약에 금화 2,000개를 집어넣는다면 아무래도 좀 티가 날 것이다.
"그냥 들고 가는 것은 쉽지만……."
앞으로 『피의 여왕』과 보스전을 해야 하니까.
『피의 여왕』은 시조 흡혈귀라고 한다.

틀림없이 강할 것이다. 강한 게 확실하다.
시조 흡혈귀라고 하면 강한 것이 당연하다.
고로 이번 전투 계획은 이미 정해져 있었다.
기존의 패턴으로는 나는 맨 마지막에 등장하는 편이지만, 이번에는 시조 흡혈귀라는 거물을 상대해야 하니까. 일부러 반대로 내가 맨 먼저 싸우기로 결심했다.
나와 시조 흡혈귀가 한창 격투를 벌이고 있을 때 주인공 일행이 도착해서 "이 얼마나 굉장한 싸움인가! 이 싸움에는 도저히 끼어들 수 없어!" 하고 충격을 받는 패턴.
이번에는 그게 최고일 것이다.
그러니까 이번에는 내가 맨 먼저 『피의 여왕』을 발견해야 한다. 꾸물거리다간 누군가에게 선수를 빼앗길 것이다.
나는 일단 금화를 보물창고 문 앞으로 옮겨놓았다.
"나중에 가지러 와야지."
이벤트가 끝나거나 예상외의 사태가 발생해도 회수하기 쉽도록.
무사히 회수할 수 있기를 바라면서, 나는 오랜만에 전력 질주로 탑을 올라갔다.
도중에 누나를 발견했다. 위기인 것 같아서 잠깐 도와줬다. 『폭군』을 확 날려버렸다.
자, 빨리 올라가야지.

"드디어 이 순간이 왔구나……."

크림슨은 단려한 얼굴에 미소를 띠고 있었다.

제물 준비는 끝났고, 달은 심홍색으로 물들었다.

『피의 여왕』 엘리자베트를 부활시킬 시간이 온 것이다.

크림슨은 방 한가운데에 자리 잡고 있는 커다란 관으로 손을 뻗어 관 뚜껑을 열었다.

그러자 관 속의 내용물이 나타났다.

그곳에 있는 것은 말라비틀어진 조그만 검은 덩어리였다.

크림슨은 말라비틀어진 검은 덩어리를 손바닥으로 감싸듯이 소중히 들어 올렸다.

"오랜만입니다. 우리의 『피의 여왕』……. 이 세계를 피로 물들일 준비가 끝났습니다……."

그 검은 덩어리는 자세히 보면 무슨 장기 같았다.

그것은 말라비틀어진 심장이었다.

1,000년이란 세월이 흐르는 동안에 시조의 심장만 남은 것이었다.

그러나 심장만 무사하다면 부활할 수 있다. 시조는 그런 생물이다.

크림슨은 관 뚜껑을 닫고, 그 심장을 검은 머리 제물의 앞으로 가져갔다.

제물의 심장은 이미 크림슨이 도려냈다. 거기에 그는『피의 여왕』의 심장을 집어넣었다.

신선한 피와 살이다. 이로써 세상을 공포에 빠뜨렸던 최강의 시조『피의 여왕』이 부활할 것이다.

"크크크크큭……."

부활하려면 시간이 좀 더 필요할 것이다.

크림슨은 한동안 이곳을 떠나야 한다. 부활한 직후의『피의 여왕』은 피에 굶주려서 흡혈귀든 뭐든 가리지 않고 죽일 것이다. 여왕이 진정하기 전까지는 크림슨도 함부로 다가갈 수 없다.

크림슨은 서둘러 방문을 열고 밖으로 나갔다.

그러다 갑자기 흠칫 하고 멈춰 섰다.

"너, 넌 뭐야……?"

문 밖의 복도에는 아무런 기척도 없었다. 적어도 문을 연 순간에는 그곳에는 아무도 없었을 것이다.

그런데 돌연 칠흑의 롱코트를 입은 남자가 나타났다.

크림슨은 즉시 손톱을 세우고 전투태세를 취했다.

"당장 떠나라. 안 그러면 죽——프앗?!"

크림슨의 몸이 둘로 쪼개졌다.

머리부터 가랑이까지 일도양단.

상대가 휘두른 칠흑의 칼을, 크림슨은 눈으로 확인하지도 못했다.

그는 경악하여 눈을 크게 뜨면서도 금방 재생했다.

그는 고위 흡혈귀다. 단순히 일도양단된 수준이라면 몇 번이든 재생할 수 있다.

“네놈은 누구냐?! 그 하등한 칼로 감히 나를——흐헛?!”

말하는 도중에 머리가 날아갔다.

분명히 경계하고 있었는데. 그 칼이 전혀 보이지 않았다.

“가, 감히! 나를 화나게 만들——푸헉?!”

양팔이 날아갔다.

“멍청한 것! 『붉은 달』의 흡혈귀는 최강——히갹?!”

양다리가 날아가고 덤으로 잘게 다져졌다. 몸통도 얇게 썰렸다.

“뭐, 뭐야?! 회복 속도가 따라가질 못——프훅?!”

회복한 부위도 즉시 절단되어 산산조각 났다.

“자, 잠깐! 잠깐만!! 목적이 뭐냐?! 우선 대화를——크핫?!”

이어서 목이 날아가고 머리가 다져졌다.

“말도 안 돼…… 어떻게, 이런 일이…….”

마지막으로 남은 심장에 찌르기 한 번.

크림슨은 재가 되었다.

칠흑의 롱코트를 입은 남자는 그대로 방 안으로 들어가서 커다란 관 앞에 섰다.

“내 이름은 섀도우. 어둠 속에 숨어서, 어둠을 사냥하는 자…….”

그리고 한동안 기다렸다.

기다렸다.

기다렸다…….

“『피의 여왕』이여…… 거기 있다는 것은, 알고 있다…….”

그리고 기다렸다.

기다렸다……!!

"……있지? 기척은 없지만, 숨기고 있는 거지?"

섀도우는 관 뚜껑을 열고 안을 들여다봤다.

그곳에는 아무도 없었다.

"어? 진짜야? 이게 무슨 패턴이야?"

그는 방 안을 둘러봤다. 그리고 심장에 구멍이 뚫린 검은 머리 소년의 시체를 발견했다.

"설마 네가 여왕이야? 아니, 남자잖아. 이미 죽었고……."

고개를 갸웃거리면서 문 앞에 있는 재를 바라봤다.

"설마 좀 전에 그 흡혈귀가 여왕인가? 머리카락도 붉었으니까, 혹시…… 아, 아냐. 남자는 아닐 거 아냐? 하지만 보스 같은 분위기는 있었지…… 아니, 그런 것치고는 좀 약했는데……."

한동안 그는 고민에 빠졌다.

"이것은 여왕이 없는 특수 상황인가……? 여왕이 처음부터 없었던 패턴과, 이미 살해돼버린 패턴과, 외출 중인 패턴이 있는데…… 일단 금화를 회수하고 나서 수색해볼까……?"

그리고 몸을 돌려 방 밖으로 나왔다.

"휴…… 설마 내가 너무 늦게 온 건가……? 엄청 서둘렀는데…… 아, 뭐야……."

그렇게 중얼거리면서 그는 모습을 감췄다.

붉은 달이 이제 아무도 없는 실내를 환상적으로 비추었다.

돌연 제물의 몸이 꿈틀거렸다.

이어서 쿵, 쿵, 하고.

제물의 몸에 박힌 심장이 뛰기 시작했다.

메리와 클레어는『홍의 탑』최상층에 도착해 그 문을 열었다.

"시드?!"

가슴에서 피를 흘리며 쓰러져 있는 검은 머리 소년의 시체를 발견한 클레어는 당장 그에게 뛰어갔다.

한눈팔지 않고 곧장 다가가 끌어안았다. 그녀의 붉은 눈동자에서 눈물이 흘러나왔다.

"안 돼!! 제발, 눈을 떠, 시드!! 시드?! 시드? ……어?"

클레어는 갑자기 냉정한 눈으로 시체를 바라봤다.

눈물이 멎었다.

"이건 시드가 아니야."

"뭐? 아니라고?"

"시드는? 시드는 어디 있어?"

클레어는 두리번두리번 주위를 둘러봤다.

그때 메리가 비명을 질렀다.

"——클레어?!"

"……응?"

돌발 사건이었다.

문득 정신 차려 보니, 소년의 팔이 클레어의 복부를 꿰뚫고 있었다.
클레어의 입에서 피가 튀어나왔다.
"커헉…… 뭐야…… 이거…… 시드……."
"클레어!!"
무너지는 클레어.
그리고 가슴에서 피를 흘리는 검은 머리 소년이 움직이기 시작했다.
그는 틀림없이 죽었을 텐데.
그런데 지금은 두 다리로 일어났다. 그의 가슴에서 붉은 촉수 같은 것이 흘러넘쳤다.
촉수는 기괴하게 꿈틀거리면서 그의 몸을 감쌌다.
"아아…… 이럴 수가…… 설마……."
이 기척. 메리는 알고 있었다.
붉은 촉수는 이윽고 그의 온몸을 완전히 뒤덮더니 갑자기 펑 터졌다.
그리고.
흩어지는 핏방울 속에서 아름다운 전라의 소녀가 등장했다.
심홍색 머리카락, 같은 색깔의 눈동자. 그리고 하얀 피부와 여성스런 균형 잡힌 몸매. 그것은 메리의 기억 속에 남아 있는『피의 여왕』엘리자베트 그 자체였다.
엘리자베트는 배에 구멍이 난 클레어를 끌어안더니 그녀의 목을 물었다.

"으, 아아……."

클레어의 입에서 신음성이 흘러나왔다.

아직 클레어는 살아 있었다.

그러나 메리는 피를 빨리는 클레어를 그저 지켜볼 수밖에 없었다.

메리는 알고 있었던 것이다.

부활한 『피의 여왕』 엘리자베트 앞에서는 무슨 짓을 해도 소용없다는 것을.

"클레어…… 아아……."

이윽고 피를 빨려서 창백하게 질린 클레어가 휙 버려졌다.

엘리자베트의 아름다운 눈동자가 메리를 응시했다. 그 눈동자는 메리를 한낱 먹잇감으로만 인식하고 있었다.

"아…… 엘리자베트 님……."

메리는 덜덜 떨면서 뒷걸음질 쳤다.

그녀의 주군은 부활하고 말았다.

최강의 시조 엘리자베트를 막을 수단 따위는 존재하지 않았다.

메리는 이번에도 너무 늦어버린 것이다.

메리의 눈에 눈물이 고였다.

절망의 눈빛. 그런데 그것이 곧 경악으로 변했다.

불쑥 나타난 검은 그림자가 엘리자베트와 충돌한 것이었다.

엘리자베트의 붉은 손톱에 맞서는 칠흑의 칼.

그것은 서고에서 만났던 칠흑의 보디슈트를 입은 여성——베타였다.

"보호해!!"

베타가 그렇게 소리를 지르자, 세 개의 그림자가 더 나타나서 클레어를 구출했다.

베타는 칠흑의 칼로 엘리자베트의 손톱을 막아내더니 뒤로 훌쩍 뛰어 상대의 공격범위에서 벗어났다.

"665번, 용태는?"

"아직 살아 있습니다. 그러나 조속히 치료해야 합니다."

"그렇군. 하지만…… 그냥 보내줄 것 같지 않네."

베타의 시선이 닿는 곳에서는 벌거벗은 미녀가 걸어오고 있었다.

"당신들은 나를 보조해."

"알겠습니다."

"거기 뱀파이어 헌터 씨. 잠시 클레어 씨를 맡아주세요."

"아…… 클레어……."

메리는 665번이 건네준 클레어를 받아 끌어안았다.

"잠깐만, 안 돼……."

엘리자베트와 싸우려고 하는 베타에게 메리가 말을 걸었다.

충고하지 않을 수 없었다.

"안 돼……. 당신의 실력으로도, 절대로 이길 수 없어……."

베타는 가면 속의 고양이 같은 눈동자로 메리를 보았다.

"그렇다 해도, 이것이 내 임무입니다."

베타는 칠흑의 칼을 들고 『피의 여왕』과 대치했다.

어쩌다 일이 이렇게 됐을까…….

베타는『피의 여왕』엘리자베트와 대치하면서 자신의 실수를 후회했다.

주인님의 누나가 빈사의 위기에 처하다니. 엄청난 실수였다.

베타의 주인님은 아직 모습을 드러내지 않았다. 그것은 주인님이 그 외에 우선시해야 할 중대한 이유가 있어서 오지 못했다는 뜻이고, 요컨대 이곳에서의 대응은 베타 일행에게 맡기셨다는 뜻이다.

그런데 베타는 그것을 너무 늦게 파악했다.

그 결과 이런 최악의 사태를 초래한 것이다.

혹시 이대로 주인님의 누나가 목숨을 잃기라도 한다면, 베타는 주인님을 뵐 낯이 없을 것이다.

"전설의『피의 여왕』을 상대로 얼마나 싸울 수 있을까……."

베타는 그렇게 중얼거렸다. 그러나 그 눈은 살기등등했다.

실수를 만회할 방법은 딱 하나.

『피의 여왕』을 상대로 승리하는 것밖에 없다.

베타는 무시무시한 얼굴로 칠흑의 칼에 마력을 주입했다. 그리고 바닥을 발끝으로 두드려 부하에게 신호를 보냈다.

세 명의 부하들이 흩어졌다.

언제든지 움직일 수 있다.

베타는『피의 여왕』을 주시하면서 적당한 타이밍을 노렸다.
『피의 여왕』은 느릿느릿 평범하게 걸어서 다가왔다. 실오라기 하나 걸치지 않은 그 아름다운 나신이『붉은 달』의 빛으로 물들었다. 어쩐지 졸린 듯한, 감정을 알아볼 수 없는 그 눈동자가 베타 일행을 바라봤다.
그리고 공격범위 내에 들어왔다.
"——핫!!"
베타의 일섬(一閃)이 전투 개시 신호였다.
그 아름답고도 부드러운 칠흑의 참격은 섀도우의 검 놀림을 방불케 했다.
『피의 여왕』은 왼손 손톱으로 베타의 일격을 막아냈다.
그와 동시에 오른손 손톱으로 반격을 시도했다.
그러나 등 뒤에서 666번이『피의 여왕』을 습격했다.
하는 수 없이 오른손 손톱은 666번의 공격을 튕겨냈다.
하지만 그때는 이미 옆에서 664번과 665번이 덮쳐왔고, 또 베타도 추가 공격을 가했다.
『피의 여왕』은 왠지 졸려 보이는 눈으로 자신을 덮쳐오는 세 개의 칼날을 보더니——심장만 지켰다.
『피의 여왕』의 아름다운 육체를 세 개의 칼날이 베었다.
선혈이 튀어 나신을 더럽혔다.『피의 여왕』은 꼼짝도 하지 않았다.
"아, 안 빠지잖아?!"
664번의 비명.

세 자루 칼은『피의 여왕』의 나신에 박힌 채 멈춰 있었다.
『피의 여왕』은 자신의 근육으로 칼을 받아내서——움직임을 막아버린 것이었다.
"크윽!!"
베타는 전력으로 신체강화를 해서 억지로 칼을 뽑았다.
그러나 664번과 665번은 신속한 판단을 하지 못했다.
"칼의 형태를 바꿔!"
베타가 그렇게 외쳤지만 이미 늦었다.
그들 두 명에게『피의 여왕』의 손톱이 날아왔다.
그때 666번이 움직였다.
666번은 그 아름다운 검 놀림으로『피의 여왕』의 힘줄을 베었다.
『피의 여왕』의 양팔이 힘을 잃었다. 순식간에 재생하긴 했지만, 그사이에 두 사람은 슬라임 소드를 변형시켜 뽑아냈다.
그리고 베타의 칼이『피의 여왕』의 얼굴을 베었고, 664번이 옆구리를 베었고, 665번이 다리 힘줄을 베었고, 마지막으로 666번이 등을 힘차게 베었다.
『피의 여왕』의 나신이 벽과 격돌했다.
"잘했어, 666번."
666번은 살짝 고개를 끄덕였다.
『피의 여왕』은 돌조각에 파묻힌 채 움직이지 않았다. 베타 일행은 방심하지 않고 경계하면서 뒤로 물러났다.
베타는『피의 여왕』을 한눈에 강적이라고 판단했다.

아마 일대일로 싸우면 이기지 못할 것이다. 부하들을 데리고 넷이서 싸워도 고전할 거라고 예상했다.

실제로도 상대는 강적이었다.

그러나 상상했던 것보다는 훨씬 싸우기 쉬웠다.

신입의 팀플레이가 예상보다 더 훌륭했다. 사령탑인 664번, 지식과 지혜를 갖춘 665번, 전투력이 있는 666번. 람다의 말마따나 좋은 팀이었다.

"이길 수 있을지도 몰라……."

베타는 저도 모르게 그런 말을 중얼거렸다.

――그러나.

"불가능해……. 물론 당신들은 강해. 그러나 엘리자베트 님은 이제 막 눈을 뜨셨어…… 엘리자베트 님의 진짜 힘은 이런 것이 아니야."

클레어를 안고 있는 메리의 눈에는 절망의 눈물이 고여 있었다.

"엘리자베트 님은 옛날부터…… 엄청난 저혈압이셨어!"

"뭐?"

그 순간, 『피의 여왕』의 마력이 폭발적으로 증가하여 대기를 흔들었다.

돌무더기 속에서 등장한 『피의 여왕』은 피처럼 붉은 드레스를 몸에 두르고 있었다.

아니, 아니다.

그녀가 몸에 두른 것은 드레스 같은 피였다.

피를 드레스처럼 조종해서 알몸을 감싼 것이었다. 그녀의 피부

위에서 피의 드레스는 마치 살아 있는 것처럼 기묘하게 꿈틀거렸다.

『피의 여왕』에게서 흘러넘치는 무시무시한 압력. 베타는 가면 아래의 얼굴을 찡그렸다.

"이것이『피의 여왕』인가."

등골이 서늘해졌다. 생물로서의 격이 다르다는 것을 피부로 느꼈다.

그야말로 괴물이었다.

이 별격의 괴물을 이길 수 있는 존재가 있다면, 그것은 베타의 주인밖에 없을 것이다.

"베타 님……."

664번이 베타를 쳐다봤다. 판단을 내려달라는 듯이.

베타는 고개를 옆으로 흔들었다.

『피의 여왕』에게서 도망친다는 것은 불가능할 테고, 애초에 주인님의 누나를 놔두고 도망친다는 선택지 따윈 없었다.

그런데 그때.

"어머나, 이것 참 어마어마한 괴물이네요……. 저도 참가하도록 하지요."

아홉 개의 꼬리를 가진 여우 수인(獸人)이 등장했다. 그녀는 은빛 머리카락을 휘날리면서 두 개의 철선을 펼쳤다.

"당신은,『요호』유키메……."

직접 보는 것은 처음이지만, 무법도시의 지배자에 관해서는 베타도 알고 있었다.

서로 뭔가를 확인하는 것처럼 베타의 시선과 유키메의 시선이 얽혔다.

"협력에 감사드립니다."

그것이 베타의 판단이었다.

"좋지요, 함께 싸워볼까요."

그들은 『피의 여왕』과 대치했다.

거기에 또 누군가가 난입했다.

"나를 빼놓고 일을 진행하지 마."

창문을 깨고 갈색 거한이 등장했다. 그는 대형 손도끼를 어깨에 메고 『피의 여왕』을 보더니 코웃음을 쳤다.

"네놈이 여기 두목이냐? 내 도시에서 제멋대로 설치고 다니던데."

"당신은 어디서 불쑥 튀어나온 것이야?"

"어디서 등장하든지 그건 내 마음이잖아? 할망구. 이 여자는 내가 죽일 거다."

"마음대로 하렴."

갈색 거한은 대형 손도끼를 겨누었다.

이 남자도 베타는 알고 있었다. 그도 무법도시의 지배자 중 하나인 『폭군』 저거노트였다.

이 순간, 무법도시의 지배자 세 명이 한곳에 모였다. 전부 다 이 무법도시를 지배하는 실력자였고, 그중 두 명이 『피의 여왕』을 적대하는 것이었다.

베타는 이 행운에 감사했다. 아직은 희망이 있었다.

“이야압!!”

전투를 개시한 것은 저거노트였다.

그는 야성적인 몸놀림으로 적에게 다가가더니 그의 주무기인 대형 손도끼를 위에서 아래로 휘둘렀다.

『피의 여왕』은 미동도 하지 않았다.

“억?!”

대형 손도끼가 『피의 여왕』을 베었지만, 경악하여 소리를 낸 것은 저거노트였다.

그의 대형 손도끼는 아무런 저항도 없이 『피의 여왕』을 통과해 버린 것이었다.

“안개화?!”

고위 뱀파이어만 쓸 수 있는 기술. 몸을 안개로 바꾸는 능력이다.

그런데 『피의 여왕』의 안개화는 아무런 전조도 없었다. 게다가 『피의 여왕』은 대형 손도끼의 궤도에 있는 몸의 일부분만 안개로 변화시켰다.

“제길, 성가시군!!”

저거노트가 또다시 대형 손도끼를 휘둘렀다.

그러나 그것도 『피의 여왕』은 꿈쩍 않고 받아냈다. 그녀의 목이 딱 한순간 일그러졌고, 그 부분을 대형 손도끼가 통과했다.

그리고 『피의 여왕』은 오른손에 피를 모았다.

그 핏덩어리에 어마어마한 마력이 집중됐다.

“위험하구나!”

“피해!!”

유키메와 베타가 소리쳤다.

『피의 여왕』은 핏덩어리를 허공에 던지자마자 폭발시켰다.

핏덩어리가 폭발하자 핏방울이 사방에 튀었다. 그것은 순식간에 핏방울에서 화살촉 형태로 변하더니 거기 있는 전원을 덮쳤다.

피의 화살촉이 모든 공간을 붉게 뒤덮었다.

“——윽!!”

베타는 망설이지 않았다.

클레어를 감싸듯이 이동해서 피의 화살촉을 몸으로 받아냈다.

슬라임 보디슈트로 급소를 강화하고 칠흑의 칼로 화살촉을 베면서, 자기 몸을 방패로 삼았다.

뺨이 찢어지고 팔과 허벅지에 화살촉이 꽂혔다.

이윽고 화살촉의 비가 그쳤다.

클레어는 무사했다.

그러나…….

“이, 이봐, 당신…….”

베타의 모습을 본 메리는 말문이 막혔다.

칠흑의 보디슈트는 무참히 찢어져서 하얀 피부와 붉은 피와 살이 드러났고, 팔과 다리에는 수십 개의 화살촉이 박혀 있었다.

“윽…… 나는, 괜찮아요.”

피를 흘리면서 베타는 태연하게 칼을 들었다. 그 발밑에는 피웅덩이가 펼쳐져 있었다.

그러나 모든 이들이 베타처럼 움직일 수 있었던 것은 아니다.

664번은 온몸이 찢어지고 복부에서의 출혈이 심했다.
665번도 마찬가지로 온몸에 열상을 입었고, 다리를 다친 듯했다.
666번도 열상이 눈에 띄었지만, 크게 다치진 않은 것 같았다.
유키메도 열상은 입었어도 큰 부상은 없었다.
그리고 근거리에서 피의 화살촉 공격을 당한 저거노트는…….
"아프잖아……."
피투성이였다.
온몸에 화살촉이 박혀 있었다. 갈색 피부가 피로 물들었다.
그래도 그는 두 다리로 우뚝 선 채 대형 손도끼를 들고 있었다.
대형 손도끼의 이가 빠진 것이 보였다. 그 거대한 손도끼로 급소를 지킨 듯했다.
"빌어먹을…… 이놈, 대체 뭐야……?"
그러나 곧 한쪽 무릎을 꿇었다.
"『붉은 달』…… 이제야 기억이 나는군요. 설마 『피의 여왕』은, 그 전설의 시조 흡혈귀……?!"
유키메는 경악한 표정을 지었다.
"그게 뭔데?"
"먼 옛날…… 고작 3일 만에 나라 몇 개를 괴멸시킨 전설의 흡혈귀이어요. 섀도우 님은 이것을 알고, 저지하기 위해서……!"
"3일 만에 나라를 멸망시켰다고……?"
저거노트도 얼굴을 찡그리고 『피의 여왕』을 쳐다봤다.
『피의 여왕』의 전설을 의심하는 자는 현재 이곳에는 한 명도 없었다.

"664번, 665번, 물러서."

베타는 전투불능이 된 두 명에게 후퇴를 명했다.

"666번, 당신도."

"저는 좀 더 싸울 수 있습니다!"

"당신에게는 아직 해야 할 일이 남아 있잖아."

"……네?"

베타는 가면 속에서 미소를 짓더니 앞으로 나갔다.

이제 아무리 애써도, 설령 전원이 덤벼도 승산은 없을 것이다.

그러나 굳이 승리할 필요는 없다.

왜냐하면 주인님이 계시니까.

베타는 주인님이 오실 때까지 시간만 벌면 된다.

설령 무슨 일이 있어도, 상대가 누구여도, 베타에게 주인님은 절대적인 존재였다.

베타는 『피의 여왕』과 대치하면서 온 힘을 다해 칠흑의 검에 마력을 주입했다.

"앗?!"

그 순간, 베타의 마력이 돌연 흐트러졌다. 베타는 마력 출력을 낮추고 제어하려고 했지만, 그래도 한번 날뛰기 시작한 마력은 진정되지 않았다.

"크윽!"

"베타 님?!"

익숙하고도 끔찍한 고통이 베타의 온몸을 덮쳤다.

피의 화살촉이 꽂힌 상처 부위에서부터 피부가 검게 변색되기 시작했다.

이것은…… 〈악마 빙의〉 증상이다.

베타는 원인을 알자마자 즉시 마력 제어 방식을 변경했다. 마력의 흐트러짐은 다소 나아졌지만, 그래도 여전히 마력을 제어하기가 매우 힘든 상태였다.

그때『피의 여왕』이 움직였다.

그녀는 머리 위에 특대형 핏덩어리를 만들어내더니, 거기에 대기가 요동칠 정도로 엄청난 마력을 주입했다.

"이럴 수가……."

아까 그 일격보다 훨씬 강력한 그 핏덩어리 앞에서 베타의 목소리가 떨렸다. 그녀는 지금 움직일 수 있는 상태가 아니었다.

게다가 등 뒤에서 비명이 들려왔다.

"클레어?! 정신 차려!"

뒤를 돌아보니, 메리에게 안겨 있는 클레어의 상처도 검게 변색되어 있었다.

설마, 저 사람도――?

완전히 최악의 상황이었다.

허공에 떠오른 핏덩어리가 압축돼서 당장이라도 터질 것 같았다.

"섀도우 님, 죄송합니다……."

베타가 울먹이는 목소리로 중얼거린 순간――클레어의 눈꺼풀이 움직였다.

클레어는 꿈을 꾸고 있었다.

저 멀리까지 무한히 이어지는 하얀색 공간에 둥둥 떠 있었다.

그곳에는 클레어만 있었다. 그 외에는 아무것도 눈에 띄지 않았다.

클레어는 오로지 자신의 심장 소리만 듣고 있었다.

"……들려?"

어디서인지 목소리가 들렸다. 클레어는 고개를 들었다.

"내 목소리가 들려……?"

이번에는 확실히 들렸다.

소리가 난 곳을 봤더니, 그곳에는 검고 긴 머리카락을 지닌 여성이 있었다. 그 보랏빛 눈동자가 클레어를 보고 있었다.

"당신은, 누구……?"

"난 당신을 구하러 왔어."

"나를?"

"응, 당신을."

보랏빛 눈동자가 클레어의 몸을 바라봤다.

"어? 이게 뭐야?!"

클레어의 하얀 피부가 검게 변색되어 있었다.

과거에 클레어는 이것과 같은 증상을 경험한 적이 있었다.

"설마…… 〈악마 빙의〉?!"

"정확히 말하자면 좀 다른데. 당신이 〈악마 빙의〉라고 부르는 증상은 이미 그 사람이 치료해줬거든. 그는 모든 것을 알고 있으니까."

"뭐? 완치된 거야? 그 사람이라니, 누구……?"

"당신도 잘 아는 사람."

"몰라. 그 사람이 누군데?"

그러나 보랏빛 눈동자의 여성은 의미심장한 미소만 지을 뿐이었다.

"이제 곧 당신의 몸은 완전히 썩어버릴 거야. 그러니까 조금만 힘을 빌려줄게."

"자, 잠깐만?! 뭐가 뭔지 전혀 모르겠어!"

"난 설명을 잘 못하는 편이야."

"제발 가르쳐줘, 내 몸에 무슨 일이 생긴 거야?!"

"글쎄, 알기 쉽게 설명하자면…… 운 나쁘게 적응해서 제어에 실패한 거야."

"미안. 전혀 못 알아듣겠어."

"이야기가 좀 길어질 텐데 시간이 별로 없어. 간결하게 말할게."

"응. 부탁해."

"진화라는 것은 알고 있니? 과거에 같은 연구실에 있는 아이가 연구했었는데. 인간은 먼 옛날에는 원숭이였대. 그녀의 가설에 의하면, 원숭이가 오랜 세월에 걸쳐 환경에 적응해서 인간이 되었대. 나는 재미있는 가설이라고 생각했지. 그게 사실인지 아닌지는 몰라도.”

“어, 으음……. 그게 이 상황이랑 상관이 있어?”

“물론 있지. 그런데 또 한 명의 연구자는 ‘생물이 환경에 적응하는 일은 있을 수 없다’고 주장했어. 그녀는 원숭이가 인간이 됐다는 것은 부정하지 않았어. 원숭이도 머리 좋은 원숭이가 있고, 나쁜 원숭이가 있다. 그리고 가혹한 자연환경 속에서 머리 좋은 원숭이가 살아남아서 교미를 하고 숫자를 불려 나갔다. 그리하여 원숭이는 머리 좋은 원숭이만 남게 되었고, 오랜 세월이 흘러 인간이 되었다.”

“어, 저기, 뭐가 다른데? 애초에 그게 무슨 이야기야?”

“완전히 달라. 즉, 우연히 환경에 적응했던 원숭이가 살아남았을 뿐이고, 원숭이가 스스로 적응한 것은 아니란 거야.”

“으응?”

“그래서…… 어, 무슨 이야기를 하는 중이었지?”

“나에 관한 이야기겠지……? 아마도.”

“아, 맞아. 적응에 관한 이야기였지.”

“……뭐?”

“요컨대 우연히 환경에 적응했던 아이만 살아남아서 형태를 바꾼 거야. 그것이 현재 형태이고, 피의 성질이 중간에 두 개로 갈라진 것도 적응의 결과야. 본래의 피는 몸에 가해지는 부담이 너무 커서 자손을 남기지 못하고 사라져간 거야. 둘로 갈라진 피는 그 특징도 명확하게 달라졌어. 그리고 지금, 당신의 몸속에서 두 개의 피가 적응하려고 하는 거야. 두 개로 갈라진 피는 쉽게 적응하지 않지만, 불운하게도 당신에게는 소질이 있었고, 또 더더욱 불운하게도 당신은 그것을 제어할 방법을 몰라. 그래서 피가 폭주하여 당신의 몸을 망가뜨리는——아, 슬슬 시간이 다 됐네."

"자, 잠깐만, 지금 굉장히 중요한 대목이잖아?! 아, 아야?!"

클레어의 손에 돌연 날카로운 통증이 느껴졌다. 손등을 보니 그곳에는 복잡한 마법진이 그려져 있었다.

"틀림없이 그 표지가 제어 방법을 가르쳐줄 거야."

"어? 낫고 있어."

클레어의 몸에 있던 검은색 반점이 사라져갔다.

"이제 시간이 없어. 바깥에서는 지금 큰일이 났거든."

"역시 전반의 이야기는 필요 없었던 거 아냐?"

"당신의 몸을 좀 빌릴게. 전력을 발휘할 수는 없지만……."

그렇게 말하더니 보랏빛 눈동자의 여성은 안개처럼 흐릿해졌다.

"잠깐만! 당신 이름은 뭐야?!"

"나는 아우로라……."

"아우로라…… 왜 나를 구해준 거야?"

"당신이, 그 사람의……."

아우로라의 음성이 점점 작아진다.

"그 사람의, 뭔데? 그 사람이 누구야?!"

"섀도우……."

말하는 도중에 아우로라의 모습이 사라져버렸다.

"뭐……? 섀도우……?"
클레어는 우두커니 서서 그의 이름을 중얼거렸다.

메리에게 안겨 있던 클레어의 눈꺼풀이 스르르 올라갔다.
그 눈동자는――아름다운 보랏빛으로 물들어 있었다.
품속에 있던 클레어가 갑자기 벌떡 일어났다. 메리는 그 보랏빛 눈동자를 보고 깜짝 놀랐다.
"클레어. 당신, 눈동자 색이……."
눈동자 색만 변한 것이 아니었다. 클레어의 분위기가 왠지 어른스러워졌고, 마력의 질도 달라진 것 같았다.
그리고 가장 큰 변화는…… 클레어의 상처가 아물었다는 것이다.
복부에 난 커다란 상처는 피에 젖어 있었는데, 그 피가 꿈틀거리더니 하나의 커다란 핏덩어리로 변해 허공에 떠올랐다.
그것은『피의 여왕』의 핏덩어리와 똑같았다.
"자, 과연 얼마나 버틸 수 있을까……."
클레어가 중얼거렸다. 그 음성은 고요하고 침착했다. 말투도 마치 딴 사람 같았다.
"당신, 정말 클레어야……?"

메리가 그렇게 물어본 순간, 『피의 여왕』의 핏덩어리가 폭발했다.

그것은 물방울에서 화살촉으로 변하더니, 회피가 불가능한 절망적인 밀도와 속도로 그들을 덮쳤다.

그 누구도 움직이지 못하고 그 절망을 지켜볼 수밖에 없었다.

그렇다……. 오직 그녀만 제외하고.

"미안하지만. 오리지널은 나라서……."

클레어는 그렇게 중얼거리더니 자신의 핏덩어리를 터뜨렸다.

그 핏덩어리는 아주 작은 핏방울이 되어 비산했다. 마치 피의 안개 같았다.

날아오는 피의 화살촉에 피의 안개가 달라붙었다.

"어?"

그렇게 소리를 낸 것은 메리 혼자였다. 그러나 그곳에 있는 모든 이들이 눈을 의심했다.

피의 화살촉이 돌연 힘을 잃더니 뚝뚝 바닥에 떨어졌기 때문이다.

"육체에서 벗어난 피의 제어권을 빼앗는 것은 어려운 일은 아니야. 완전히 빼앗지는 못한 것 같지만……."

요염하게 미소 짓는 클레어의 시선 끝에는, 몸에 피의 화살촉이 몇 개 박힌 『피의 여왕』이 있었다.

클레어는 피의 안개로 화살촉의 제어권을 빼앗아서 거꾸로 돌린 것이었다. 단, 거기까지 성공한 것은 겨우 몇 개에 불과했다. 나머지는 바닥에 떨어뜨렸을 뿐이다.

하지만 그 능력은 인간의 범주를 초월한 것이었다.

마치 『피의 여왕』이 두 명 있는 듯한 싸움. 모두가 할 말을 잃었다.

“원거리 무기로는 마녀를 쓰러뜨릴 수 없어.”

클레어는 입술에 묻은 피를 핥았다. 입술이 선명한 피의 붉은색으로 물들었다.

『피의 여왕』이 움직였다.

그녀는 피의 화살촉 때문에 생긴 상처를 순식간에 회복하고 피의 드레스를 변형시켰다.

피의 드레스에서 피의 촉수가 생겨났다.

그 숫자는 눈 깜짝할 사이에 늘어났다.

“응, 그게 정답이야…….”

클레어가 혼잣말을 중얼거리더니 몸에서 피의 촉수를 만들어냈다. 그것은 『피의 여왕』과 같은 것이었다.

붉은 촉수가 서로를 위협하듯이 넓게 퍼져갔다.

그리고 일제히 전투를 개시했다.

창끝처럼 날카로운 촉수 끄트머리가 적을 향해 돌진했다.

어떤 촉수는 바닥 밑에서, 어떤 촉수는 천장에서, 공간 전체를 뒤덮을 듯한 붉은 촉수들이 사방팔방에서 서로를 덮쳤다.

그 촉수들끼리 서로 충돌했다. 결국 목표물에 도달한 것은 극히 일부에 불과했다.

돌진하는 피의 촉수를 본 클레어는 거대한 붉은 낫을 겨누었고, 『피의 여왕』은 붉은 손톱을 뻗었다.

그리고 둘 다 일격에 촉수를 베어냈다.

촉수가 춤을 추고, 서로 충돌하고, 베이고, 선명한 붉은색으로 공간을 물들였다. 천장에 뚫린 구멍에서는 『붉은 달』의 빛이 들어와서 아름다운 두 여성을 비추었다.

그것은 육안으로 다 확인하지 못할 만큼 빠르게 진행되는, 인간이 아닌 것들의 결투였다.

아름답고 치열한 그 전투를 모두들 홀린 듯이 지켜봤다.

"굉장해……."

"어찌 이런 전투가 존재하는 것인지……."

두 명의 실력은 호각일까.

제삼자가 보기에는 우열을 판단하기조차 어려웠다.

그저 아는 것은 단 하나. 아직까지 결정타는 하나도 없었다는 것.

붉은 촉수의 난무가 한동안 이어지더니, 클레어가 한숨을 쉬었다.

"끝이 없군…… 하지만."

클레어는 장난스런 미소를 지었다.

"이제 충분히 피의 안개를 들이마셨을 거야. 그렇지?"

그 직후, 『피의 여왕』이 무릎을 꿇었다.

그녀는 피를 토하면서 눈에서 피눈물을 흘렸다. 『피의 여왕』의 몸에 있는 모든 구멍에서 피가 터져 나왔다.

"쿨럭……."

『피의 여왕』이 처음으로 고통스럽게 신음했다.

"들이마신 안개는 꼭 제어권을 빼앗아야 해."
무릎 꿇은 『피의 여왕』을 향해 클레어의 촉수가 쇄도했다.
『피의 여왕』의 촉수도 저항했지만, 압도적 질량에 의해 뭉개졌다.
시야를 온통 가리는 촉수들이 『피의 여왕』을 완전히 뒤덮었고——대량의 피가 사방으로 튀었다.
그리고 그 후에는 붉은 피만 남았다.
"나의 전력과는 거리가 멀지만, 뭐, 이 정도면 될까."
어른스러운 태도와 불가사의한 미소, 인간을 초월한 전투력과 보랏빛 눈동자.
팔짱을 끼고 선 클레어는 메리가 아는 소녀와는 전혀 다른 존재였다.
"클레어, 대체 어떻게 된 거야……?"
클레어는 메리를 힐끗 보더니 조금 난처한 듯이 웃었다. 그 미소에서는 어쩐지 클레어의 분위기가 느껴졌다.
그러나 그 직후. 보랏빛 눈동자가 다시 경계하는 빛을 띠었다.
주위에 농후한 피의 안개가 생겨났다. 그것이 이윽고 모여들어 인간 형태가 되었다.
"이럴 수가……?"
"설마, 아직 살아 있는 거야……?"
경악하는 소리가 들리는 가운데 메리는 은근히 속으로 납득했다. 메리가 알고 있는 엘리자베트는 이 정도로 끝장날 리 없었다.
하지만 지금의 클레어라면 엘리자베트에게 대항할 수 있을 것이다.

클레어가 있으면, 1,000년 전과 똑같은 잘못이 되풀이되진 않을 것이다.

그러나 피의 안개 속에서 멀쩡한 『피의 여왕』이 나타났을 때 갑자기 클레어의 몸이 휘청거렸다.

그대로 그녀는 무릎을 꿇었다.

"역시, 이 몸으로는 이게 한계인가……."

괴로운 듯이 입가에서 피를 흘렸다. 인간을 초월한 능력에 클레어의 육체가 더 이상 버티지 못한 것이다.

무릎 꿇은 클레어와, 그녀를 내려다보는 『피의 여왕』. 좀 전과는 정반대의 구도였다.

"쳇, 이봐, 이건 아니잖아……."

"위험하군요……."

"아아……."

메리의 눈동자가 흔들렸다.

여기서 클레어가 쓰러지면, 이제 엘리자베트를 막을 자는 없을 것이다.

1,000년 전의 참극이 되풀이되고, 모든 것이 끝난 뒤 메리의 주군은 또다시 절망할 것이다…….

그런 것은 두 번 다시 경험하고 싶지 않았다.

"클레어!"

메리는 무릎 꿇은 클레어를 향해 뛰어갔다.

"아, 당신……."

"클레어, 괜찮아?! 내가――내가, 시간을 벌게."

메리는 검을 뽑고『피의 여왕』과 대치했다.

"괜찮아. 이제 충분해."

클레어는 손을 내밀어 메리를 저지했다.

"내 할 일은 끝났어. 나는 그 사람이 올 때까지 시간을 벌기만 하면 되니까……."

클레어는 아름다운 미소를 지었다.

"그 사람……?"

"그래. 그가 왔어……."

그리고――검은 그림자가 날아 내려왔다.

"내 이름은 섀도우. 어둠 속에 숨어서, 어둠을 사냥하는 자……."

그의 모습을 본 순간, 클레어는 안심한 것처럼 의식을 잃었다.

하늘에서 내려온 칠흑의 그림자는 롱코트를 펄럭이면서 칼을 뽑았다.

"네놈은――!"

"당신은――!"

"――섀도우 님!"

베타는 환희에 차서 전율했다.

베타의 마음속에는 주인님에 대한 절대적인 신뢰가 있었다.

베타와 동료들이 아직 어리고 약했던 시절부터 쭉 주인님은 그들 앞에서 싸워왔다. 베타는 그 뒷모습을 보면서 성장한 것이다.

상대가 『피의 여왕』이어도 주인님은 괜찮을 것이다.

그렇게 안심해서 그런지, 아니면 주인님을 오랜만에 봐서 그런지, 베타의 눈에는 주인님의 모습이 평소보다 한층 더 크게 보였다.

그런데 모든 이들이 베타와 같은 감정을 느낀 것은 아니었다.

"이제 와서 뭐 하러 온 거냐?"

"섀도우 님, 조심하셔요. 『피의 여왕』은 별격의 존재입니다."

저거노트는 불만스럽게, 유키메는 불안하게 섀도우를 보고 있었다.

무례하군!

베타는 그 둘을 날카롭게 쏘아봤다.

그러는 동안에 섀도우와 『피의 여왕』 사이에 서서히 긴장감이 감돌았다.

섀도우는 칠흑의 칼을 겨눴고, 『피의 여왕』은 붉은 촉수를 전개했다.

그때 베타는 눈치챘다.

『피의 여왕』의 압력이 증대했다는 것을――.

"칫, 괴물이냐……."

"지금까지 전력이 아니었단 말인가……."

저거노트와 유키메도 그걸 눈치챘나 보다. 『피의 여왕』은 클레어와 싸울 때보다 훨씬 더 힘이 강해졌다.
그녀의 눈동자는 붉은 보석같이 빛났고, 그 몸에 두른 피의 드레스도 한층 선명하고 생생하게 꿈틀거렸다.
섀도우와 『피의 여왕』 사이의 긴장감이 더욱 팽팽해지더니——마침내 피의 촉수와 칠흑의 칼이 부딪쳤다.
셀 수 없이 많은 촉수가 섀도우를 덮쳤고, 아름다운 칠흑의 칼이 그것을 베어냈다.
빨강과 칠흑의 궤적이 수없이 충돌했다. 양측의 엄청난 속도는 주변 인물들이 따라가지 못할 정도였다.
그런데 그 두 명에게는 그것은 단순한 견제에 불과했다.
돌연 『피의 여왕』의 모습이 일렁거리는가 싶더니, 그 직후 섀도우의 등 뒤에 나타났다.
붉은 손톱이 섀도우의 등을 공격했다.
그러나 갑자기 섀도우의 모습이 흔들렸다.
손톱은 허공을 갈랐고, 『피의 여왕』의 등 뒤에서 칠흑의 칼이 그녀의 가슴을 관통했다.
철퍽.
물이 넘치는 듯한 소리가 나면서 『피의 여왕』이 폭발했다. 주위에 피의 화살촉이 흩어졌다.
섀도우는 화살촉을 칼로 튕겨냈고, 『피의 여왕』은 일단 그의 공격범위에서 벗어났다.
그리고——그들은 처음으로 되돌아간 것처럼 다시 대치했다.
"저런 괴물과 대등하게 싸우다니……!"

"놀라운 속도군요……."

도저히 눈으로 확인할 수 없는 고속 전투에 모두가 경악했고, 베타는 환희했다.

이것이 베타의 주인인 것이다.

그런데 또 동시에 베타는 말로 형용할 수 없는 위화감을 눈치챘다. 뭔가 좀, 평소의 주인님과는 다른 느낌이 드는데…….

하지만 그것이 뭔지 알아내기 전에 『피의 여왕』이 움직였다.

그녀는 자기 촉수를 두 개 떼어내더니, 그 피로 자신의 분신을 두 개 창조했다.

"조심하세요! 이게 바로 엘리자베트 님이 최강의 시조라고 불리는 이유입니다! 엘리자베트 님은 피로 분신을 만들어 자기 마음대로 조종할 수 있어요!"

메리가 충고한 직후, 세 명이 된 『피의 여왕』이 섀도우를 향해 촉수를 뻗었다.

촉수의 견제. 칠흑의 칼이 그것을 튕겨냈다.

좀 전과 같은 전투가 또다시 반복됐다.

그러나 좀 전과는 다른 점도 있었다. 이번에는 촉수들과 함께 세 명의 『피의 여왕』이 기습해오는 것이었다.

그들은 등 뒤에서, 머리 위에서, 옆에서 불쑥 나타나 섀도우를 공격했다.

그러나 섀도우는 세 명의 기습을 능숙하게 피했다.

마치 그들이 나타날 장소를 알고 있는 것처럼 유려하고 아름다운 몸놀림이었다.

그것은 영원히 계속되는 무도(舞蹈)와도 같았다.
그러나 베타는 최초의 위화감이 점점 커지는 것을 눈치챘다.
그것이 대체 무엇인지——.
베타가 알고 있는 주인님이, 이토록 오랫동안 적과 싸운 적이 있었나?
——없었다.
뭔가가 다르다.
평소의 주인님과는 뭔가 다르다.
갑자기 불안감이 베타의 마음을 뒤덮었다.
베타는 불안의 원인을 찾으려는 것처럼 그 전투를 주시했다.
붉은 촉수들이 섀도우를 덮치고, 세 명의 『피의 여왕』이 기습한다.
그런 일이 반복되는 가운데 베타는 마침내 눈치챘다.
섀도우는 『피의 여왕』의 공격을 능숙하게 막아내기만 하고 반격은 하지 않는 것이었다.
아무리 방어를 잘해도 공격을 안 하면 적을 쓰러뜨릴 수 없다.
어째서 섀도우는 반격하지 않는 걸까.
섀도우는 사방에서 끊임없이 덮쳐오는 촉수 때문에 움직임을 봉쇄당했고, 또 『피의 여왕』의 기습에 의해 완전히 수세에 몰렸다.
왜 이런 일이 생긴 걸까.
그것은——섀도우의 발이 멈춰 있기 때문이었다.
베타가 아는 평소의 주인님은, 적의 공격을 최소한의 움직임으로 회피하고 즉시 반격으로 넘어간다.

그런데 지금은 촉수를 칼로 쳐내고 있었다. 칼로 쳐내면 반격이 한 박자 늦어진다. 그사이에 『피의 여왕』의 손톱이 날아와서 반격할 기회를 잃어버리는 것이다.

대체 왜――.

왜 회피하지 않는 겁니까, 주인님――?

주인님의 다리가 무거웠다. 주인님의 움직임이 딱딱했다.

촉수를 튕겨내면서 그 자리에 버티고 서 있는 저 전투방식은――뭔가 소중한 것을 지키려는 것처럼 보였다.

"――?!"

그 순간, 베타는 드디어 깨달았다.

섀도우의 등 뒤에 베타가 있다는 사실을.

게다가 베타의 뒤에는 부상을 당한 664번과 665번, 또 그들을 지키려는 듯이 서 있는 666번이 있었다. 그리고 기절한 주인님의 누나가 쓰러져 있었고…….

"아, 아아……."

베타의 음성이 떨렸다.

주인님은――계속 지키고 있었던 것이다.

자기들을 지키면서 싸우고 있었던 것이다.

그래서――회피하지 않았다.

베타의 눈에서 눈물이 흘러넘쳤다.

"섀도우 님……!"

그때 마침내 싸움의 균형이 무너졌다.

붉은 촉수가 섀도우를 후려치고, 또 세 명의 『피의 여왕』이 추가 공격을 가했다.
엄청난 기세로 튕겨져 날아간 섀도우는 벽을 뚫고 나가 쓰러졌다.
"섀, 섀도우 니이이이이이이이이이이이이이이이이이이이이임!!"
베타의 비통한 비명소리가 울려 퍼졌다.
몸이 아픈 것조차 무시하고 바닥을 기면서, 무너진 벽을 향해 다가갔다.
"안 돼……, 섀도우 님…… 섀도우 님…… 섀도우 님!!"
나 같은 짐 덩어리만 없었다면 이렇게 되지 않았을 것이다.
베타는 나약한 자신을 저주했다.
제대로 일어나지도 못하는 자신을 증오했다.
하염없이 눈물을 흘리며, 바닥에 핏자국을 남기면서 앞으로 기어갔다.
"섀도우 님, 섀도우 님!!"
베타가 무너진 벽을 향해 손을 뻗은 그 순간.
청보라색 마력이 벽에서 흘러넘쳤다.
"헉——?!"
"뭐지——?!"
그 압도적인 힘에 의해 대기가 진동하고 돌조각들이 떠올랐다.
붉은 달의 빛이 청보라색 마력으로 뒤덮였다.
그리고 벽 너머에서 방대한 마력을 두른 섀도우가 등장했다.
"섀도우 님!!"
그곳에 있는 것은 평소와 같은 주인님이었다.

더 이상 위화감은 없었다.

아름다운 청보라색 마력을 두른 주인님의 모습.

어쩐지 전체적으로 좀 작아진 것처럼 보이는 주인님에게서는 힘이 넘쳐흐르고 있었다.

그는 청보라색 마력을 도신에 주입하더니 또다시 『피의 여왕』과 대치했다.

"이번에는 좀, 진심으로 싸워주마……."

심연에서 울려오는 듯한 그 목소리가 베타의 마음을 감동시켰다.

이제는 불안하지 않았다.

『피의 여왕』은 불행하게도 주인님을 진심으로 싸우게 만든 것이었다.

"아아, 다행이다. 섀도우 님…… 어?"

그때 시야의 가장자리에서 뭔가가 반짝 빛나는 것이 보였다. 베타는 벽 뒤쪽을 바라봤다.

그곳에는 뜬금없이 대량의 금화가 떨어져 있었다. 베타는 고개를 갸우뚱했다.

왜 이런 곳에…… 음, 별로 중요한 것은 아니지만.

주인님이 무사하다는 사실에 비하면 모든 것이 사소한 문제였다.

"섀도우 님! 힘내세요~~~~!!"

베타의 성원이 신호탄이 된 것처럼 전투가 재개됐다.

청보라색 마력이 섀도우 주위에서 미친 듯이 날뛰었다.

"『피의 여왕』과 호각…… 아니, 그 이상……."

"이것이 정녕 인간의 마력이란 말입니까……."

섀도우는 저벅, 저벅, 칠흑의 부츠로 바닥을 밟으면서 아무렇지도 않게『피의 여왕』에게 다가갔다.

하지만 그런 횡포를『피의 여왕』이 용서할 리 없었다.

셀 수 없이 많은 피의 촉수가 순식간에 섀도우를 둘러싸고 공격을 가했다.

섀도우는 칼로 피의 촉수를 받아넘겼다.

이어서 저벅, 하고.

딱 한 발을 아무렇게나 내디뎠다.

"헉——?!"

"이럴 수가——?!"

그 한 발이 얼마나 대단한 것인지, 이곳에 있는 모든 이들이 이해했다.

섀도우는 칼조차 사용하지 않았다.

무수히 많은 촉수들이 마치 섀도우를 피하는 것처럼 지나쳐 간 것이다.

그리고 또 한 발.

저벅.

섀도우는 아무렇게나 내디뎠다.

마치 마술처럼『피의 여왕』의 촉수는 허공을 갈랐다.

섀도우는 모든 촉수의 움직임을 완전히 파악한 것이었다.

그리고 최소한의 동작으로 촉수들을 피하면서, 그저 한 발씩 전진해 상대에게 다가갔다.

마치——촉수 따위에는 관심도 없는 것처럼.

『피의 여왕』이 등 뒤에 나타나도 그는 이미 예측했다는 듯이 그 공격을 피하고 걸어갔다.

반격은 하지 않았다.

필요 없다는 것을 알고 있는 것이리라.

그래서 그는 모든 것을 무시하고 걸어갔다.

그는 오로지 『피의 여왕』 본체만을 똑바로 응시하고 있었다.

"걷기만 했는데도 저 공격을 뚫고 나가다니——?!"

"최소한의 움직임으로…… 어찌, 저런 일이……."

그것은 이상(理想)이었다.

누구나 머릿속에 그리고 꿈꿨던 이상적인 움직임——무(武)의 극치.

"이것이 바로 섀도우……!"

"진정한, 별격의 존재……!"

저벅, 저벅, 저벅——하고.

그의 부츠 소리가 유난히 크게 울려 퍼졌다.

이윽고 섀도우는 멈춰 섰다.

그와 동시에 피의 촉수도 멈췄다.

손을 내밀면 닿을 만한 거리.

아름다운 『피의 여왕』과 칠흑의 섀도우는 한동안 서로 마주 보고 있었다.

『피의 여왕』은 심홍의 달을 배경으로, 섀도우는 청보라색 마력을 두른 채.

지금까지의 격렬함은 거짓말같이 사라지고 이제는 정적이 이곳을 감쌌다.

그 정적 속에서 그들은 마치 이야기를 나누는 것 같았다.

"죽음을 원하느냐……."

심연에서 울려오는 것처럼 깊고 낮은 목소리가 울려 퍼졌다.

"그래, 좋다……."

이어서 엄청난 마력이 칠흑의 칼에 집중되었다.

청보라색 마력이 회오리치면서 한곳에 모였다.

『피의 여왕』도 붉은 손톱을 뻗었다.

그런데 어째서일까.

공포의 상징이었던 그 손톱이 왠지 슬퍼 보이는 것은…….

"——잠깐만!!"

그래서 메리는 뛰쳐나갔다.

"제발, 잠깐만 기다려봐!!"

그녀는 달려갔다.

틀림없이 한 번 더, 다시 시작할 수 있을 것이다.

그러니까——!

"엘리자베트 님!!"

필사적으로 손을 내밀었다.

그러나.

피의 촉수가, 메리를 튕겨냈다.

"아이, 엠……."

그리고 무정한 목소리가 울려 퍼졌다.

"엘리자베트 님!!"

메리는 절규했다.

엘리자베트가 한순간 메리를 향해 고개를 돌렸다.

그 붉은 눈동자는 한없이 온화하게 메리를 보고 있었다.

"리커버리 아토믹."

붉은 손톱과 칠흑의 칼이 교차하고. 청보라색 빛이 그곳을 온통 물들였다.

"으윽……."

기절했었나 보다.

베타가 눈을 떠보니,『붉은 달』의 빛이 비치는 조용한 밤이 펼쳐져 있었다.

주위에는 모두가 기절해 있었다. 베타가 제일 먼저 눈을 뜬 것 같았다.

주인님의 모습은 어디에서도 찾을 수 없었다.

틀림없이 다음 전투를 목표로 떠나신 것이리라. 정말로 바쁘고…… 다정하신 분이다.

"감사합니다. 섀도우 님……."

자기들을 지키기 위해 몸을 방패로 삼아 싸웠던 주인님의 모습을, 베타는 결코 잊지 못할 것이다.

다쳤던 몸이 어느새 나은 것을 눈치챘다. 저절로 베타의 입가에 미소가 떠올랐다.

보니까 664번의 상처도, 665번의 상처도, 666번의 상처도 완치되어 있었다.

당연히 주인님의 누나와 메리에게도 상처 하나 남아 있지 않았다.

"역시 섀도우 님. 에타의 가설은 옳았던 것 같구나……."

베타는 작은 병에『피의 여왕』의 혈액을 담았다.

그리고 보디슈트에 부착된 자신의 피에 의식을 집중해서…… 그것을 허공에 띄웠다.

"흡혈귀의 능력…… 좀 더 연습하면 쓸 만해지겠네. 휴…… 왠지 내가 에타의 실험 재료가 될 것 같은 예감이 드는데……. 얍."

베타는 조종하던 피를 날려버리고 부하를 깨우러 다녔다.

"아야!"

"뭐지?!"

"여긴, 어디……?"

"언제까지 잘 거니? 자, 돌아가자."

그들은 허둥지둥 일어났다.

"크…… 뭐야, 뭔 일이 있었던 거야?"

"어떻게 된 것이지요……?"

무법도시의 두 사람도 눈을 뜬 것 같았다.

그들은 주위를 둘러보고 망연자실했다.

"맙소사, 섀도우가 이런 짓을……?"
"혼자서 모두를 지켜주신 거군요……."
『홍의 탑』은 소멸했다.
모두들 하늘을 우러러봤다. 그의 존재를 눈동자 속에 새기려는 것처럼…….
"자, 가자."
베타는 그렇게 말하고 돌아섰다.
"으응……."
"아아……!"
그때 등 뒤에서 클레어와 메리가 눈을 뜬 것 같았다.
베타가 힐끔 뒤를 봤더니, 메리가 돌무더기 속에서 누군가를 꺼내 끌어안고 있었다.
그것은 심홍색 머리카락을 지닌 아름다운 소녀였다.
"이번에야말로 찾아낼 수 있으면 좋겠네……『안식의 땅』을."
따뜻한 미소. 그리고 베타의 모습은 밤의 어둠 속으로 사라져갔다.

아침 햇살을 받은 호화로운 까만색 마차를 바라보면서 나는 하품을 했다.

마차 창문은 두꺼운 커튼으로 가려놔서 보이지 않았는데, 그 안에서는 누나와 흡혈귀 친구가 작별 인사를 하고 있을 것이다.

맑은 가을 공기가 기분 좋게 느껴졌다.

우여곡절 끝에 진짜 시조 흡혈귀 이벤트는 종료되었다.

중간에 예기치 못한 사고가 발생해서 고생했지만, 최종적으로는 만회하는 데 성공했으니까. 끝이 좋으면 다 좋은 거다.

다만 모든 금화를 회수하지는 못했다. 절정기에는 금화 3,000개를 손에 넣고 행복해했는데, 우여곡절 끝에 최종적으로 가지고 나온 것은 500개였다.

금화 500개. 즉 5,000만 제니. 평생을 살기에는 턱없이 모자란 금액이다.

하지만 곰곰이 생각해보니 이 정도면 충분할지도 모른다. 나는 그 점을 깨달았다.

왜냐하면 무법도시는 변함없이 그곳에 있고, 탑도 아직 두 개나 남아 있으니까.

돈이 부족해지면 다시 오면 된다. 그래, 무법도시는 내 저금통 같은 거다.

한참 후 마차의 문이 열리고 누나가 나왔다.

음, 실은. 누나한테 엄청난 일이 생겼다.

그 사건은 어젯밤 우리가 묵던 숙소에서 발생했다.

나는 내 마음대로 산책하러 나갔던 것을 일단 사과해야겠다 싶어서, 누나의 방으로 찾아가 방문을 열었다.

그리고 나는 목격하고 말았다.

누나의 오른손에 멋진 마법진이 그려져 있는데, 누나가 거기에 붕대를 감아 숨기려고 하는 순간을.

게다가 누나는 "오른손이 욱신거려……. 나한테, 특별한 힘이……"라고 중얼거렸다.

나는 아무 말 없이 살며시 문을 닫았다.

마법진, 붕대로 숨긴다, 특별한 힘. 삼단 콤보다.

그래, 드디어 누나도 그런 나이가 되어버린 것이다…….

까만색 마차에서 나온 누나는 왠지 어두워 보이는 미소를 지으며 걸어왔다.

나는 가능한 한 평소처럼 말을 걸었다.

"이제 됐어?"

"응, 가자."

우리 둘이서 걷기 시작했다.

그런데 그때.

"시드……."

갑자기 누나가 뒤에서 나를 끌어안았다.

"……무슨 일 있어?"

"아니, 별일 없어…… 아냐, 있어……. 실은 내 안에."

올 것이 왔다……!

"특별한 힘이 잠들어 있어……."

커밍아웃 이벤트다.

여기서 부정하면 안 된다. 안일하게 부정하면, 그 아이는 나쁜 길로 빠지게 된다.

“응, 알아. 나도 누나는 특별하다고 생각했어.”

“역시 시드는 믿어주는구나…….”

누나의 팔에 힘이 들어갔다.

“나는 이 힘의 비밀을 해명해야 해. 그리고 그 사람에 관해서도…….”

“응. 누나는 틀림없이 괜찮을 거야. 난 누나가 어떤 길을 걷더라도 응원할 거야.”

“시드, 너…… 섀도우란 사람. 알아?”

“응, 무신제에서 활약했지? 그 섀도우가 뭐 어쨌는데?”

“……아니, 아무것도 아냐.”

누나는 나를 꼭 끌어안았다.

앞으로 누나는 온갖 고난을 겪을 것이다. 고민하고 괴로워하면서 현실에 직면하게 될 것이다. 하지만 오른손이 욱신거리기 시작했으니 어쩔 수 없다. 인간은 이런 식으로 어른이 되어가는 것이다.

최종적으로는 누나가 어떤 길을 걷더라도, 나는 누나의 선택을 존중하고 싶다. 왜냐하면 누나가 걷는 길은 과거에 내가 걸었던 길이기도 하니까…….

그때 등 뒤에서 시선이 느껴졌다. 나는 살짝 뒤를 돌아봤다.

까만색 마차 앞에, 까만색 커다란 양산을 쓴 소녀가 서 있었다.

양산에 가려진 그 얼굴은 보이지 않았지만 아름다운 심홍색 머리카락이 가을바람에 날리고 있었다.

그녀는 거기서 고개를 깊이 숙였다.

번외

어린 클레어의 남동생 관찰기!

The Eminence in Shadow
Volume Three
Supplement

올해 여덟 살이 된 클레어 카게노에게는 두 살 어린 남동생 시드 카게노가 있었다.
클레어는 우수한 소녀였다.
마검사를 배출하는 카게노 가문에서 기대주가 될 정도로는.
그에 비해 동생인 시드는…… 평범했다.
머리가 나쁜 것도 아니고, 운동을 못하는 것도 아니었다.
그러나 무엇을 시켜도 평범해서 영 눈에 띄지 않았다.
이를테면 그림 하나가 있다고 치자. 그 그림의 중심에서 주목받는 사람이 클레어라면, 동생은 그 뒤를 지나가는 통행인 A일 것이다.
――격차가 심한 남매.
주변 사람들의 그런 인식에 대해 클레어는 왠지 모를 반감을 느꼈다.

카게노 가문에서는 여섯 살이 되면 마검사 훈련을 시작한다.
여덟 살 난 클레어는 2년 전부터 시작했고, 어린이 대회에서 우승할 정도로 실력이 좋았다.

그리고 올해 여섯 살이 된 남동생 시드도 최근 들어 훈련을 시작했는데…….

"흐에엥……. 누나, 너무 강해……."

시드는 한심한 말을 하면서 바닥을 기었다.

"야, 살짝 건드렸을 뿐이잖아? 한심한 소리 하지 마!"

클레어는 시드를 내려다보면서 연습용 목검으로 콕콕 찔렀다.

"누, 누나, 하지 마……!"

시드가 싫어하면서 꼬물거렸다.

"아~ 이거 봐, 움직일 수 있잖아. 의지력이 약하니까 그렇게 쉽게 쓰러지는 거야!"

"이건, 횡포야……."

"나 참, 한심하긴……. 아, 그래. 좋은 생각이 났어."

클레어는 시드의 목덜미를 붙잡고 질질 끌고 갔다.

두 사람은 매일 아침 아버지한테 훈련 지도를 받았는데, 아버지가 일하러 가시면 클레어와 시드는 자율 훈련을 했다.

참고로 이건 강제였다.

"어, 어디 가는 거야?"

시드는 끌려가면서 클레어를 쳐다봤다.

"네가 너무 한심하니까, 의지력을 기르는 특별 훈련을 할 거야."

"트, 특별 훈련……?"

"대머리가 말했잖아. 근처의 숲에 스카페이스 도적단이 숨어 있다고."

여기서 대머리란 것은 아버지다.

어머니가 아버지를 대머리라고 부르기 때문에 클레어도 대머리라고 부르는 것이다. 자식은 부모를 보고 자란다.

"응, 숲에는 가까이 가지 말라고 했어……."

"그러니까 숲으로 가자!"

"뭐어? 도대체 왜?!"

"그러면 너도 의지력이 생길 테니까!"

"나, 난 못해, 하지 말자……."

"아, 이거 봐. 금방 또 이렇게 한심한 소리를 하잖아! 누나가 대회에서 우승한 거 잊었어? 걱정할 필요 없어. 안심해."

"그, 그건 어린이 대회잖아……. 흐에엥."

클레어는 시드를 질질 끌고 샛길을 통해서 집을 빠져나와 숲으로 향했다.

두 사람은 숲에 들어가서 두 시간쯤 계속 걸었다.

"누나, 그만 집에 가자. 위험하니까……."

그러나 클레어는 시드의 손을 잡아끌고 거침없이 전진했다.

"무슨 소리야. 이제 막 왔는데!"

"스, 슬슬 점심때가 다 됐잖아. 어머니도 걱정하실 거야."

“아, 맞다……. 점심시간까지 돌아가지 않으면 엄마가 화내실 텐데.”
카게노 집안에서 아버지는 대머리인데 어머니는 호랑이였다.
“맞아, 맞아. 어머니가 화내실 거야.”
“……하는 수 없지. 오늘 특별 훈련은 종료! 그래도 좀 의지력이 생겼지?”
“생겼어, 생겼어.”
“너를 위해서 한 거니까. 감사하도록 해!”
“할게, 할게.”
“좋아, 그럼 집에 가자!”
그렇게 말하더니 클레어는 왔던 길을 향해 몸을 돌렸는데—— 바로 그때.
“오, 이런 곳에 꼬맹이가 있네……?”
굵은 목소리와 더불어 수풀 속에서 일곱 명의 남자들이 나타났다.
단련된 육체와 오래 사용한 듯한 칼. 평범한 마을 사람처럼 보이진 않았다.
“당신들은…… 설마, 스카페이스 도적단?!”
“잘 아네? 미안하지만…… 너희는 살려둘 수 없어.”
그들은 클레어를 내려다보면서 흉악한 미소를 지었다.
“그, 그건 내가 할 말이야!”
클레어는 어린이용 검을 뽑았다.
하지만 그 손은 딱딱하게 굳어져 떨리고 있었다.

"꼬마 마검사인가. 상대가 평범한 도적이었다면 어떻게든 됐을지도 모르지만……."

그러더니 도적 한 명도 칼을 뽑았다.

"그, 그게 무슨 뜻이야……?!"

"유감이지만 우리는 평범한 도적과는 달라. 스카페이스 도적단은 전원 마검사다. 경비가 삼엄한 귀족이나 대상회만 노리고, 여러 나라에 걸쳐 1억 제니나 되는 현상금이 걸린 도적단이지. 일반 마검사들이 떼 지어 덤벼도 우리한테는 못 이겨."

클레어는 자기 옆에서 떨고 있는 동생을 힐끗 보더니, 그를 보호하려는 것처럼 한 발 앞으로 나섰다.

"그, 그래서, 뭐 어쨌다고?!"

"아가씨는 얼굴도 예쁘니까 비싸게 팔릴 테지만, 남자애는 죽일 수밖에 없겠는데?"

"시드한테 무슨 짓 했다가는 가만 안 둘 거야!!"

먼저 움직인 것은 클레어였다.

그 움직임은 아직 여덟 살이라는 게 믿어지지 않을 만큼 민첩했다. 순식간에 남자의 품속으로 파고들었다.

그리고——캉! 하는 날카로운 소리가 났다.

"의외로 빠르네."

상대는 클레어의 검을 쉽게 막아냈다.

두 사람은 그대로 검을 맞대고 힘겨루기를 시작했다.

"크윽…… 시드, 도망쳐!!"

클레어는 조금이라도 시간을 벌려고 검에다 좀 더 힘을 실었다.

그 순간, 엄청난 충격이 클레어를 덮쳤다.

"크헉――!"

걷어차였다.

상대가 검을 맞대고 힘겨루기를 하는 도중에 클레어를 퍽 차버린 것이다.

단지 그뿐인데도, 튕겨져 날아간 클레어는 나무에 쾅 부딪쳐 바닥에 쓰러졌다.

절망적일 정도로 크나큰 어른과 아이의 힘의 차이가 존재했다.

"컥……!"

"검술은 좋았어. 뭐, 그래 봤자 힘은 어린애 힘이지만."

"시드…… 도망쳐……."

동생만 도망친다면 더 이상 바랄 것이 없었다. 하지만 그 소원은 이루어지지 않았다.

"누, 누나를 괴롭히지 마!"

시드가 연습용 목검을 치켜들고 싸우려고 한 것이다.

"안 돼…… 시드……!"

클레어의 눈에서 눈물이 흘렀다.

"성가시네."

그 남자의 검이 어린 시드를 후려쳤다.

시드의 몸이 튕겨져 날아가더니 힘없이 쓰러지는 것이 보였다.

클레어의 눈에서 눈물이 펑펑 쏟아졌다.

"아아…… 시드…… 시드……!"

――클레어의 뇌리에 소중한 기억이 되살아났다.

클레어가 아직 세 살이어서 이제 겨우 지성이란 것이 싹텄을 때의 기억.

부모님이 눈을 뗀 사이에, 클레어는 가열되고 있는 냄비로 손을 뻗었다가 그것을 엎어버렸다.

클레어의 머리 위에서 대량의 뜨거운 물이 쏟아졌다.

아직 세 살이었던 클레어로선 대처할 방법이 없었다.

그런데 그때.

누가 그녀의 목덜미를 낚아채 뒤로 잡아당겼다.

아슬아슬하게 클레어는 뜨거운 물을 피해 엉덩방아를 찧었다. 구사일생이었다.

목덜미를 잡은 것은 겨우 한 살밖에 안 된 시드였다.

기억이 확실하지 않은 어린 시절에, 클레어가 시드에게 도움을 받은 적은 한두 번이 아니었다.

창문에서 떨어질 뻔했을 때에도, 들개에게 물릴 뻔했을 때에도, 미아가 되어 엉엉 울었을 때에도, 언제나 클레어를 구해준 사람은 시드였다.

아무도 믿어주지 않아도, 시간이 흘러 기억이 희미해져도, 언제나 시드는 자신을 구해줬던 것이다.

그래서 격차가 심한 남매라는 소리를 듣고 싶지 않았다.

자기 동생이 얼마나 굉장한지, 모두가 알아주기를 바랐다.

하지만 그런 소망이 동생을 위험하게 만들고 말았다.

"미안해…… 미안해…… 시드……."

의식이 흐려지는 가운데 클레어는 더 이상 움직이지 않는 동생을 향해 손을 뻗었다.

그때 시드가 태연하게 벌떡 일어난 것처럼 보였지만, 틀림없이 환각일 것이다.

마치 아무 일도 없었던 것처럼 검은 머리 꼬마가 일어났다.

"누나를 구하기 위해 무모하게 돌격했다가 한 방에 나가떨어지는 몹 동생. 좋아, 내가 생각해도 완벽한 대처였어."

"너, 너 뭐야, 분명히 베었는데……?!"

경악하여 눈을 휘둥그렇게 뜨는 도적들.

"네가 벤 것은 연구 중인 슬라임이야."

아이의 옷 아래에서 슬라임 덩어리가 주르륵 흘러내려 바닥에 넓게 퍼졌다.

"뭐? 슬라임……?"

"내구성에 문제가 있네. 다시 모아야겠다."

어휴 하고 한숨을 쉬었다.

도적단에게 둘러싸였는데도 두려워하는 기색이 전혀 없었다. 이상한 아이였다.

"너희는 오늘 밤에 처리할 예정이었어. 그런데 누나의 행동은 늘 예측할 수 없다니까."

아이는 그렇게 말하더니, 누나가 떨어뜨린 검을 주웠다.

"진짜 이상한 꼬맹이군. 아, 그래. 이번에는 제대로 숨통을 끊어——."

돌연 남자의 목소리가 뚝 그쳤다.

"쿨럭…… 컥."

남자가 목을 붙잡고 콜록거렸다. 피가 솟구쳤다.

"어? 의외로 약하네……?"

아이가 들고 있는 검의 끄트머리는 선혈에 젖어 있었다.

목이 잘린 남자가 털썩 쓰러졌다.

"이, 이 꼬맹이는 뭐야——?!"

상황을 지켜보던 도적들이 일제히 칼을 뽑았다.

"칼 휘두르는 게 보이지 않았어! 평범한 아이가 아니야!"

"일단 포위해! 그래 봤자 어린애잖아. 포위한 다음 두들겨 패면——."

"——맞아."

아이는 이미 움직이고 있었다.

"헉——?!"

"난 아직 어린애에 불과해."

두 번째 남자의 목이 날아갔다.

"뒤, 뒤에 있어!!"

경악의 비명.

"근력도, 마력도 아직 발전 도중이니까 한번 포위되면 끝이야. 빠져나갈 방법이 없어."

나무들 사이에서 어린아이의 목소리가 울려 퍼졌다. 세 번째, 네 번째 목이 날아갔다.

“말도 안 돼, 너, 너무 빠르――?!”

“그렇게 빠른 것도 아니야. 어린애 육체로는 이 이상은 버티지 못하거든.”

도적들은 시드의 움직임을 파악하지 못하고 속수무책으로 목이 잘려 나갔다.

다섯 번째, 여섯 번째.

그리고 최후의 한 사람이 남았다.

“――그래. 확실히 그렇게까지 빠른 것은 아니야. 빠른 것처럼 보이는 거지.”

날카로운 소리가 울려 퍼지더니 흐름이 끊겼다.

얼굴이 상처투성이인 도적이 아이의 검을 받아낸 것이다.

“체중이 가벼우니까 가속과 감속은 꽤 괜찮은 편이야. 최고속도는 영 별로지만.”

그렇게 말하더니 뒤로 뛰어 물러났다.

“신체적 약점을 보완하기 위해 기습으로 상대를 동요하게 만들고 각개격파를 하는 건가. 그 나이치고는 굉장한데?”

“칭찬 고마워. 그나저나 당신이 스카페이스, 맞지?”

“그래. 내가 스카페이스다.”

스카페이스는 커다란 벌목도를 겨눴다.

그 직후, 스카페이스의 모습이 사라졌다.

“――뒤에 있다.”

스카페이스는 아이의 배후에 있었다.

커다란 벌목도가 아래로 내리쳐진 순간, 아이도 뒤를 돌아보며 검을 휘둘렀다.

두 개의 검이 교차하고――아이의 몸이 튕겨 나갔다.

"가볍군."

조그만 몸이 허공을 날았다.

마치 고양이같이 자세를 바로 잡고 부드럽게 착지했다.

"뒤로 뛰었으니까. 그래도 손이 좀 저리네."

아이는 손을 파닥파닥 흔들었다.

"상대를 잘못 만났어. 근력도 마력도, 또 속도도――내가 너보다 우월하다."

"그러게."

아이는 순순히 인정했다.

"아까워……. 나도 과거에는 검사의 길을 걸으려다가 이 꼴이 되었으니까, 알아볼 수 있어. 10년…… 아니, 5년만 더 있어도 너는 세계적으로 유명한 마검사가 됐을 텐데."

"그래?"

"그 가능성이 아까워……. 하지만, 복수는 해야겠다."

또다시 스카페이스의 모습이 사라졌다.

그 직후, 벌목도가 붕 소리를 내면서 작은 몸을 후려쳤다.

틀림없이 어린애를 양단할 일격이었다.

"앗……?!"

벌목도에서는 아무런 충격도 느껴지지 않았다.

양단했다고 생각한 순간, 스카페이스의 눈앞에서 아이가 사라진 것이다.

"——잔상이다."

등 뒤에서 앳된 목소리가 들려왔다.

"이럴 수가——?!"

스카페이스가 뒤를 돌아보자, 그곳에 멀쩡한 아이가 있었다.

"어린이의 육체는 약해서 금방 한계에 부딪쳐버리지. 그렇다면——."

어린이용 검이 내리쳐졌다.

"——한계를 넘으면 돼."

그것은 아름다운 은색 궤적을 남기면서 스카페이스를 덮쳤다.

"빠르다……!"

아슬아슬하게 벌목도로 방어한 것은 그야말로 기적이었다.

엄청난 충격에 팔이 저렸다. 스카페이스의 얼굴이 일그러졌다.

하지만 이로써 힘겨루기를 할 수 있게 되었다.

스카페이스의 힘이라면, 어린아이 정도는 쉽게 날려버릴 수 있을 것이다.

그러나.

"크윽, 안 움직여져! 대체 왜——!"

아무리 힘을 줘도 꿈쩍도 안 했다.

이어서 대기가 진동했다.

어린아이의 마력이 어마어마하게 부풀어 올랐다.

"뭐, 뭐야, 그 마력은……?!"

아이의 눈동자가 붉게 빛났다.

『오버드라이브.』

벌목도가 금이 가더니――산산이 부서졌다.

파편이 허공으로 흩어져 빛났다.

두 동강이 난 스카페이스가 피를 뿌리며 쓰러졌다.

경악하여 두 눈을 부릅뜬 얼굴이었다.

아이는 그걸 내려다보더니 피를 토했다.

"쿨럭…… 아이의 육체에는 너무 부담이 되는군."

입술의 피를 닦았다.

칼에 묻은 피를 제거했다.

"30점. 『어둠의 실력자』는 이런 식으로 고전하지 않아."

그는 한숨을 쉬었다.

"누나, 누나, 일어나!"

동생의 목소리를 듣자마자 순식간에 클레어의 의식이 돌아왔다.

"시드――?!"

"누나, 다행――끄응!"

클레어는 온 힘을 다해 시드를 끌어안고 눈물을 흘렸다.

“시드, 무사했구나! 다행이야, 다행이야…….”
후회와 안도감으로 가슴이 터질 것 같았다.
“미안해, 미안해, 무서웠지?”
“으…… 으윽…… 숨 막혀.”
“시드, 시드, 시드…… 어라? 그러고 보니, 도적은?”
클레어는 정신 차리고 주위를 둘러봤다.
도적은 어디에도 없었다. 주위에는 혈흔만 여기저기 남아 있었다.
“혀…… 현상금 사냥꾼이 와서, 다들 도망쳤어. 그래서 그, 현상금 사냥꾼도 도적을 쫓아가서…….”
클레어의 품속에서 버둥거리면서 설명했다.
“그랬구나……. 정말 다행이야.”
“수, 숨 막혀…….”
“고마워. 시드. 나를 구해주려고 했지?”
“으, 응, 튕겨져 날아갔지만…….”
클레어는 고개를 옆으로 흔들었다.
거의 잊어버렸던 소중한 추억을 기억해냈으므로.
“시드는 항상 나를 구해줬잖아. 옛날부터 항상, 쭉…….”
그래서 클레어는 시드를 정말로 좋아했다.
“나 강해질게. 강해져서, 다음에는 꼭 누나가 시드를 구해줄게.”
두 번 다시 잃어버리지 않도록 클레어는 시드를 꽉 끌어안았다.

Not a hero, not an arch enemy,
but the existence intervenes in a story and shows off his power.
I had admired the one like that, what is more,
and hoped to be.
Like a hero everyone wished to be in childhood,
"The Eminence in Shadow" was the one for me.
That's all about it.

The Eminence in Shadow

I can't remember the moment anymore.
Yet, I had desired to become "The Eminence in Shadow"
ever since I could remember.
An anime, manga, or movie? No, whatever's fine.
If I could become a man behind the scene,
I didn't care what type I would be.
Not a hero, not an arch enemy,
but the existence intervenes in a story and shows off his power.

4장

나는 모든 것을 파괴하고 재생한다!

The Eminence in Shadow
Volume Three
Chapter Four

『요호』 유키메는『백의 탑』 최상층에서 그를 기다리고 있었다.

밖에서 하얀 달빛이 비쳐들고, 촛불 빛이 탁상에 놓인 호화로운 식사를 비추고 있었다.

갑자기 불이 일렁거리더니 흐릿한 어둠 속에서 검은 그림자가 나타났다.

“오셨습니까…….”

어느새 맹장지 앞에 칠흑의 롱코트를 입은 섀도우가 서 있었다.

“섀도우 님, 기다리고 있었어요.”

대담한 기모노를 입은 미녀 두 명이 섀도우를 안내했다.

섀도우는 유키메의 맞은편 자리에 앉았다.

“지난번에는 참으로 신세를 졌지요. 제가 목숨을 부지한 것도 다 섀도우 님 덕분이어요.”

유키메는 고개를 꾸벅 숙였다.

대담하게 파인 기모노 가슴팍에서 봉긋한 가슴이 흔들렸다.

“답례를 하고자 하는데 받아주시겠습니까? 나쓰, 카나.”

이어서 요염하게 미소 지었다.

나쓰와 카나라고 불린 두 명의 미녀가 기모노 옷깃을 벌리면서 섀도우에게 다가갔다.

“——필요 없어.”

“이런 것은 싫어하시나요…….”

유키메가 신호하자, 나쓰와 카나는 방 밖으로 나갔다.

유키메는 섀도우 곁으로 다가가 술잔에 술을 따랐다.

"최고급 정종입니다."

그러나 섀도우는 손을 대려고 하지 않았다.

"——용건을 말해."

"저는 섀도우 님과 사이좋게 지내고 싶은 것뿐이어요."

유키메는 그의 귓가에 대고 속삭이더니 살짝 웃었다.

"그러나 사이가 좋아지려면 시간을 들여야지요. 그 대신이라고 하긴 뭐하지만, 답례로 좋은 이야기를 해드릴게요."

풍만한 가슴을 섀도우의 팔뚝에 대고 눌렀다.

"미쓰고시 상회 포위망이라는 것을 아시는지요. 미쓰고시 상회의 약진 때문에 초조해진 상회들이 서로 합심해서 미쓰고시 상회를 망하게 할 계획을 세우고 있어요. 미쓰고시 상회냐, 상회 연합이냐. 어느 쪽이 이기든 간에, 이 지역의 상업 전체의 패권을 둘러싼 싸움이 될 터인데……."

유키메는 섀도우의 귀에 닿을 듯이 입술을 가까이 댔다.

"이기는 것은 미쓰고시 상회도, 상회 연합도 아니어요. 저와 섀도우 님입니다……."

후 하고 숨을 불어넣더니 섀도우의 어깨에 머리를 기대었다.

"우리 둘이 손잡고, 모든 이익을 독차지해보아요."

섀도우의 귀가 꿈틀 하고 움직였다.

미드갈 왕국의 왕도에서 마차를 타고 이틀쯤 걸리는 곳. 밤의 어둠 속.

횃불 빛을 받으면서 마차 여행 집단이 야영을 하고 있었다.

마차에는 가면을 모티브로 한 로고가 새겨져 있었다. 그것은 미쓰고시 상회의 마차라는 증거였다.

침묵에 휩싸인 그 마차들에는 많은 짐이 실려 있었다. 미쓰고시 상회의 물건은 마차 한 대 분량이 1억 제니가 넘는 가치가 있다고 한다. 그것이 수십 대나 줄줄이 서 있는 모습은 그야말로 압권이었다.

이 물건들이 왕도로 운반되어 상점에 진열되면, 사람들은 앞다투어 구매함으로써 상회의 배를 불려준다.

그런 식으로 미쓰고시 상회는 경이로운 약진에 성공했다.

물론 미쓰고시 상회를 위험시하는 상인들도 있었다. 그러나 미쓰고시 상회의 수요는 절대적이어서, 상인들이 한꺼번에 덤벼도 이기지 못할 정도였다.

그 정도로 미쓰고시 상회의 체제는 탄탄했다.

그러나 상인들이 한꺼번에 덤벼도 이기지 못한다 해도, 만약에 대상회가 한꺼번에 덤빈다면……?

마침내——대상회가 무거운 엉덩이를 들고 일어나 협력하기 시작했다.

어둠 속에서 미쓰고시 상회의 야영 현장을 내려다보는 그림자가 여러 개 있었다.

그들은 얼굴에 복면을 쓰고 허리에 검을 차고 있었다. 차림새만 보면 완벽한 산적이었는데 뭔가 이상한 점이 하나 있었다.

그들은 전원 마검사였다.

범죄를 저지른 마검사가 산적으로 전락하는 것은 드문 일은 아니었다. 그러나 산적 전원이 마검사인 경우는 드물었다.

그들은 손짓으로 신호를 하고, 상회의 야영지로 슬금슬금 다가갔다.

그리고 일제히 습격했다.

"꺄아아아아아아아아아아악!!"

여자의 절규가 울려 퍼졌다.

그들은 불침번을 서던 은발 엘프를 베어버리고, 잇따라 상회 사람들을 공격했다.

살육의 소리가 밤의 어둠 속에 울려 퍼졌다.

수많은 마검사들의 습격 앞에서는 미쓰고시 상회도 무력하기만 했다.

마지막에 남은 것은 백금발의 아름다운 엘프였다.

그녀는 마차에서 끌려나왔다. 파란 눈동자가 눈물에 젖어 있었다.

"제발, 제발 목숨만은……."

너무나 아름다운 엘프였다. 그들은 복면 아래에서 천박한 미소를 지었다.

"이 녀석은 본보기로 삼을까?"

"크큭, 좋지."

그들은 난폭하게 그 여성을 구속했다.

"본보기……?! 그게 무슨 뜻인가요?!"

"궁금해?"

"아, 싫어, 해치지 말아요……!"

남자는 검을 뽑아서 여성의 드레스를 가장자리부터 천천히 잘라내기 시작했다. 희고 아름다운 피부가 점점 드러났다.

"가터 상회를 화나게 만든 게 치명적인 실수였어. 회장님의 한마디에 지금까지 적대하고 있던 대상회가 일제히 손을 잡았다. 미쓰고시 상회는 이제 끝났어……."

"아아, 그럼, 설마 당신들은……."

"그래, 우리는 가터 상회의 사병들이다. 우리의 힘은 소국의 군사력에 필적할 정도야."

여성의 눈동자가 절망으로 물들었다.

남자는 잔혹한 미소를 지으며 드레스의 가슴 부분을 찢었다.

거기서 하얗고 풍만한 가슴이 드러날——거라고 생각했는데.

실제로 거기 있는 것은 피부와 밀착된 검은 천이었다.

그것이 순식간에 여성의 온몸을 뒤덮으면서 그녀의 맨살을 감췄다.

"뭐, 뭐야?!"

"정보를 제공해줘서 고마워."

그녀의 파란 눈동자에는 더 이상 절망의 빛은 없었다. 절대적 강자의 냉혹한 눈빛만 존재할 뿐이었다.

"너, 이 자식!"

남자가 검을 휘둘렀다.

여성은 피하지 않았다.

남자의 검은 여성의 목에 명중했다. 그리고 거기서 정지했다. 검은색 옷이 칼날의 침입을 완전히 막아낸 것이다.

"——헉?!"

그녀는 차갑게 칼날을 내려다보며 고했다.

"——약하네."

이어서 찌르기 한 번.

칠흑의 칼이 남자의 심장을 뚫고 등으로 튀어나왔다.

피거품을 뿜으면서 털썩 쓰러지는 남자. 여성은 그를 무시하고 칠흑의 칼을 들어 올렸다.

"제재의 칼을——날려라."

그녀의 한마디에, 맨 처음 베여서 쓰러졌던 은발 엘프가 벌떡 일어나 자객을 베었다.

그것이 시작이었다. 참살된 줄 알았던 상회 관계자들이 줄줄이 일어나 자객들을 일소했다. 그들은 하나같이 의복 아래 검은색 옷을 입고 있었다.

형세는 완전히 역전됐다.

도망치려는 자객들을 베어 죽이는 여자들.

살려 달라는 외침과 단말마의 비명이 울려 퍼졌다. 잠시 후 밤은 또다시 조용해졌다.

"밤은 조용한 것이 좋아…… 베타, 보고해."

백금발 엘프가 은발 엘프에게 말했다.

"알파 님, 자객의 섬멸은 완료했습니다. 아군의 피해는 없으며, 부상자도 없습니다. 포로를 세 명 정도 잡았습니다."

알파라고 불린 아름다운 엘프는 고개를 끄덕였다.

"뒷일은 넘버스에게 맡길까."

"네!"

"시작된다. 전쟁이."

알파는 그 푸른 눈동자로 머나먼 하늘을 쏘아봤다.

가을도 막바지에 접어들어 밤공기가 차가워졌다.

벌레들의 합창을 들으면서 나는 기숙사의 내 방에서 양복으로 갈아입었다. 본디 이 세계에 양복이란 것은 없었는데, 미쓰고시 상회가 널리 판매한 덕분에 최근에는 귀족들 사이에서 대유행하는 것 같았다.

그런데 내가 갈아입는 양복은 미쓰고시 상회의 양복이 아니라, 유키메가 선물해준 설호(雪狐) 상회의 유사품이었다.

유키메는 무법도시 바깥에서 건전한 상회를 운영하고 있는 듯했다. 미쓰고시 상회를 흉내 낸 유사품을 주로 팔면서 사업을 확장하는 중이었다.

그런데 미쓰고시 상회의 제품은 나의 전생의 지식을 아낌없이 활용한 것이었다. 그래서 베끼기 능력이 좋기로 정평이 난 설호 상회에서도 베끼기에 성공한 것은 극히 일부인 것 같았다.

미쓰고시 상회의 기술력은 세계 제일!

독점 금지법이 있다면 틀림없이 제재 당할 만한 수준으로 시장을 장악하고 있었다.

"이러면 대상회 연합이 화내는 것도 당연하지……."

미쓰고시의 여자들은 좀 도가 지나쳤다.

나는 검은 양복과 줄무늬 셔츠를 입고, 가느다란 검은 넥타이를 맸다. 신발은 검은색 스트레이트 팁이었다.

머리카락은 옆으로 깔끔하게 넘기고, 얼굴 윗부분 절반을 가리는 흰색 가면을 썼다.

"후후후……."

FBI 요원이 된 듯한 기분이었다.

실은 슬라임 보디슈트가 편하고 기능적으로도 최고지만, 아직 그 여자들에게 들킬 수는 없으니까.

자, 슬슬 유키메와 만나기로 약속한 시간이다.

나는 방의 램프를 끄고 창문 밖으로 뛰쳐나가 어둠 속을 달려갔다.

기척은 완전히 없앴고――추적자도 없었다.

학교 부지를 빠져나가 숲속을 가로질러 수십 분쯤 달렸더니,

폭포 소리가 들리면서 탁 트인 공간이 나타났다.
그곳에는 계곡물을 따라 이어지는 형태로 저택이 세워져 있었다.
숲과 폭포와 계곡물과 멋지게 조화를 이룬 그 저택은 낙수(落水) 저택이라고 불렸다.
유명한 건축가가 설계했다는 이 저택이 유키메의 아지트였다.
나는 기척을 없앤 채, 따뜻한 빛이 새어나오는 창문을 통해 조용히 집 안으로 들어갔다.
난로 앞 소파에는 유키메가 앉아 있었다.
은백색 머리카락이 난로의 불빛을 받아 빛나고 있었다.
저벅, 저벅, 발소리를 내면서 걸어가자 유키메가 뒤를 돌아보고 미소 지었다.
"여전히 기척이 없으시네요. 섀도우 님."
"……그 이름은 버렸다."
나는 차분하게 그런 말을 하고 유키메의 맞은편에 있는 소파에 앉아 다리를 꼬았다.
"그렇군요. 네, 현재는 존 스미스 님이셨지요."
"그래, 지금은 그것이 나의 이름이다……."
나는 한동안 슈퍼 엘리트 요원인 존 스미스로서 활동할 것이다. 냉철한 요원답게 사무적인 말투를 사용하기로 했다.
"존 님이 동지가 되어주셔서 참으로 마음이 든든합니다. 자, 한잔하시겠어요?"
"좋지."

유키메는 노출이 심한 가슴팍을 강조하면서 잔에 와인을 따랐다.

음, 좋아. 어둠의 조직의 섹시한 파트너 같아서 마음에 든다.

나는 향기를 즐기는 척하다가 와인을 한 모금 입에 머금었다. 실은 향기도 맛도 잘 모르지만.

"나에게도 이익이 있다. 단지 그뿐이야……."

"어머나, 이익만 따지는 관계라니요. 그것은 서글프지 않사옵니까?"

"피차일반이잖아."

"후후, 글쎄요…… 시험해보시겠어요?"

유키메는 도톰한 입술을 핥으며 요염하게 웃었다.

"시간낭비다."

"네, 그럼 다음 기회에……."

유키메는 벌어진 옷깃을 살짝 추스르고 술잔을 입에 댔다. 술잔에 선명한 붉은 자국이 남았다.

"얼마 전에 대상회 연합의 집회가 있었어요. 이번에는 일단 서로 인사하면서 방침을 확인했을 뿐이고 구체적인 이야기는 다음에 할 테지만, 이미 지독한 압력을 가하고 있는 모양이어요. 미쓰고시 상회가 쓰러지는 것도 생각보다 더 빠를지도 몰라요."

"……그런가."

"저희 계획에 변동은 없어요. 우선 미쓰고시 상회와 대상회 연합이 서로 싸우다가 공멸하게 합니다. 그동안 저희는 준비를 하고, 기회가 오면——."

"——모든 것을 손에 넣는다."
결국 알파와 친구들은 도가 지나쳤던 것이다.
대상회 연합과 대립하게 된 이상, 미쓰고시 상회의 미래는 절망적이라고 한다.
유키메도 말했고, 상점가의 아저씨도 말했다.
뭐, 그렇겠지.
장사를 시작한 지 아직 몇 년밖에 안 된 여자애가 노련한 대상회와 대립하면 안 되는 거잖아. 상식적으로 생각해볼 때.
이제 그들을 구제할 수단은 하나밖에 없었다.

——모든 것을 파괴하고, 재생한다.

미쓰고시 상회는 지나치게 눈에 띄어서 현재 많은 세력의 주목을 받고 있다.
아쉽지만 한번 리셋하는 수밖에 없다.
미쓰고시 상회는 대상회 연합에 의해 망한다.
그러나 그 대상회 연합은 우리가 암약해서 쓰러뜨릴 것이다. 그리고 대량의 자산과 백지상태의 시장을 나눠 가진다.
나는 새로운 상회를 설립해서 알파와 친구들을 간부로 삼을 것이다.
이름을 바꿔 미쓰고시 상회의 사업을 재개하는 것이다.
"존 님도 활약을 해주셔야 해요. 그런데 조심하셔야 합니다."
"조심……?"

유키메는 약간 그늘진 얼굴로 몸을 일으켰다.
그리고 돌아서서 등을 보이며 기모노 띠를 풀었다.
스륵.
기모노가 바닥에 떨어지고, 나신이 난로의 불빛을 받아 드러났다.
그 등은…… 흉하게 피부가 문드러져 있었다.
"대상회 연합에는 저의 등에 상처를 입힌 남자, 『검귀(劍鬼)』 겟탄이 있습니다."
유키메는 여전히 등을 보인 채 곁눈질로 나를 봤다.
"겟탄은 제가 없앨 겁니다. 저는 반드시 그놈의 목숨을……!"
타닥, 타닥. 난롯불이 소리를 내는 가운데 유키메의 어두운 목소리가 울려 퍼졌다.
그러다 갑자기 그녀가 웃었다.
"후후, 그럼 우리는 한동안 암약을 해봅시다."
유키메가 바닥에 떨어졌던 기모노를 걸치자, 그녀의 측근인 나쓰와 카나가 나타나서 띠를 묶어줬다.
나는 와인을 마시고 조용히 자리를 떴다.

휴일.

나는 효로, 쟈가와 함께 셋이서 오랜만에 몹 쇼핑을 하러 갔다.
하지만 특별히 사고 싶은 것도 없었으므로 일용품을 적당히 바구니에 넣고 계산대로 가져갔다.
"5,000제니 받았습니다. 잔돈은 지폐로 드려도 될까요?"
"아, 네."
대답하기 전에 무조건 '아'라고 말하는 것이 몹의 기본 기술이다.
그나저나 요새는 지폐도 꽤 많이 사용되는구나. 미드갈 왕국은 기본적으로 화폐 경제였는데, 왕도에는 지폐가 상당히 깊게 침투했다.
지폐라고는 해도 엄밀히 말하면 돈은 아니고, 돈과 바꿀 수 있는 교환권 같은 것이지만.
그래서 쓸 수 없는 가게도 있고 싫어하는 사람도 있으므로, 미리 양해를 구하는 것이 예의다.
잔돈을 받고 계산을 마친 나는 가게 밖으로 나와서 무심코 그 지폐를 봤다.
"어라……?"
1,000제니짜리 지폐를 보고 문득 눈치챘다. 이거 디자인이 좀 다르지 않아?
"시드 군, 왜 그래요?"
돌연 멈춰 선 나에게 쟈가가 질문을 던졌다.
"1,000제니 지폐가 원래 이런 디자인이었나?"
"무슨 소리 하는 거예요? 이것은 이제 막 발행된 대상회 연합의 신권이잖아요. 아니, 애초에. 오늘 쇼핑하러 나온 이유도 몰랐던 거예요?"

"이유?"

"네. 오늘은 대상회 연합 신권 발행 기념 할인 행사를 하는 날이잖아요."

"아, 맞다, 그랬지."

그랬나?

"정신 차려요, 시드 군."

그렇구나. 신권을 유통시키기 위해 일부러 할인 행사를 하는 거군.

으응?

대상회 연합의 신권이 이거라면, 전부터 사용하던 지폐는 대체 뭐였던 거지?

갑자기 궁금해져서 지갑에서 예전 지폐를 꺼내 자세히 살펴보다가——충격적인 사실을 발견했다!

"이게 뭐야?!"

나도 모르게 소리를 질렀다.

"시, 시드 군, 왜 그래요?!"

"야, 야. 시드. 뭔 일이야?"

"왜 『미쓰고시 은행』이라고 적혀 있는 거야?!"

1,000제니 지폐 가장자리에 분명히 『미쓰고시 은행』이라고 적혀 있었다.

미쓰고시 은행이라니, 그게 뭐야?

알파와 친구들이 은행까지 만든 건가?!

"응? 그거야 미쓰고시 은행의 예금 증서니까 그렇지."

"지폐를 맨 처음 만들어낸 것이 미쓰고시 은행이잖아요. 미쓰고시 상회 그룹에서 사용하면 할인이나 증정품을 받을 수 있고요."

"아, 그러고 보니……."

지폐는 맨 처음에는 미쓰고시 상회 그룹에서만 사용할 수 있었다. 게다가 지폐를 쓰면 할인까지 해줘서 신기하다고 생각했는데. 그게 그런 거였나.

나한테는 비밀로 하고 은행까지 경영한 건가.

비밀?

어라? 그러고 보니 옛날에 그런 이야기를 한 것 같은데…….

그것은 몇 년 전이었다. 내가 대충 전생의 지식을 읊어주면 다들 "역시 섀도우 님은 굉장해!" 하고 치켜세워주니까 나도 괜히 들떠서 이런저런 이야기를 했었는데, 그때 은행이나 신용 창조에 관한 이야기도 했던 것 같다.

신용 창조에 관해서는, 전생에 봤던 MHK 2시간 다큐멘터리의 내용을 어설프게 기억하고 있다가 마음껏 가르쳐줬었다.

도중에 다들 눈빛이 위험해졌고 나의 어설픈 지식도 슬슬 한계에 다다랐으므로, "그다음부터는 너희가 스스로 생각해봐"라는 식으로 이야기를 끝냈었는데. 그들이 다 함께 "나중에 은행을 만들자"고 떠들어댔던 것 같기도 하다.

설마 그게 진심이었나?

그 녀석들의 사전에 '자중'이란 단어는 없는 걸까?

틀림없이 그게 원인일 거다. 미쓰고시 상회 포위망인지 뭔지가 생긴 것도.

"그래서 대상회 연합도 지폐를 발행한 건가……."

가만히 있으면 미쓰고시 은행이 혼자 모든 이익을 독차지할 테니까. 그랬던 거구나.

문제는 대상회 연합이 신용 창조의 위험성을 얼마나 알고 있느냐다.

MHK 2시간 다큐멘터리 지식을 사용할 때가 온 건가.

"후후후…… 문제는 그들이…… 그 위험성을 얼마나…… 후후후."

"얘는 혼자서 뭘 이렇게 중얼중얼하는 거야?"

"분명히 스트레스 때문일 거예요. 인생이 잘 안 풀리나 봐요."

나는 단순하면서도 치밀하고 센스 있는 미쓰고시 은행의 지폐와, 화려하고 호화롭지만 좀 엉성한 디자인인 대상회 연합의 지폐를 비교해보다가 문득 깨달았다.

어, 이건……?

미쓰고시 은행의 지폐에는 일련번호와 숨은 그림이 있었다.

대상회 연합의 지폐에는 일련번호는 있지만 숨은 그림은 없었다. 게다가 디자인도 그다지 섬세하진 않았다.

그러니까 대상회 연합의 위조지폐를 만들면, 돈을 쉽게 벌 수 있지 않을까?

나 혼자서는 만들 수 없다.

그러나 나에게는 암흑가에서 활동하는 믿음직한 파트너가 있다.

좋아, 할 수 있다. 할 수 있어.

“효로, 쟈가, 난 이제 곧『모든 것』을 손에 넣을 거야…….”

“야, 뭔 소리 하는 거야……?”

“시드 군, 설마 정신이…….”

자, 기억해내라, 나의 두뇌야!

든든한 지식의 보고, MHK 2시간 다큐멘터리!!

난롯불을 바라보면서 저녁 반주를 즐기던 유키메는 어디선가 바람이 흘러들어오는 것을 느꼈다.

돌아보니 뒤쪽의 창문이 열려 있었다. 금속을 손가락으로 튕기는 듯한 소리가 났다.

“존 님이신가요……?”

유키메가 질문하자, 어둠 속에서 양복을 입은 한 남자가 등장했다.

균형 잡힌 체구와 하얀 가면. 입가에는 도전적인 미소를 띠고 있었다.

그는 유키메의 맞은편 자리에 앉더니, 금화 한 닢을 손으로 만지작거리다가 손가락으로 허공을 향해 딱 튕겼다.

“이 한 닢의 금화가 몇 배로 불어난다. 그곳에 존재하는 것은 마치 환상처럼 덧없는 신용…….”

잘 울려 퍼지는 낮은 목소리로 그가 이야기했다.

유키메는 즉시 눈치챘다. 이것은 최근에 유통되고 있는 지폐에 관한 이야기구나.

"민중이 지폐라고 생각하는 종잇조각은 정확히 말하면 지폐가 아니다. 그 정체는 은행 예금 증서로서, 은행에 맡긴 금화에 대한 교환권에 불과한 거지. 그런데 미쓰고시 은행은 그 예금 증서에 결제 기능을 부여해 유통시켰다——즉, 예금 증서 자체로도 거래를 할 수 있게 만들었어. 왕도에서는 1만 제니 예금 증서와 교환해서 1만 제니 상품을 구입할 수 있게 되었다. 그 예금 증서는 누구나 미쓰고시 은행에서 1만 제니로 환금할 수 있고. 그 결과, 민중은 이 종잇조각에 화폐와 같은 가치가 있다고 믿게 되었다……."

그는 종잇조각 두 장을 탁자 위에 내려놨다. 하나는 미쓰고시 상회의 지폐, 또 하나는 대상회 연합의 지폐였다.

"그런데 과연 그게 사실일까? 예를 들어 미쓰고시 은행에 1만 제니가 예금됐다고 하자. 그러면 미쓰고시 은행은 예금 증서로서 1만 제니 지폐를 예금자에게 건네주고, 예금자는 그 1만 제니 지폐를 이용해 일상적인 쇼핑을 하게 될 거야. 그런데 여기서 신기한 일이 발생한다. 은행에 맡겨진 1만 제니와, 시장에서 유통되는 1만 제니 지폐. 맨 처음에는 1만 제니였던 화폐가 어느새 두 배인 2만 제니로 늘어난 거야."

미쓰고시 은행의 위업, 그것은 '예금 증서는 화폐와 같은 가치가 있다'는 믿음을 민중에게 심어준 것이다. 유키메는 그렇게 생각했다.

그 덕분에 고작 한 닢의 금화를 허황되게 몇 배로 불릴 수 있게 된 것이다.

"은행에 예금된 1만 제니가 그대로 금고 속에 잠들어 있다면 문제는 없을 테지. 실제 화폐가 2만 제니로 늘어났어도, 시장에서 유통되는 화폐가 여전히 1만 제니라면 모순은 발생하지 않아. 그러나 미쓰고시 은행은 금고에 있는 1만 제니 예금을 담보로 삼아서 또 1만 제니 지폐를 발행해 대출하기 시작한 거야."

은행에 예금된 돈을 찾으려고 하는 사람은 많지 않다. 편리한 지폐로 쇼핑할 수 있다면 더더욱 그렇다. 무거운 금화를 절렁절렁 들고 다니고 싶어 하는 사람은 아무도 없으니까.

게다가 왕도의 호경기도 미쓰고시 은행을 도와줬다.

새로 사업을 시작하기 위해 돈을 빌리려는 사람들은 끊임없이 나타났고, 미쓰고시 은행의 지폐는 급속히 보급되었다.

"금고에 있는 1만 제니가 몇 배로 부풀어 왕도에 유통되면서 공전절후의 호경기를 초래했고, 미쓰고시 은행은 막대한 이자를 얻게 되었어. 이것이 신용 창조다……."

신용 창조…… 그 말이 딱 맞았다.

미쓰고시 은행의 우두머리는 희대의 사기꾼이다.

이 대담하고도 교활한 수법을 누가 어떤 식으로 고안해냈는지, 기회가 된다면 그와 한번 이야기를 나눠보고 싶다. 유키메는 그런 생각을 했다.

"이 한 장의 종잇조각에, 과연 민중이 믿는 만큼의 가치가 있는 걸까…….”

존이 이야기한 내용을 민중이 알게 된다면 경악할 것이다.

그러나 대상회 연합의 간부에게는 주지의 사실이었다.

왜냐하면 미쓰고시 상회의 수법을 주목한 것이 대상회 연합이기 때문이다.

그런 것쯤은 존도 알고 있을 텐데, 그는 무슨 목적으로 이런 이야기를 하는 걸까. 유키메로선 짐작하기 어려웠다.

“여기에 두 장의 지폐가 있다. 하나는 미쓰고시 상회의 지폐, 또 하나는 대상회 연합의 지폐다. 자, 비교해봐. 뭔가 눈에 띄는 게 있지 않나……?”

“눈에 띄는 것이요…….”

유키메는 맑은 물 같은 눈동자로 두 개를 비교해봤다. 당연히 디자인이 달랐다. 하지만 상대가 그런 것을 물어보지는 않았을 것이다.

그렇다면…….

“숨은 그림의 유무인가요?”

“그렇다. 덤으로 한마디 더 하자면, 대상회 연합의 지폐가 더 디자인이 조잡해. 이것이 무엇을 의미하는지 알겠나……?”

“위조지폐를 만들기 쉽다는 뜻일까요. 하나, 그것은——.”

“맞아. 위조지폐로 거하게 한탕 해보자.”

“어, 으음…….”

유키메는 고개를 갸웃거렸다.

위조지폐란 것은 어린애도 떠올릴 수 있는 아이디어다.

당연히 유키메도 생각해봤고, 대상회 연합도 알고 있을 것이다.

"존 님, 대상회 연합의 지폐는 아직 왕도에서만 유통되고 있어요. 위조지폐가 나돌면 금방 그 출처가 밝혀질 것이어요."

존의 움직임이 딱 멈췄다.

"소규모로 하면 들키지 않고 해낼 수도 있지만, 그러면 푼돈밖에 벌지 못해요. 그렇다고 대규모로 하면 금방 들켜서 끝이 날 테고요."

유통 범위가 좁은 현재로선, 유통 경로를 조사해서 위조지폐의 출처를 찾아내기도 쉽다.

대량의 위조지폐가 나돌면 즉시 출처를 밝혀낼 수 있다. 소량의 위조지폐는 별로 문제가 되지도 않고, 애초에 대상회 연합에 시비를 거는 멍청이가 있을 리도 없다.

그보다는 미쓰고시 상회를 내버려두는 것이 훨씬 위험하다. 대상회 연합의 입장에서는.

이대로 있으면 은행업도, 상회의 판매망도 미쓰고시 상회가 독점하게 될 테니까.

"저기요…… 존 님……?"

존은 어깨를 축 늘어뜨리고 있었다.

그 모습은 마치 친구한테 보물을 찾으러 가자고 제안한 어린아이가 "보물 따윈 없어"라는 논리적인 반박을 듣고 낙담한 것처럼 보였다.

설마 진심으로 위조지폐를 만들려고 한 걸까.

의외로 귀여운 구석도 있구나. 유키메는 미소 지었다.

그러나 그 직후——엄청난 압력을 느꼈다.

어깨를 축 늘어뜨린 존이 갑자기 어마어마한 압박감을 뿜어낸 것이었다.

“앗——?!”

“정말로, 그렇게 생각하는가……?”

심연에서 울려나오는 듯한 목소리로 존이 말했다.

뭐지? 이 압박감은.

마력은 아니었다. 의지의 집합체와도 같은 이것은——.

마치 유키메의 판단이 잘못되기라도 한 것 같았다.

그는 시험하고 있는 것이었다. 유키메가 진정한 파트너가 될 만한 인재인지……!

아니, 하지만…… 내가 뭔가를 미처 눈치채지 못한 걸까?

유키메는 일련의 흐름을 자세히 살펴봤다.

그러다가 어떤 사실을 눈치챘다.

“아——.”

만약에 대량의 위조지폐를 유통시키는 데 성공한다면…… 대상회 연합의 신용은 붕괴될 것이다.

민중은 대상회 연합의 지폐를 의심하고, 현금으로 교환하려고 우르르 몰려들 것이다.

그러나 신용 창조에 의해 현재 보유한 금액보다도 몇 배나 되는 지폐를 발행한 대상회 연합은 그것들을 전부 교환해주진 못한다.

대상회 연합의 지폐는 한낱 종잇조각으로 변하는 것이다.

다시 말해――.

"위조지폐를 대량으로 유통시킴으로써, 의도적으로 신용 붕괴를 일으키려는 건가요!"

파탄 날 때까지의 기간이 짧으면 짧을수록, 우리가 들킬 위험성도 적어진다.

게다가 유키메는 무법도시라는 위장막도 가지고 있다.

무법도시를 경유해 유통시킨다면, 위조지폐의 출처를 찾아내는 데 시간이 걸릴 것이다.

대상회 연합이 모든 것을 알았을 때에는 너무 늦었을 테고.

그는 거기까지 생각한 것이다.

유키메는 좀 전에 존이 어깨를 축 늘어뜨린 이유를 이제야 겨우 알았다.

그는 유키메에게 실망한 것이었다.

위조지폐의 의미를 이해하지 못한 유키메에게 실망하고, 유키메를 시험한 것이었다.

그는 결코 안일한 아이디어로 위조지폐 만들기를 제안한 것이 아니었다.

이것은 철저히 계산된 완벽한 지시였다.

존은 좀 전에 "이 한 장의 종잇조각에, 과연 민중이 믿는 만큼의 가치가 있는 걸까……"라고 말했다.

그 말은 신용 붕괴를 암시하는 것이었다.

"들키기 전에 파탄 나게 만들면 된다…… 참으로 대담한 계획이로군요."

설마 평범한 위조지폐 만들기에 이런 의미가 숨겨져 있을 줄이야…….

그의 말은 모두 다 복선이었던 것이다――.

헤아릴 수 없을 만큼 엄청난 지모. 유키메의 등에서 식은땀이 주르륵 흘렀다.

그런데 거기서 끝이 아니었다.

"정말로, 그렇게 생각하는가――?"

"――?!"

존이 한층 더 심한 압박감을 발산했다.

아직도 내가 놓친 것이 있었나?!

유키메는 필사적으로 머리를 굴렸지만 답을 찾아낼 수 없었다.

가면 속에서 존의 눈동자가 탐색하듯이 유키메를 바라보고 있었다.

위험해, 위험해, 위험해――!

"……그렇게, 생각합니다."

유키메는 고개 숙이고 중얼거렸다.

이 계획에 구멍 따윈 없었다. 유키메는 그렇게 대답할 수밖에 없었던 것이다…….

그녀는 자신의 무능함을 한탄하면서 단죄를 기다렸다.

그런데…… 존의 압박감이 사라졌다.

"――그래, 맞다."

"네……?"

하, 함정이었구나――!

만약에 유키메가 압박감을 이기지 못하고 아무렇게나 대답했더라면, 그는 주저 없이 단죄했을 것이다.

솔직하게 긍정하는 것이 정답이었다.

그가 마지막으로 시험한 것은 유키메의 성실성이었던 것이다.

모든 것을 이해한 유키메는 온몸의 힘이 빠져버린 것처럼 소파에 몸을 푹 묻었다.

"위조지폐, 만듭시다. 맨 처음 계획보다 더 확실한 방법이네요. 위조지폐 제조 및 유통은 맡겨주셔요. 위조지폐가 유통되면 언젠가는 조사원이 저희에게도 접근할 테지요. 그것을 처리하는 일은 존 님께서 해주시길 바라요."

"알았다."

"상세한 이야기는 다음에 다시 해요."

"……그래."

존은 그렇게 말하더니, 손에 들고 있던 금화 한 닢을 허공으로 탁 튕겨 올렸다.

금화는 빙글빙글 돌며 낙하해서 날카로운 소리를 냈다.

그때에는 이미 존의 모습은 보이지 않았다. 그저 차가운 밤바람만 그곳을 지나갔다.

떨어진 금화가 데굴데굴 굴러와 유키메의 발치에서 멈췄다.

유키메는 금화를 집어 들었다. 그와 똑같이 손가락으로 튕겼다.

"이것이 존 스미스…… 과거에 섀도우라고 불렸던 남자……."

이 놀라운 지모——.

이 놀라운 담력——.

이 놀라운 무력——.

"희대의 걸물이군요……."

유키메는 숨을 크게 내쉬었다.

맨 처음에는 존의 무력만 믿고 그를 자기편으로 삼았었다. 그러나 그는 무력만 가진 남자가 아니었다. 동등한 지모와, 그것들을 자유자재로 다루는 담력을 겸비한 남자였다.

위조지폐 작전은 유키메한테도 승인을 받았으니까. 이제는 위조지폐가 완성되기를 기다리는 일만 남았다.

나는 위조지폐의 출처가 탄로 나지 않도록 적의 첩보원을 제거하면 된다.

흠…….

미쓰고시 상회와 대상회 연합이 싸우는 동안에 뒤에서 암약하는 정체불명의 사나이——그는 조직을 배신하고, 단독으로 임무를 수행한다.

유통되는 위조지폐, 붕괴되는 대상회 연합, 그리고 모든 일을 마친 그의 진정한 목적은——과거에 몸담았던 조직을 구하는 것이었다.

"……이건 진짜 슈퍼 엘리트 요원이다."

최고로 멋있어.

나는 조직을 구하기 위해 일부러 조직을 배신하는 슈퍼 엘리트 요원인 것이다.

알파와 친구들에게 들키면 계획이 물거품이 되니까 칼은 쓸 수 없다. 즉, 그것은 칼에 집착할 필요도 없다는 뜻이다. 이번에는 신선한 싸움을 할 수 있을 것이다.

그런 생각을 하면서 심야의 왕도를 걷고 있는데, 저 멀리서 낯익은 강아지 귀가 눈에 띄었다.

"델타……?"

내가 조그맣게 중얼거린 순간, 그 강아지 귀가 쫑긋 움직였다.

뒤를 돌아본 그녀. 누가 봐도 델타였다.

"……보스."

델타의 입술이 그렇게 움직였다.

그 직후, 그녀는 네 발로 질주해서 내 눈앞에 나타났다.

역시 델타야. 쓸데없이 빠르다. 보통 사람의 눈에는 보이지도 않을 것이다.

"보――!"

"지금은 보스 아니야."

"아우…… 시드! 보고 싶었어!"

꼬리를 빙글빙글 돌리는 델타.

만면 가득히 웃음 짓던 그 얼굴이 갑자기 굳어졌다.

"시드…… 여우 냄새가 나……."

델타는 쓸데없이 냄새를 잘 맡았다.

"아~ 여우 사냥을 했거든."
"여우 사냥, 델타도 할래!"
델타의 얼굴이 확 밝아졌다.
"미안, 여우 사냥은 끝났어."
"아우…… 그럼 여우 사냥은 다음에."
"응, 다음에 하자. 아, 마킹은 하지 마."
나는 나한테 자기 몸을 문대려고 하는 델타를 팔로 밀어냈다.
"하지만 시드, 여우 냄새가 심해."
"괜찮아."
"싫어."
적극적으로 덤벼드는 델타를 나는 완력으로 밀어내고 화제를 바꿨다.
"델타, 너 왜 왕도에 있어?"
"아우…… 시드, 역시 힘세다."
"너 왜 왕도에 있어?"
"응? 왜?"
"너 왜 왕도에 있어?"
"난, 저기, 오늘은 일찍 일어나서, 고기를 잔뜩 먹고, 오랜만에 왕도에 왔어."
"너 왜 왕도에 있어?"
"어 저기, 난, 사냥을 했어!"
"왕도에서?"
"바깥에서, 재미있었어! 아주 많이 사냥했어! 시드도 같이 사냥할래?"

"왜 사냥을 했어?"

"시드도 같이 사냥하자!"

"왜 사냥을 했어?"

"알파 님이 그러라고 했어! 시드도 같이 사냥하자!"

"그래, 알파가 그러라고 했구나."

"응, 시드도 같이 사냥하자!"

"뭘 사냥했는데?"

"도적! 시드도 같이 사냥하자!"

"도적 사냥이구나."

"시드도 도적 사냥 좋아해!"

"응, 나도 도적 사냥은 좋아해."

"같이 사냥하자!"

"그러게. 한동안 한가할 것 같으니까, 같이 사냥할까?"

"와, 좋아!!"

델타는 내 손을 잡아당기면서 질질 끌고 가려고 했다.

"아, 잠깐만, 지금은 못 가! 일단 기숙사에 돌아가야 해."

"안 돼!"

"델타도 볼일이 있어서 왕도에 온 거잖아?"

"볼일?"

"혹시 알파가 너 부른 거 아냐?"

"아, 알파 님?!"

"깜빡했어?"

“불렀어. 혼날까?!”
“글쎄. 빨리 가보는 게 좋지 않을까?”
“하지만, 도적 사냥…….”
델타가 풀이 죽어서 나를 쳐다봤다.
“한동안 한가하다고 했잖아. 내일 하자. 먼저 볼일부터 봐.”
“알았어! 시드, 기다려!!”
“기숙사에서 기다릴게. 몰래 와야 해, 알았지?”
“몰래 갈게!”
델타는 네 발로 질주해서 엄청난 스피드로 왕도의 길거리 속으로 사라져갔다.
누가 보면 틀림없이 눈에 띌 테지만, 어차피 보통 인간은 보지도 못할 테니까. 상관없나.
왠지 전생에 키웠던 골든 리트리버가 생각나는걸. 나는 남몰래 한숨을 쉬었다.

심야의 숲.
나는 델타를 뒤따라 달렸다.
과연 몰래 올 수 있을지 걱정이었는데, 델타는 약속대로 몰래 기숙사에 찾아왔다.

처음부터 능력에 관해서는 전혀 걱정하지도 않았지만. 델타는 사냥이 특기다. 그러니까 이래 봬도 기척을 숨기는 것도 정말로 잘한다. 『일곱 그림자』 중에서도 최고가 아닐까.

게다가 사냥감의 기척을 탐지하는 능력도 탁월했다. 솔직히 말해서 후각과 청력으로는 나도 델타를 이길 자신이 없었다. 그 부분은 육체 개조나 마력 강화를 통해 노력해도, 종족을 초월한 천부적인 소질 앞에서는 어쩔 수 없었다.

델타라는 존재는 두뇌 이외의 모든 부분이 극도로 발달한 것이었다.

그래서 이렇게 델타를 앞장서서 달리게 하면서 도적 레이더 역할을 시키는 중이었다.

도적 사냥이란 것은 실은 맨 처음에 도적을 발견하는 단계가 가장 어렵고 가장 시간이 많이 걸린다. 그 점에서 이렇게 델타를 앞장서서 달리게 하면, 그 뒤를 따라가기만 해도 그녀가 도적이 있는 곳까지 안내해주니까 참 편했다.

앞에서 달리는 델타의 귀가 쫑긋쫑긋 움직이고 꼬리가 빙글빙글 돌았다.

도적이 가까이 있다는 증거였다.

델타의 속도가 빨라지더니 이족 보행에서 사족 보행으로 넘어갔다. 어마어마한 속도로 숲속을 질주해, 저 멀리 보이는 불빛을 향해 곧장 돌진했다.

이어서 비명이 들렸다.

내가 한발 늦게 도착하자, 그곳에는 이미 몇 명의 도적이 난도

질당해 죽어 있었다. 모닥불 앞에 사지가 흩어져 있었다.

아아, 역시 이렇게 됐구나.

델타와 함께 도적 사냥을 하는 것이 장점만 있는 것은 아니다. 당연히 단점도 있다.

델타는 사냥감 앞에서 '기다린다'는 것이 불가능하다.

델타의 도적 사냥은 일방적인 학살이라, 즐길 만한 요소가 전혀 없는 것이다.

이런 단점만 없으면 최고일 텐데.

참고로 엄밀히 말하자면 '기다린다'는 것이 불가능한 것은 아니다. 내가 시키면 델타는 착실하게 기다릴 것이다.

그러나 사냥감 앞에서 기다린다는 것은 델타에게는 무지무지 스트레스 받는 일이다.

그래서 내 앞에서는 얌전히 있지만, 내가 사라지면 그 스트레스를 발산한다. 반드시 어딘가에서 사고를 치는 것이다.

감마한테 마운팅을 하기도 하고, 오두막집 뒤편의 나무들을 싹 베어 허허벌판으로 만들기도 하고, 밭의 채소를 몽땅 먹어치우기도 하고…….

어린 시절에는 그 정도로 그쳤지만, 성장한 델타의 스트레스 발산 방식이 어떻게 됐는지는 나도 모른다. 시험해볼 생각도 없다.

이럭저럭하는 사이에 도적은 대부분 사냥당한 것 같았다.

내가 나설 기회는 거의 없었다.

"자, 잠깐만, 기다려봐!"

그리고 살아남은 도적이 살려달라고 빌기 시작했다.

자주 보는 광경. 그러나 델타에게 그런 것은 통하지 않는다.
델타는 육식동물 같은 미소를 지으면서 칠흑의 칼을 힘차게 휘둘렀다.
기술 따위는 전혀 느껴지지 않는 우악스런 일격. 그런데 속도뿐만 아니라 부드러움과 유연함까지 있었다.
이것이 타고난 재능이란 거겠지.
델타의 칼은 도적의 목을 노리고 날아가더니, 표피만 살짝 찢어놓고 딱 멈췄다.
"응?"
델타가 멈췄다……?
있을 수 없는 일이다.
델타는 코를 킁킁거리며 도적의 냄새를 맡았다.
"아, 역시 너였구나, 사라. 나야, 나."
나야, 나. 그렇게 수상한 소리를 계속하면서 도적은 얼굴을 가린 복면을 벗었다.
그 밑에서 드러난 것은 사납게 생긴 남자 얼굴이었다. 주목할 점은, 델타와 색깔 및 형태가 같은 강아지 귀가 달려 있다는 것이었다.
"사라, 사라 맞지? 나야, 나. 네 오빠야."
델타는 코를 킁킁거리면서 고개를 갸웃하더니 나를 쳐다봤다.
허가를 요청하는 패턴이다.
나는 고개를 끄덕였다. 자유롭게 행동하라는 뜻이다.
"아버지 냄새가 나……지만, 기억이 안 나."

델타는 가면을 벗고 얼굴과 꼬리를 드러냈다.

"그래, 확실해. 너 사라잖아. 〈악마 빙의〉가 되어서 아버지에게 사냥을 당했다고 들었는데…… 용케 아버지를 피해서 살아남았구나."

"숨바꼭질은 델타가 제일 잘하거든."

"델타? 지금은 그게 네 이름이야? 아무튼 나 좀 살려줘. 나는 네 오빠잖아?"

그 남자는 아첨하듯이 델타를 쳐다봤다.

델타의 꼬리가 위협적으로 천천히 흔들렸다. 아, 불쾌해하는 패턴이다.

"약한 오빠는 필요 없어."

"자, 자자잠깐만, 너는 옛날부터 강했지. 너한테는 이길 수 없다고 나도 스스로 인정했었어! 아버지도 네가 여자만 아니었으면 다음 우두머리로 삼으려고 했을 거야! 〈악마 빙의〉도 이제 나은 거잖아? 내가 아버지한테 부탁해서 너를 다시 돌아올 수 있게 해줄게, 응?"

"돌아가고 싶으면 내 힘으로 돌아갈 거야."

"그, 그그그, 그렇지! 너는 그런 녀석이지! 그렇다면 너에게 잘 어울리는 주인님을 소개해줄게! 들어봐, 난 지금 그 전설의『대랑(大狼)』 겟탄 님 밑에서 일하고 있어!"

꼬리가 흔들리는 리듬이 달라졌다. 최고로 불쾌해하는 패턴이다.

"겟탄…… 알아?"

나는 일단 그렇게 물어봤다.

"몰라."

델타는 찌푸린 얼굴로 고개를 흔들었다. 응, 그렇겠지.

"뭐?! 말도 안 돼! 우리 아버지조차 이기지 못했던 전설의 『대랑』이잖아! 늑대족 최강의 전사라고! 너, 너라면, 겟탄 님의 첩으로 선택될 수도──."

"몰라, 시끄러워, 약한 놈이 짖어대지 마."

델타는 그렇게 말하더니, 아직도 떠들고 있는 남자의 머리를 날려버렸다. 머리가 멋지게 날아갔다.

"어…… 네 오빠 아냐?"

델타는 몹시 불쾌한 얼굴로 남자의 머리를 내려다봤다. 그리고 이쪽을 돌아보자마자 열심히 꼬리를 치며 생긋 웃었다.

"약한 녀석은 일족의 수치입니다. 여기서 처치해서 다행이야."

"아…… 그렇구나."

그렇게 말할 수밖에 없었다. 여기선 인간과 수인의 사고방식이 근본적으로 다른 것이다.

수인에는 다종다양한 종족이 존재한다. 그런데 그중 80퍼센트 정도는 '힘이 곧 권력'인 놈들이다. 강한 놈이 위대하고, 그다음으로 사냥을 잘하는 놈이 위대하다……는 식이다. 델타는 매우 전형적인 기본형 수인이다. 요즘 세상에 이렇게까지 수인 같은 놈이 있을까? 하는 의문이 생길 정도로.

그런데 델타만큼 심각하진 않아도 이런 사고방식은 수인들에게는 일반적인 것이었다. 솔직히 말해서 수인은 기본적인 능력이 아주 사기 수준이다. 신체능력이 뛰어나고, 오감도 발달했고, 운동신경도 좋고, 마력도 풍부하고, 수명도 길고, 더구나 번식력도 강했다. 두뇌적인 결함만 없었더라면 그들은 이 세상의 패권을 쥐었을 것이다.

그러나 이 '힘이 곧 권력이다'라는 사고방식 때문에 그들은 인구가 늘면 부족들끼리 싸워서 인구를 줄이고, 또 가끔은 수인을 통일하는 대영웅이 나타나더라도 그때는 인간이나 엘프에게 시비를 걸다가 패퇴하고 만다. 아니, 매번 처음에는 압승한단 말이지. 수인은. 그러나 보급선이 길어지면 군량이 잘 보급되지 못해서 굶주리다가 철수하게 된다. 매번 똑같은 패턴이었다. 그런데 수인 중에서도 지혜로운 종족은 있었다. 좋은 의미에서나 나쁜 의미에서나 수인은 다종다양한 것이다. 유키메도 그렇지만, 여우족은 머리가 좋기로 유명한 것 같았다.

그렇게 머리 좋은 종족이 있으니 그들의 말을 들으면 좋을 텐데. 아니, 실은 언제나 맨 처음에는 그들의 말을 듣는다고 한다. 그런데 보급선이 길어지면, 머리 좋은 그들은 자중하라고 말한다. 그러나 힘이 곧 권력이라고 생각하는 수인들은 그런 그들을 겁쟁이라고 비웃으면서 돌격한다.

그 정도면 본능이지. '힘이 곧 권력이다'라는 것은.

일단 법치국가에서 최근에는 산업이라든가 뭐 그런 쪽으로 노력하는 것 같은데, 성과가 좋지는 않은 듯했다. 결국 그들의 두뇌 자체가 '힘이 곧 권력이다'라서 그런 것이다.

"세상에 몇 없는 남매인데. 기억은 해줘."

"어, 델타의 아버지는 첩이 20명쯤 돼요. 오빠는 100명도 넘게 있어!"

"아, 그러면 하나쯤 줄어도 괜찮겠네."

과연 수인은 스케일이 다르다. 그런데 힘이 곧 권력인 국가라니, 좀 궁금하기도 하다.

"수인의 나라에 언제 한번 가볼까?"

그러자 델타의 귀가 쫑긋쫑긋 움직였다.

"좋은 생각이 났어! 보스가 우두머리가 되면 돼!!"

"뭐?"

"보스가 우두머리를 쓰러뜨리면, 보스가 새로운 일족의 우두머리가 되는 거야!"

"어……."

"자식을 잔뜩 낳고, 최강의 일족이 되는 거야!!"

"아니, 안 될 거야."

"될 거야! 여자 100명을 준비할 거야!! 잔뜩 낳아서, 세계 최강!! 자, 가자!! 보스가 대영웅이 되어서 세계를 지배한다!!"

"못해, 못해. 돌아가자. 왕도로 돌아가자."

"싫어!!"

"싫긴 뭐가 싫어."

"우우~!!"

나는 델타를 질질 끌고 왕도로 돌아갔다. 피곤하다.

Not a hero, not an arch enemy,
but the existence intervenes in a story and shows off his power.
I had admired the one like that, what is more,
and hoped to be.
Like a hero everyone wished to be in childhood,
"The Eminence in Shadow" was the one for me.
That's all about it.

The Eminence in Shadow

I can't remember the moment anymore.
Yet, I had desired to become "The Eminence in Shadow"
ever since I could remember.
An anime, manga, or movie? No, whatever's fine.
If I could become a man behind the scene,
I didn't care what type I would be.
Not a hero, not an arch enemy,
but the existence intervenes in a story and shows off his power.

5장

몰래 위조지폐를 만들자!
미쓰고시 상회와 대상회 연합이 싸우는 동안

호화로운 방 안에 두 남자가 있었다.

한 명은 개구리처럼 생긴 뚱뚱한 상인. 나머지 한 명은 눈먼 수인.

"『네 잎』이 살해됐다——고?"

눈먼 수인이 낮은 소리로 으르렁거렸다.

윤기 있는 칠흑의 털을 가진 사납게 생긴 늑대족이었다. 그의 눈은 깊은 칼자국에 의해 망가져 있었다.

"사망한 것은『네 잎』의 말석이었던 자. 겟탄 님께서도 주목하셨던 수인입니다. 도적으로 위장해서 미쓰고시 상회의 마차를 공격하는 임무 수행 도중에 습격당한 것 같습니다."

개구리처럼 뚱뚱한 상인은 겟탄이라고 불린 수인의 안색을 살피면서 이야기했다.

『네 잎』. 그것은 가터 상회의 사병대 중에서 겟탄이 발탁한 네 명의 실력자들이었다.

"그놈이 죽었다고……. 가터, 누가 한 짓이냐?"

"모르겠습니다. 시체는 일격에 목이 날아갔습니다. 상당한 실력자입니다. 상황을 볼 때 미쓰고시 상회에서 고용한 마검사의 짓이 아닐까 싶습니다……."

개구리처럼 뚱뚱한 상인은 가터 상회의 회장인 가터였다.

회장인 가터와, 고용된 수인인 겟탄. 그러나 두 사람의 태도는 완전히 정반대였다.

"미쓰고시 상회…… 끈질기군."

겟탄의 중얼거림은 늑대가 으르렁거리는 소리처럼 낮았다.

미쓰고시 상회를 박살내려는 표면적인 작전은 잘 진행되고 있을 터였다.

도적으로 위장한 사병대 때문에, 행상인들은 미쓰고시 상회 상품 구입을 자제하고 미쓰고시 상회의 지폐를 사용하지 않게 되었다. 그 대신 그들이 사용하게 된 것은 대상회 연합의 상품과 지폐였다.

대상회 연합의 지폐는 그들의 의도대로 잘 보급되었다.

그런데 미쓰고시 상회는 흔들리지 않았다.

가터 상회는 행상인의 마차뿐만 아니라 미쓰고시 상회의 수송마차도 습격했는데, 그들의 마차는 상당한 실력자가 호위하고 있었다.

그래서 습격 부대는 그 누구도 돌아오지 못했다.

도시에 있는 미쓰고시 상회는 변함없이 영업을 계속하고 있었고, 영향을 받은 것은 지방으로 짐을 나르는 평민 고객 위주의 행상뿐이었다.

도시와 지방의 경제 규모는 크게 차이가 난다.

도시에는 귀족과 부유층이 모여 있고, 그들은 일용품뿐만이 아니라 기호품도 거침없이 사들인다.

그러나 지방의 평민은 대부분 농민이다.

식사는 기본적으로 자급자족. 부족한 것은 스스로 만들고, 꼭 필요한 물건만 돈 주고 산다. 한 달에 한 번 행상인이 올 때를 제외하면 돈 쓰는 습관이 없었다.

미쓰고시 상회는 훌륭한 상품을 저렴한 가격으로 지방에 공급함으로써 그 습관을 바꾸려고 했는데, 그것도 아직은 진행 도중이었다.

현재 지방에서의 장사가 중단된 것은 미쓰고시 상회에 큰 영향을 주지는 않았다.

그만큼 그들은 도심부에서 튼튼한 기반을 다진 것이었다.

"쳇……."

겟탄은 혀를 차면서 초조해하는 척했다.

대상회 연합의 상인들은 미쓰고시 상회를 얕보고 있었다. 쉽게 무너질 거라고 예상했다.

그러나 이대로 놔두면 미쓰고시 상회는 무너지지 않는다.

또 시간이 지나면 지날수록 대상회 연합의 힘은 점점 소모될 것이다.

고로 가터 상회를 좌지우지하는 겟탄은 일단 초조해하는 척이라도 해야 했다.

"남은『네 잎』을 전부 동원해서 미쓰고시 상회를 습격해라."

"네!"

"그놈들의 자금과 상품 제조법을 빼앗아. 실패는 용서치 않는다."

가터는 말없이 고개를 숙이더니 겟탄 앞에서 도망치듯이 방 밖으로 나갔다.

겟탄은 그 망가진 눈으로 마치 뭔가가 보이는 것처럼 가터의 뒷모습을 바라봤다.

"좋아, 잘되고 있어……."

홀로 남은 겟탄은 날카로운 이를 드러내고 웃었다.

그에게 주어진 임무는 미쓰고시 상회의 괴멸이다. 그것을 위해서 그는 가터 상회를 차지한 것이다.

그런데 겟탄은 대상회 연합의 상인들처럼 미쓰고시 상회를 경시하지는 않았다.

왜냐하면 『교단』이 미쓰고시 상회를 제거하기로 결정했기 때문이다.

미쓰고시 상회의 성장은 『교단』이 예측하지 못할 정도로 굉장했고, 앞으로도 쭉 그렇게 성장한다면 『교단』의 방해물이 될 염려가 있다고 상층부는 판단한 것이다.

안 그래도 『교단』은 『섀도우 가든』의 방해 때문에 힘이 약해지고 있었다.

이런 시기에 새로운 방해물이 등장한다면 앞으로의 활동에 지장이 있을 것이다.

"크크큭……."

미쓰고시 상회는 『교단』이 위험시할 정도로 무서운 조직이다.

처음부터 대상회 연합이 떼 지어 덤벼도 이길 수 있을 리 없었다.

그러나 겟탄에게 대상회 연합이란 것은 일회용 도구에 불과하다. 대상회 연합을 희생시키면, 미쓰고시 상회도 쉽게 무너뜨릴 수 있다.

절대적 자신이 있기 때문에 그는 이번 임무를 맡겠다고 나선 것이었다.

"드디어 여기까지 올라왔구나……."

그는 라운즈의 자리를 넘볼 만한 위치에 도달했다.

이제 조금만 더 하면 된다…….

"——윽."

겟탄의 눈의 상처가 욱신거렸다.

그는 한 손으로 상처를 누르고 얼굴을 일그러뜨렸다.

이 상처가 생긴 것은 먼 옛날. 오래전에 아문 상처가 과거의 실수를 기억나게 했다.

"……!"

그는 조그맣게 무슨 말을 중얼거렸다.

그것은 그의 인생 최초의 오점.

빠득. 이가 갈리는 소리가 났다.

비 내리는 밤. 달은 구름 속에 숨었고 바깥에서는 빗소리가 들려왔다.

미쓰고시 상회의 어느 방에서 두 명의 엘프가 소파에 앉아 있었다.

"알파 님, 대상회 연합의 습격은 마차에 호위병을 붙임으로써 완전히 막아내고 있습니다. 오히려 대상회 연합의 자객들을 섬멸해서 착실히 그들의 전력을 소모시키고 있습니다."

남색 머리카락과 짙은 푸른색 눈동자를 지닌 엘프――감마는 자료를 보면서 말했다.

"문제는 없는 것 같구나."

알파라고 불린 엘프가 그렇게 중얼거렸다. 난로 불빛에 그녀의 백금발이 반짝거렸다.

"시장은 우리가 우세합니다. 영격(迎擊)만 해도, 대상회 연합은 점점 붕괴될 겁니다."

"잘됐네. 미쓰고시 상회와 『섀도우 가든』의 관계가 드러나는 것은 피하고 싶으니까, 눈에 띄는 행동은 하고 싶지 않았거든……."

그때 누군가가 방문을 두드렸다.

"들어와."

"실례합니다."

들어온 것은 진갈색 머리카락을 지닌 소녀, 뉴였다.

"대화를 방해해서 죄송합니다. 침입자가 있습니다."

"……왔구나."

"저에게 맡겨주세요."

감마가 자신만만한 얼굴로 소파에서 일어났다.

"응? 어, 그래…… 당신이 가려고?"

"네. 본때를 보여주겠습니다. 뉴, 가자."

"네!"

인사하고 퇴실하는 그 두 명의 모습을 알파는 불안한 듯이 바라봤다.

"뉴가 같이 있으니까. 괜찮을 테지……."

그렇게 중얼거리더니, 자기 자신을 납득시키려는 것처럼 고개를 끄덕거렸다.

어두컴컴한 복도에서 검은 옷을 입은 남자가 달리고 있었다. 작은 발소리는 바깥의 빗소리에 묻혀 사라졌다.

행동이 민첩한 그 남자는 『네 잎』의 대장으로서, 『일엽(一葉)』이라고 불리는 실력 좋은 마검사였다.

그는 『이엽』 『삼엽』과 함께 미쓰고시 상회에 침입했다. 『일엽』인 그의 임무는 단독으로 기밀서류를 가져오는 것이었다. 『이엽』은 부하들 여러 명을 거느린 파괴 공작, 『삼엽』은 약탈 및 핵심 인물 납치를 각각 담당하고 있었다.

상회 안쪽으로 깊숙이 들어가던 『일엽』은 정면에서 걸어오는 인물을 발견하고 멈춰 섰다.

어두컴컴한 복도를 따라 걸어오는 것은 남색 머리카락을 지닌 아름다운 엘프. 미쓰고시 상회의 회장이었다.

납치 담당자는 『삼엽』이지만——뭐, 괜찮겠지. 『일엽』은 그녀를 기절시켜 데려가는 것을 선택했다.
그의 행동은 신속했다.
암흑 속에서 소리 없이 목표물의 등 뒤로 다가가 손날로 그녀의 목을 때렸다.
"아야!"
"어?"
그녀가 매서운 눈빛으로 뒤를 돌아봤다.
『일엽』은 허둥지둥 뒤로 물러났다. 완벽하게 기습해서 적을 기절시켰다고 생각했는데.
"뭐야, 아프잖아. 나를 기습하다니, 제법이네?"
그녀는 목을 쓰다듬으면서 호전적인 미소를 지었다. 아프다고 말하긴 하는데 그 모습은 멀쩡해 보였다.
"모처럼 여기까지 와주셨으니 최선을 다해 환영해드릴게요. 나는 감마. 당신의 목숨을 가져갈 자입니다!!"
감마는 그렇게 고하더니 칠흑의 칼을 출현시켰다.
곧바로 신체강화를 해서 단숨에 『일엽』과의 거리를 좁혔다.
빠르다!!
그녀의 움직임은 순수하게 빨랐다.
그러나 『일엽』은 그 한순간의 움직임만 보고도 눈치채고 말았다.
이 여자——단순히 빠르기만 한 아마추어다!!
감마의 움직임은 쓸데없이 요란했다.

"슈웃!!"
그렇게 감마가 숨을 토해내면서 칼을 휘둘렀다.
힘을 너무 많이 줘서 군더더기가 많은 동작이었다.
그런데 또 쓸데없이 빨랐고, 결정적으로——이 쓸데없이 많은 마력은 도대체 뭔데?!
아무리 빨라도 이렇게까지 동작이 크면, 어떻게든 카운터 공격은 할 수 있다. 그런데 감마의 칼에는 마검사 수십 명은 거뜬히 날려버릴 수 있는 마력이 담겨 있었다.
닿으면 죽는다.
『일엽』은 지나치게 큰 동작으로 감마의 칼을 피했다.
"내 칼을 피했나요? 솜씨가 꽤 좋네요. 그 유려한 움직임은 서쪽 나라의 검술『리히텐라워류(流)』인가요."
"뭣이?!"
간파당했다?!
겨우 한 번 봤을 뿐인데 간파하다니. 놀라운 관찰안이었다.
평범한 아마추어가 아니었던 건가.
우연인지 아닌지. 『일엽』으로선 판단하기 어려웠다.
"유파를 알면 대응하기도 쉽죠. 자, 갑니다."
"윽!"
『일엽』은 한층 더 경계했다.
"슈웃!!"
그런 소리와 더불어 감마가 칼을 휘두르며 공격했다.
엄청난 속도로 파고들었다.

그러나 움직임이 요란해서 아주 잘 보였다.
그리고 거기서 또 엄청난 위력을 지닌 일격이 날아왔다.
"헉?!"
그 일격을 한마디로 표현한다면——나아진 점이 전혀 없잖아?!
유파를 알아냈음에도 불구하고 전혀 변한 것이 없었다!!
『일엽』은 몸에 밴 반사적인 움직임으로 감마의 목을 베었다.
그러나.
"아야!"
"어?"
상처 하나 나지 않았다.
틀림없이 목을 베었을 것이다. 그런데, 어째서?
이 여자의 몸은 뭐가 어떻게 된 거야?!
"너는, 도대체……."
『일엽』의 목소리가 떨렸다.
"나에게 일격을 가하다니. 당신은 전투의 달인이군요. 좋아요, 전력으로 상대해드리겠습니다."
그녀는 도신에 쓸데없이 많은 마력을 불어넣었다.
그 후.
"슈슈슈슈슈웃!"
연격을 퍼부었다.
엄청난 속도, 그러나 엄청나게 큰 동작!!
『일엽』은 거리를 벌리고 그 연격을 피했다.

"슈슈슈슈슈웃!!"

그러나 감마는 우당탕 요란하게 엄청난 속도로 돌진해왔다.

"도, 도대체 그 쓸데없는 마력과 기합소리는 뭐야?!"

"위대한 우리 주인님께서 가르쳐주신 겁니다!! 마력을 잔뜩 쏟아부어 냅다 후려치라고! 그리고 후려칠 때 '슈웃' 소리를 내면 강해 보인다고!! 슈슈슈슈슈웃!!"

"아, 아차!!"

감마의 압박에 못 이긴『일엽』의 다리가 꼬였다.

그 순간 치명적인 빈틈이 생겨났다.

"이겼다!"

졌다!

두 명의 생각이 일치했다.

그러나 현실은 일치하지 않았다.

"끄악?!"

감마가 아무것도 없는 평지에서 넘어지더니, 돌진을 멈추지 못하고 그대로 빙글빙글 회전하면서 벽으로 날아가 부딪쳤다.

쿠웅!!

엄청난 소리가 났다.

"우욱…… 제법이네요."

후드득후드득 돌조각을 떨어내면서 멀쩡하게 벽 속에서 걸어나오는 감마. 그걸 본『일엽』은 전율했다.

이, 이놈은 대체 뭐야?!

"칼을 크게 휘두르려는 나의 한순간의 빈틈을 노려, 발을 걸어서 *합기 기술로 나를 벽에다 던졌다——그런 거죠?"
"아, 아니야, 네가 혼자 제멋대로 넘어진 건데……."
"싸구려 도발에는 넘어가지 않아요."
아, 안 되겠다. 이 여자는 도저히 상대할 수 없다.
미쓰고시 상회는 이런 터무니없는 여자가 회장 자리를 차지하고 있단 말인가?!
그런데 이제 슬슬『이엽』과『삼엽』의 임무도 끝났을 것이다. 이 터무니없는 여자도 여러 명에게 포위당하면 무력해질——거라고 생각한 순간, 그의 배후에서 발소리가 울려 퍼졌다.
왔구나!
"마, 마침 잘 왔어,『이엽』『삼엽』…… 어엇?!"
그러나 거기 있는 것은『이엽』도『삼엽』도 아니었다.
거기에 있는 것은 희미한 미소를 짓고 있는 소녀였다.
그 진갈색 머리 소녀는 또각또각 걸어왔다. 어떤 물체 두 개를 손에 들고서…….
"『이엽』과『삼엽』이란 것은 혹시——이겁니까?"
소녀는 손에 들고 있던 두 개의 물체를 휙 던졌다.
바닥을 굴러『일엽』의 발치에서 멈춘 그것은, 방금 베어낸 사람의 머리였다.
"이……『이엽』『삼엽』……."
그것은『이엽』과『삼엽』의 머리였다.
그런데 두 사람을 해치운 소녀는 겉으로는 평범한 미쓰고시 상

*무술 용어. 자신과 상대의 힘을 적절히 이용해 움직이는 것.

회의 종업원처럼 보였다.

『일엽』은 미쓰고시 상회에 정체불명의 뭔가가 있음을 감지했다.

"어머, 뉴. 빨리 해치웠네?"

"그, 그런가요……?"

"그런데 조심해. 이 남자는 세계 유수의 달인이야……."

"어…… 정말로요……?"

뉴라고 불린 소녀는 90퍼센트가 의혹으로 뒤덮인 눈으로 『일엽』을 응시했다.

마치 "너 진짜로 강하냐? 응?" 하고 위협하는 듯한 눈동자였다.

『일엽』은 정체를 알 수 없는 이 소녀를 보고 겁먹었다. 이 진갈색 머리 소녀에게는 이길 수 없음을 순식간에 눈치채고 고개를 옆으로 흔들었다.

"……본인은 부정하는데요?"

"속지 마. 그는 『리히텐라워류』의 달인이면서 합기 기술까지 마스터한 남자야."

"그것 참 굉장하군요. 그 실력을 한번 보고 싶네요……."

뉴가 칼을 뽑았다.

크, 큰일 났다!

『일엽』은 반사적으로 감마를 덮쳤다. 앞문에는 이상한 놈이 있고 뒷문에는 용이 있다면, 앞문이 그나마 낫지 않은가.

"자, 결판을 냅시다! 슈웃!!"

감마가 칼을 휘둘렀다.

그러나 『일엽』은 이미 완전히 파악했다.

그는 감마의 공격범위에 들어가기 직전에 멈춰 서서 카운터를 노렸다.
그래, 분명히 그랬다.
"끼약?!"
감마가 넘어지기 전까지는.
"어?"
그리고 『일엽』에게 불행이 찾아왔다. 감마가 넘어질 때 실수로 칼을 놓쳤는데, 그 칼이 고속 회전을 하면서 『일엽』을 양단해버린 것이다.
윙윙 소리를 내면서 날아가는 칼. 『일엽』은 무너지듯이 바닥에 쓰러졌다.
"으윽…… 실수했네."
감마는 고개를 들고 상황을 파악했다. 그 순간, 기묘한 표정을 짓고 있는 뉴와 눈이 마주쳤다.
"오, 오의(奧義), 『결사의 대차륜(大車輪)』……!!"
그것이 감마가 할 수 있는 유일한 저항이었다.
"여, 역시, 감마 님은 굉장하세요!!"
그리고 감마에게는 착한 부하가 있었다.
짝짝짝 무미건조한 박수소리를 들으면서 『일엽』의 의식은 완전히 사라졌다.

“『네 잎』이 돌아오지 않는다……고?”

겟탄은 그 보고를 듣더니 팔짱을 끼고 생각에 잠겼다.

미쓰고시 상회를 습격하라고 보낸『네 잎』이 돌아오지 않는다.

그것은 습격이 실패했다는 뜻이다.

『일엽』『이엽』『삼엽』 모두 다 적당히 실력 있는 마검사였다.

『교단』 상위의 관점에서 본다면 변변찮은 실력이었지만, 그래도 일반적으로는 굉장한 실력이란 소리를 듣는 부류에 속했다.

그런 그들이 돌아오지 않는다.

게다가 가터의 이야기에 의하면, 그들과 동시에 보낸 사병대 전사들도 아무도 돌아오지 않았다고 한다.

단 한 명도 돌아오지 않은 것이다.

임무에 실패했을 때의 연락원은 반드시 후방에 배치해놓는데. 그 연락원조차 돌아오지 않았다.

“『네 잎』이 실패했다……. 미쓰고시 상회의 경호가 그 정도로 대단하단 말인가.”

“겟탄 님, 저…… 대상회 연합 내부에서도 성과가 없다면서, 불만의 소리가 나오고 있습니다.”

“입 다물게 해.”

“아, 알겠습니다…….”

인사하고 퇴실하는 가터. 겟탄은 보이지 않는 눈으로 그를 봤다.

“한낱 상회가『네 잎』을 괴멸시킬 만한 전력을 갖췄다고……?

아니, 그렇기 때문에 『교단』이 위험시한 건가……?"

그는 욱신거리는 눈의 흉터를 꾹 눌렀다.

"계획은 순조롭게 진행 중이다. 그놈들은 이미 덫에 걸렸어."

자기 자신에게 들려주듯이 그런 말을 중얼거렸다.

가을도 끝나고 겨울이 시작됐다.

나는 학교에서 몹들의 일상을 지켜보면서 위조지폐가 완성되기를 기다렸다.

그들이 아무것도 모르는 채 지루한 나날을 보내는 동안, 나는 뒤에서 몰래 대상회 연합을 붕괴시키려고 하는 중이었다.

성공하면 위조지폐를 환금해서 용돈도 왕창 벌 수 있다.

아아, 지루한 일상조차 반짝반짝 빛나 보이는구나.

효로와 쟈가와 셋이서 몹 트리오를 결성한 내가 그런 실력자라는 것은 아무도 상상조차 못할 것이다.

나는 몹 생활을 즐기면서, 가끔 의미심장한 말을 중얼거리며 그들에게 힌트를 줬다.

"바람이 소란스럽군…… 큰 변화가 일어날 거야……."

아무도 그 말의 의미를 몰랐다.

하지만 그걸로 족했다. 언젠가 그들이 모든 것을 알게 되면,

그중에서 극히 일부의 사람들은 기억해낼지도 모른다.
내가 했던――그 말을.
"잠깐 이리 와봐."
"억."
의미심장 모드에 돌입한 나의 목덜미를 확 잡아서 억지로 끌고 가는 사람이 있었다. 은빛 머리카락과 붉은 눈을 지닌 알렉시아였다.
"이렇게 바쁜 나에게 무슨 볼일이야?"
나는 저항하기도 귀찮아 질질 끌려가면서 말했다.
"한가한 당신에게 보여줄 것이 있어."
"뭔데."
"검술."
그런 식으로 우리는 아무도 없는 도장에 도착했다.
학교 변두리에 있는 작은 개인 연습용 도장이었다.
나는 바닥에 앉았고, 알렉시아는 연습용 검을 똑바로 들었다.
뭐, 적당히 보고 있으면 되겠지. 그런 생각을 하면서 나는 알렉시아가 검을 휘두르는 장면을 보았다.
그러다가 문득 깨달았다.
어라? 이 녀석, 이렇게 강했던가?
그러고 보니 마지막으로 알렉시아의 검술을 본 것은 꽤 오래전 일이었다. 나는 원래 알렉시아의 검술을 좋아했다. 검술만. 심경의 변화라도 있었던 걸까, 아니면 깨달음이라도 얻은 걸까.
급격히 성장하는 것은 대체로 이런 패턴이다.

"좋아 보인다."

나는 검을 휘두르는 알렉시아에게 말했다.

"그래?"

알렉시아의 검이 멈췄다.

"아마 앞으로도 더 좋아질 거야. 아마추어의 의견이지만."

"그렇구나. 고마워."

"천만에요."

알렉시아는 시선을 피하면서 땀을 닦았다.

"저번에 네가 내 검술을 좋아한다고 말해줬잖아."

"그랬나?"

"그랬어. 그래서 일단 보여줘야 할 것 같아서."

"그랬구나."

"하지만 아직도 부족해. 나에게는 더 많은 힘이 필요해."

"아, 그래."

"왜? 하고 물어봐야지."

알렉시아가 나를 쏘아봤다.

"나는 로즈 선배를 지키지 못했어. 오리아나 왕국은 지금 큰일이 났고, 선배도 틀림없이 괴로워하고 있을 거야. 그래서 힘이 필요해……."

그러고 보니 로즈 선배는 결국 무사히 도망친 걸까. 건강하게 잘 지내면 좋을 텐데.

"이런 일상의 무대 뒤에서 세상은 항상 움직이고 있어. 그러니까 멈춰 서 있으면, 금방 낙오자가 되어버릴 거야."

그렇다. 이 일상의 무대 뒤에서 나는 움직이는 중이었다.

"더 이상 외부인으로 살고 싶지 않아. 참 신기하지…… 자신의 의지로 움직이기 시작하니까, 시간이 쏜살같이 흘러가게 되었어."

"원래 그런 거야."

"당신은 속 편해 보여서 좋네. 아무튼 오늘은 고마웠어. 당신이 계속 속 편하게 지낼 수 있기를 바랄게."

알렉시아는 한숨 쉬듯이 그렇게 말했다. 나는 도장을 떠났다.

밖은 이미 날이 저물어 있었다.

겨울밤에는 기온이 뚝 떨어진다. 서둘러 기숙사로 돌아간 나는 존 스미스로 변장한 뒤 인적 없는 곳으로 향했다.

그곳에는 갈색 고양이 귀가 달린 수인이 있었다.

그녀의 이름은 나쓰. 유키메의 측근이다.

나는 기척을 숨기고 다가가——.

"용건은 뭐냐."

나쓰의 배후에 불쑥 나타났다.

나쓰는 흠칫 놀라더니 허둥지둥 고개를 돌려서 그 고양이 같은 눈으로 나를 쳐다봤다.

"조, 존 님, 너무 놀라게 하지 마세요."

"놀라게 할 생각은 없었다……."

평소의 사소한 연출이 『어둠의 실력자』 캐릭터를 만들어주는 것이다.

"그래, 용건은?"

내가 물어보자, 나쓰는 기다렸다는 듯이 미소를 지었다.

유키메의 측근은 나쓰와 카나 두 명이다. 나쓰와 카나는 자매인데, 별로 닮지는 않았다.

나쓰는 갈색 고양이 귀가 달린 어른스러운 여성이고, 카나는 까만 고양이 귀가 달린 소녀다.

나쓰는 그 갈색 고양이 귀를 쫑긋거리면서 말했다.

"예의 물건이 완성됐습니다."

"그렇군……."

드디어 때가 됐구나!

위조지폐 공장은 왕도와 무법도시 사이에 있는 지하 시설에 건설했다.

사실 이곳은 내가 유키메에게 추천해준 장소였다. 과거에 누나가 도적에게 납치됐을 때 다 함께 도적 사냥을 했던 장소다. 비밀 시설 같아서 딱 좋다는 생각이 들었다.

여기서 만든 위조지폐를 무법도시로 보내고, 거기서 왕도로 유통시킴으로써 위조지폐의 출처를 파악하기 어렵게 만드는 작전인 듯했다.

내가 아직 어린 알파와 친구들을 데리고 침입했던 시설의 내부는 이제 유키메의 부하들이 일하는 위조지폐 공장으로 바뀌어 있었다.

부지런히 움직이는 종업원들을 힐끗 보면서 나는 나쓰의 안내를 받아 공장 안쪽으로 들어갔다.

새로 만들어진 아름다운 문을 열자, 커다란 사장실 같은 공간이 나타났다.

"존 님, 오셨는지요……."

나는 방 안에 있는 소파 세트에서 유키메의 맞은편 자리에 앉았다.

"완성됐다면서."

"직접 확인해주셔요."

유키메는 섹시한 미소를 지으며 테이블 위의 꾸러미를 펼쳐 보였다.

그 안에서 두 개의 돈다발이 등장했다.

둘 다 1만 제니 지폐를 약 100장씩 모아놓은 것 같았다.

"어느 쪽이 진짜인지 아시겠어요?"

유키메의 말투에서는 자신감이 느껴졌다.

나는 두 개의 돈다발을 손에 들고 비교해봤다.

와, 큰일 났네. 전혀 모르겠다.

그러나 슈퍼 엘리트 요원이라면 분명히 여기서 작은 차이를 간파해낼 것이다.

그리고 엄청나게 강화된 나의 시력도 미세한 차이점을 간파해냈다. 종이 질의 차이, 잉크의 차이, 글자의 차이, 각각 아주 조금씩이지만 확실하게 차이가 났다.

그런데, 그런데…… 애초에 나는 진짜 지폐를 기억해두지 않았다.

아냐, 그래도 괜찮다.

이런 때에는 '아마 어떻게든 되겠지'라는 정신이 중요한 것이다.

나는 괜히 팔락팔락 지폐를 넘기면서 의미심장한 미소와 더불어 고개를 끄덕였다. 뭔가 아는 듯한 분위기를 연출한 것이다.

"대답할 필요조차 없군."

"그게 무슨 의미이신가요."

유키메는 의아해하는 표정을 지었다.

"이 둘을 비교해보면, 이쪽의 종이 질이 다소 거칠어."

나는 거친 돈다발을 들어 올렸다.

"잉크의 번짐도 차이가 나. 이쪽이 더 많이 번졌어."

유키메의 눈이 휘둥그레졌다.

"마지막으로 글씨도 약간 찌그러졌어. 바로 여기."

유키메는 결국 돈다발을 손에 들고 비교해보기 시작했다.

"저, 정말로 찌그러졌군요. 몇 번이나 확인했건만……."

"대답할 필요가 있나?"

나는 압력을 발동시키면서 말했다.

"들을 필요도 없사와요. 여기 이 정교함이 부족한 지폐가 진짜입니다."

둘 중 하나를 골랐으면 틀릴 뻔했어——!

"너무 좋은 지폐를 만들려고 애썼군."

"……다시 만들어야 할까요."

"그럴 필요는 없어. 나 말고는 이것을 간파하는 녀석은 없을 거다."

"존 님에게는 당해낼 수가 없네요. 당장 내일부터 유통시키려고 합니다."

"그래."

"유통량이 많아지면 상대가 위조지폐의 출처를 조사할 거예요. 존 님은 그 조사원을 처리해주세요. 그런데……."

유키메는 왠지 말하기 거북한 것처럼 일단 말을 끊었다.

"……뭔데?"

"한 가지, 부탁이 있어요."

"흐음?"

"혹시 겟탄이라는 사내를 발견하시거든…… 죽이지 말고 조용히 보내주셔요."

"…… 그 이유는?"

유키메는 눈을 내리깔고 신중히 단어를 골랐다. 그리고 천천히 이야기를 시작했다.

"저의 꼬리가 아직 한 개였던 시절의 이야기입니다. 저는 어머님과 둘이 살고 있었어요. 요호족의 작은 마을에서."

고개 숙인 유키메는 추억에 젖은 것 같았다.

"싸움과는 인연이 없는 평화로운 마을이었지요. 그곳에서 꼬리가 셋인 어머님은 그 힘으로 사냥을 하여 생계를 꾸리셨어요. 저는 어머님이 사냥해온 것을 손질하는 일을 도왔고, 결코 유복

하지는 않아도 행복한 나날을 보냈어요. 하나 그런 나날이 영원히 이어지지는 않았습니다. 어머님이 사냥을 하러 갔던 날, 저희 마을은…….”

거기서 말을 끊더니 유키메는 고개를 들었다.

“오늘은 여기까지만 할까요? 뒷이야기는 조금 더 사이가 좋아지면.”

그녀는 장난스럽게 웃었다.

“이야기할 마음이 없다는 건가——?”

“사이좋게 지내주시겠어요?”

유키메는 쿡쿡거리며 웃었다.

“농담이어요. 저는 그 사내에게 모든 것을 빼앗겼습니다. 이번에는 제가 그 사내의 모든 것을 빼앗을 차례입니다. 그를 죽이는 것은, 모든 것을 빼앗은 뒤에 제가 직접…….”

유키메는 장난스런 미소를 유지한 채 변함없는 말투로 그렇게 말했다.

“복수인가. 좋지.”

“겟탄은 두 눈에 상처를 입은 눈먼 수인입니다.”

“알았어.”

나는 자리에서 일어나 뒤돌아섰다.

“복수는 네 마음대로 해. 단, 복수에 사로잡혀 자신의 길을 잃어버리지는 마라…….”

떠나면서 그런 말을 남겼다.

Not a hero, not an arch enemy,
but the existence intervenes in a story and shows off his power.
I had admired the one like that, what is more,
and hoped to be.
Like a hero everyone wished to be in childhood,
"The Eminence in Shadow" was the one for me.
That's all about it.

The Eminence in Shadow

I can't remember the moment anymore.
Yet, I had desired to become "The Eminence in Shadow"
ever since I could remember.
An anime, manga, or movie? No, whatever's fine.
If I could become a man behind the scene,
I didn't care what type I would be.
Not a hero, not an arch enemy,

6장

위조 지폐를 유통시키자!

The Eminence in Shadow
Volume Three
Chapter Six

집무실에서 서류를 들여다보던 알파는 문득 고개를 들고 미간을 찌푸렸다.

그 직후.

"알파 님, 큰일 났습니다!! 끼약!"

문을 열고 감마가 뛰어 들어왔다.

안면 슬라이딩을 하면서 좌아악! 미끄러지더니 알파의 책상에 머리를 부딪쳐 정지했다.

"무슨 일이야? 왜 그렇게 허둥거려."

"으, 으으윽…… 큰일 났어요. 위, 위조지폐가……."

코를 붙잡고 울상을 지으며 일어나는 감마.

"위조지폐……?"

"대상회 연합의 위조지폐가 나돌고 있어요!"

알파는 한순간 눈을 크게 떴다.

"……유통량은?"

"아직 적습니다."

"대상회 연합은 눈치챘어?"

"아뇨, 아직 모를 겁니다."

"소문을 퍼뜨려. 그들이 눈치채게 해."

"네."

"우리도 위조지폐의 출처를 조사해보자. 이것은 최우선 임무야.”

“네. 한시라도 빨리 막아야 합니다.”

감마는 심각한 표정으로 고개를 끄덕였다.

“신용 붕괴가 발생하면 우리도 무사하지 못할 텐데…… 설마.”

“왜 그러십니까?”

입을 다문 알파를 의아한 듯이 바라보는 감마.

“아니, 아무것도 아냐.”

“그럼 다행이지만요. 넘버스를 동원해 조사를 개시하겠습니다.”

인사하고 밖으로 나가는 감마. 알파는 그 뒷모습을 지켜본 뒤 창밖으로 시선을 던졌다.

가로수가 바람에 흔들린다. 단풍이 든 나뭇잎이 날린다.

“설마 이것을 노리고…… 아냐, 지나친 생각이야.”

알파는 조그맣게 중얼거리더니 고개를 설레설레 흔들었다.

“위조지폐가 발견됐다고?”

가터의 보고를 들은 겟탄은 순수하게 놀랐다.

“자, 자세한 것은 현재 조사 중이어서…….”

떨리는 목소리로 보고하는 가터. 질책을 각오했건만, 겟탄은 그를 질책하지 않았다.

“저, 겟탄 님……?”

“……당장 출처를 찾아.”

“네, 네! 당장 찾겠습니다!”

가터는 혼나기 전에 허둥지둥 방 밖으로 뛰쳐나갔다.

겟탄은 팔짱을 끼고 생각에 잠겼다.

위조지폐가 발견됐다는 것은 놀랍지 않았다.

처음부터 위조지폐는『발견될 예정』이었으므로.

위조지폐가 유통되면 언젠가는 신용 붕괴가 발생하여 대상회 연합의 지폐는 휴지 조각으로 변할 것이다.

그러면 민중은 미쓰고시 은행 화폐의 가치도 의심하게 될 것이다.

——신용 붕괴는 사방으로 불똥이 튀기 마련이다.

신용 창조에 의해 지폐를 발행하는 것은 미쓰고시 은행도 마찬가지다.

미쓰고시 은행도 모든 지폐 교환에 응할 만한 자금을 가지고 있진 않으니까, 대상회 연합을 뒤따라 파산할 것이다.

미쓰고시 은행의 지폐는 정교했다. 위조지폐를 만들어도 금방 들켜서 시장에 나돌 리 없었다. 그렇다면 대상회 연합에서 조잡한 지폐를 제조해, 위조지폐가 쉽게 만들어질 수 있게 하면 된다.

그것이 겟탄의 계획이었다.

그런데 위조지폐가 발견되는 것은 좀 더 나중 일이어야 했다.

대상회 연합에는『교단』의 자산이 숨겨져 있다. 위조지폐는 그 자산을 안전한 곳에 옮기고 나서 유통시킬 예정이었다.
"계획이 앞당겨진 건가……?"
『교단』 상층부가 그렇게 판단했다면 겟탄으로선 복종할 수밖에 없었다.
하지만, 그래도 보고는 해줄 수 있었을 텐데.
"무슨 일이 일어난 거지?"
상층부에 연락해 확인해볼 필요가 있다. 혹시라도 착오가 있으면 『교단』은 막대한 자산을 잃을 것이다.
겟탄은 눈의 흉터를 만졌다. 욱신거리는 아픔이 느껴졌다.

위조지폐는 예정대로 조금씩 유통시켜 환금했다.
나는 존 스미스 모드로 시계탑 위에 서서, 공전절후의 호경기로 시끌벅적한 밤의 시가지를 바라보면서 그 뒤에 숨어 있는 조직의 계획을 꿰뚫어 보고 있었다.
"이 기척…… 조직의 계획이 진행되기 시작했군……."
그리고 의미심장하게 미소를 지었다.
우리의 『암약』을 맨 먼저 눈치채는 것은 누구일까.
그런 생각을 하면서 멍~하니 야경을 구경하고 있는데, 왕도에서 슬그머니 빠져나가는 마차 한 대가 눈에 띄었다.

그리고 몰래 그 마차를 미행하는 세 명의 검은 그림자도…….

"그래…… 맨 처음 눈치챈 것은, 역시……."

나는 그 그림자를 쫓아 시계탑 위에서 뛰어내렸다.

슬라임 보디슈트를 입고 있는 시점에서 미쓰고시 상회의 관계자임을 알 수 있었다.

"미안하지만——아직은 알려지게 놔둘 수 없어."

미쓰고시 상회를 위해서라지만, 현재 나는 배신자로서 움직이고 있다.

그 친구들은 벌써부터 알 필요는 없다. 모든 일이 끝난 다음에 알아도 된다.

664번은 심야의 왕도에서 몰래 떠나는 마차를 추적하면서 고개를 뒤로 돌려 666번을 노려봤다.

"666번, 정말 진짜로 독단은 금물이야. 알았어? 분대장은 나야. 그러니까 내 지시에 따르도록 해."

"네, 압니다."

"모르니까 하는 말이야. 어휴, 정말. 저번에도 혼자 제멋대로 뛰어들어서…… 결과는 좋았으니 다행이지만, 당신은 왜 그렇게 초조해하는 거야?"

"나는…… 아닙니다."
666번은 고개 숙이고 짧은 말로 부정했다.
"이거 봐, 또 혼자 속으로 삼키잖아. 나 참. 당신이 무슨 생각을 하는지, 말해주지 않으면 알 수가 없거든?"
"664번, 지금은 임무에 집중합시다."
"응, 그래. 바로 그거야. 임무에 집중하고 싶으니까, 독단전행하는 녀석한테 이렇게 충고를 해주는 거야."
664번은 666번에게서 시선을 떼고 한숨을 쉬었다.
그와 동시에 뒤에서 하품하는 소리가 들렸다.
"잠깐만, 665번. 지금 하품했지?"
664번은 다시 뒤를 돌아보더니 이번에는 665번을 노려봤다.
"안 했어요~."
"했어, 분명히 했어. 내가 들었는걸. 당신도 임무에 집중해. 어휴, 정말. 이 임무는 중요하다고 설명했잖아."
"네~."
태평하게 대답을 하는 665번에게서 시선을 떼고, 664번은 앞에서 달려가는 마차를 노려봤다.
이번 임무는 대상회 연합의 위조지폐 출처를 알아내는 것이었다.
『일곱 그림자』의 감마가 의심스러운 루트를 몇 개 골라냈는데, 그 여러 개의 유입 루트 중 하나가 지금 앞에서 달려가는 마차였다.
이 임무는 매우 중요하다는 이야기를 들었다.

그렇기 때문에 664번은 걱정이 되었다.

666번은 초조해하고 있었다. 그녀의 전투력은 모두가 인정했고, 그녀 덕분에 이 분대가 높이 평가받고 있다는 사실도 알고 있었다.

그러나 666번의 독단적인 행동은 최근 들어 묵과할 수 없는 수준이 되었다.

왜 저렇게 초조해하는지는 몰라도, 이러다 언젠가 반드시 실패할 것이다.

그리고 이 세상에는 돌이킬 수 없는 실패란 것도 있다. 그들의 임무는 뭐 하나만 잘못돼도 목숨을 잃는 것이니까…….

664번은 이 임무가 무사히 끝나기를 바라면서 의식을 집중했다.

그러나——그 소원은 이루어지지 않았다.

"발 조심!"

돌연 666번이 외쳤다.

전원이 그 외침에 반응해 점프했다.

그러나 제때 피한 것은 666번밖에 없었다.

"꺄?!"

"윽!"

664번과 665번은 뭔가에 발이 걸려 넘어졌다.

낙법을 구사해 다시 일어났더니, 그들의 발에는 얇은 실 같은 것이 얽혀 있었다.

"이건…… 실?"

"마력을 주입한 와이어인가……."

664번의 의문에 665번이 답했다. 그들 둘은 슬라임 소드로 실을 잘라내고 적의 습격에 대비했다.

그들의 시선 끝에서는, 666번이 이미 검을 겨누고 암흑 속을 노려보고 있었다.

기척은 전혀 느껴지지 않았다.

그러나 밤의 어둠 속에서 한 남자가 걸어 나왔다.

저벅, 저벅, 단단한 대지를 밟으면서 그가 등장했다.

검은 머리카락을 옆으로 넘기고 양복을 입은 남자였다. 얼굴은 무기질적인 가면으로 덮여서 보이지 않았다.

그 남자는 맨손이었다.

무기는 하나도 안 가지고 있었다.

그러나 자세히 살펴보니 그의 주위에서 달빛을 반사하는 실이 보였다.

그 실은 마치 살아 있는 것처럼 자유자재로 허공을 날고 있었다.

"조심해, 저 녀석은 와이어를 사용해."

664번이 주의를 줬다. 그들은 그 와이어 사용자와 대치했다.

무기질적인 가면의 남자와, 달빛을 받아 빛나는 수많은 실. 그 모습은 왠지 환상적이었다.

"나는 존 스미스. 물러서라——아직은, 더 이상은 알 필요 없다."

그 남자는 감정을 알 수 없는 무기질적인 음성으로 말했다.

이어서 밤하늘에 와이어가 퍼져 나갔다.

와이어가 달빛을 받아 반짝거렸다.

그 희미한 빛에 의지해 664번은 자신을 휘감으려는 실을 피했다.

속도 면에서는 그렇게까지 골치 아픈 무기는 아니었다. 그러나 문제는 눈으로 보기 어렵다는 것과 예측이 불가능한 움직임, 그리고 그 수량이었다.

존 스미스의 양손 손가락은 열 개. 그런데 그는 그보다 몇 배나 되는 와이어를 조종하고 있었다.

그것이 사방에서 덮쳐왔다.

그 각도와 타이밍이 가장 심각한 문제였다.

664번의 움직임을 예측하고 도망칠 길을 막는 것처럼 와이어를 배치한다. 그리고 또 회피할 방향을 한정해서 664번의 움직임을 유도한다.

그 결과——접근할 수 없었다.

칼보다도 실이 더 리치가 길다. 그들 세 사람은 상대에게 접근하지 않으면 공격을 하지 못한다.

그런데도 그들은 이 전투가 시작된 다음부터 한 발짝도 거리를 좁히지 못했다.

아니, 오히려 멀어졌다.

그 남자는 겨우 몇 초 만에 완전히 이곳을 지배해버렸다.

그는 그곳에서 한 걸음도 움직이지 않았다.

그저 열 개의 손가락으로 와이어를 조종할 뿐인데도 세 명의 소녀들은 이리저리 도망치느라 바빴다.

소녀들은 마치 그의 의도대로 조종되는 세 개의 꼭두각시 인형 같았다.

"다들 후퇴해."

664번의 지시에 두 소녀는 즉시 반응하여 실의 공격범위 밖으로 나갔다.

존 스미스의 공격범위 내에 있는 한, 우리만 점점 힘들어질 뿐이다.

그런데 여전히 공격할 수단은 없었다.

세 소녀는 서로 얼굴을 마주 보고 고개를 좌우로 흔들었다.

이 남자는——강하다.

와이어라는 생소한 무기에 대한 대처법을 모르는 것도 사실이지만, 그 점을 고려하더라도 그의 공간 지배 능력은 매우 탁월했다.

수십 개의 실을 정확히 조종하면서 소녀들의 움직임을 예측하고 유도한다. 그것은 보통 실력으로는 불가능한 일이었다.

664번은 자기보다 강한 자를 몇 명이나 알고 있었다.

이곳에 있는 666번도 그렇고, 넘버스라고 불리는 조직의 간부들, 그리고 『일곱 그림자』라는 압도적 힘을 지닌 최고 간부들. 전부 다 664번보다 훨씬 강한 힘을 가지고 있었다.

그러나 이 존 스미스는, 그녀가 아는 강자들과는 질적으로 달랐다.

그의 능력은 마력도 근력도 속도도 아니고, 그런 것들을 컨트롤하는 기술도 아니었다.

아니, 물론 와이어를 다루는 기술은 훌륭했다. 그러나 그의 능력의 본질은 그런 것이 아니었다.
존 스미스의 진정한 능력은――공간 지배력이었다.
664번은 분대장으로서 두 명의 소녀에게 지시를 내리는 입장이므로 알 수 있었다. 그것은 전투 전체를 부감함으로써 흐름을 잘 이해하고 미래를 예측해야만 비로소 가능해지는 것이었다.
즉, 존 스미스는 전투에 관해서 최고 수준의 사고력을 가지고 있었다.
"왜 그래. 안 덤벼?"
존 스미스는 한 발짝도 움직이지 않았다. 그저 그 자리에 서서 가면 속의 눈동자로 그들 세 명을 내려다보고 있었다.
그 태도에서는 여유가 느껴졌다.
무슨 일이 일어나도 얼마든지 대처할 자신이 있는 것이다.
밤하늘에 펼쳐진 실은 소녀들의 공격 수단을 완전히 빼앗아버렸다.
섣불리 움직이면 실에 붙잡힌다.
후퇴도 고려해봐야 한다.
666번은 반대할 테지만 억지로 따르게 할 수밖에 없다.
664번이 거기까지 생각했는데, 바로 그 직후.
"덤비지 않는다면, 내가 먼저 공격하마――."
"앗……?!"
존 스미스가 손가락을 살짝 움직였다.
그와 동시에 664번은 자기 목을 휘감는 얇은 실의 존재를 눈치챘다.

아니——대체 어느 틈에?!

게다가 여기는 공격범위 바깥이 아닌가.

"실의 길이가 다 똑같다고 누가 말했지? 물론 굵기도 다르다……."

"이럴 수가——?!"

목을 휘감은 실을 자세히 보니, 그것은 매우 가늘어서 거의 눈에 보이지 않았다.

664번이 지금까지 보고 있었던 실은, 존 스미스가 일부러 그들에게 보여주는 실이었던 것이다.

"설마 처음부터……."

"그래——처음부터 그랬다."

664번은 완전히 농락당한 것이었다.

그녀의 얼굴이 일그러졌다. 실이 목을 조이기 시작했다.

고농도로 압축된 마력이 실에 담겨 있었다. 그가 조금만 힘을 가해도, 그 실은 쉽사리 목을 잘라낼 것이다.

"죽일 거면 빨리 죽여. 나, 나는, 아무것도 말하지 않을 거야."

664번은 존 스미스를 노려봤다.

665번도 666번도 구속되어 있었다. 죽음의 순간은 이미 각오했다.

그런데 그때 666번이 움직였다.

그녀는 앞으로 나섰다.

단순히 존 스미스가 실을 당기는 것보다 더 빨리 앞으로 나선 것이다.
"하아아아아아아앗!!"
빠르게, 그저 빠르게——그녀는 존 스미스를 향해 돌격했다.
"정답이야——."
그러나 그의 여유는 전혀 사라지지 않았다.
그는 오른손 손가락만 가볍게 당겼다.
"그런데 실을 목에만 감았다고 누가 말했지?"
돌연 666번이 넘어졌다.
넘어진 그녀는 부자연스러운 움직임으로 허공에 떠올라 대롱대롱 매달렸다.
그렇다. 그녀의 사지에는 무수한 실들이 감겨 있었던 것이다.
그리고 그것은 당연히 나머지 두 명도 마찬가지였다. 처음부터 그들은 완전히 구속됐었던 것이다. 그것을 눈치채지 못한 시점에서 승패는 결정 난 거나 마찬가지였다.
"크윽……! 죽여라!"
664번이 신음했다.
그러나 이상하게도 그는 구속만 해놓고 죽이려고 하지는 않았다.
"이것은 충고다."
그는 무감정하게 고했다.
"상관하지 마라——아직은, 더 이상 알 필요 없다."
그렇게 말하더니, 소녀들을 아무렇게나 해방해줬다.
"쿨럭, 쿨럭."

기침을 하면서도 존 스미스를 쏘아보는 666번.

664번은 즉시 뛰어들었다.

그리고 666번을 제압했다.

"그만해! 후퇴한다."

"——!"

"우리가 이길 수 있는 상대가 아니야! 그러다 정말로 죽어!"

"나는……!"

666번은 분하다는 듯이 고개를 숙였다.

"존 스미스…… 감마 님께 말씀드려야 해."

그를 제거하지 않는 한, 위조지폐의 출처는 밝혀내지 못할 것이다.

664번은 멀리 사라져가는 존 스미스를 바라봤다.

"……이상으로 보고를 마칩니다."

알파와 감마는 귀환한 664번의 보고를 들었다.

"——셋이 덤볐는데도 속수무책이었다."

"그, 그렇습니다……."

알파의 시선 앞에서 664번은 목을 움츠렸다.

『섀도우 가든』에 들어오고 나서 그녀의 인생은 백팔십도 달라졌다.

당연하던 세계가 무너지고, 가족도 친구도 잃고, 그 대신 세계의 진실과 커다란 힘을 손에 넣었다.

검을 쥐어본 적도 없었던 소녀가 웬만한 마검사는 압도할 수 있는 힘을 가지게 되었다.

하지만, 그래도——절대로 이길 수 없는 존재가 있었다.

『일곱 그림자』를 통솔하는 알파는 가장 대표적인 예였다.

664번이 주눅이 들자, 옆에 서 있던 666번이 한 발 앞으로 나섰다.

"그러나 존 스미스의 기량은 걸출했습니다. 그 힘은『일곱 그림자』 여러분에 필적할 정도——."

"그, 그만해!!"

664번은 쓸데없는 이야기를 시작한 666번의 입을 허둥지둥 막았다.

"우우읍, 그러니까, 다시 한 번 기회를…… 우우읍."

"666번, 당신은 가만히 있으라니까! 분대장은 나잖아!"

입이 막힌 상태에서도 이야기하는 666번과 그런 그녀를 억지로 제압하는 664번. 그 모습을 본 알파와 감마는 한숨을 쉬었다.

"당신들을 나무랄 마음은 없어. 임무 수행하느라 고생했어. 그만 물러가."

"네~."

665번은 태평하게 대답했다. 그리고 다투는 두 소녀를 끌고 나갔다.

"……어떻게 생각해?"

의자에 몸을 깊이 묻은 알파는 옆에 있는 감마에게 질문했다.

"존 스미스…… 상당한 실력자인 것 같군요. 그런데 그와 비슷한 인물은『교단』에는 없습니다."

"그렇다면 다른 조직……『일곱 그림자』에 필적할 정도란 말이지."

"대체 누구일까요?"

『일곱 그림자』라고는 해도 실력은 제각각이다.

감마처럼 전투는 특기가 아닌 자도 있고, 델타처럼 전투에 특화된 자도 있다.

"델타를 보내야겠어."

"델타를…… 그렇죠. 그게 최선일 겁니다."

단순한 전투에서 델타가 패배할 가능성은 거의 없었다.

"존 스미스……."

알파는 그 푸른 눈을 가늘게 떴다.

미쓰고시 상회의 자객을 평화적으로 격퇴한 나는 낮에는 평소와 같이 생활하면서 밤에는 어둠의 요원으로서 활동했다.

유키메와 연락을 하면서 위조지폐의 유통을 돕고, 출처를 조사하려는 녀석은 제거했다.

미쓰고시 상회는 경계 중인지 특별한 움직임은 없었다.

오늘도 나는 몰래 숨어서 위조지폐 마차를 경비하고 있었다.

밤길을 따라 달리는 마차. 그쪽으로 소리 없이 접근하는 희미한 기척.

——자객.

그것도 거의 기척이 느껴지지 않았다.

아니…… 이 정도로 기척을 잘 없애는 녀석은 내가 아는 한, 딱 한 명밖에 없었다.

한동안 달리다 보니 어둠 속에서 낯익은 검은 그림자가 나타났다.

검은색 보디슈트로 몸을 감싼 여성. 탄력적인 근육과 유연한 몸놀림.

그건 틀림없이——델타였다.

아하, 그래. 그 세 명이 격퇴됐기 때문에 최강 전력을 투입한 거구나.

그런데 상대가 좋지 않았다. 와이어 사용자인 존 스미스는 무식한 전투광과는 상성이 좋은 전투 스타일이기 때문이다. 델타 같은 녀석은 그냥 숨겨둔 와이어로 꽁꽁 묶어버리면 그만이다. 아니, 델타는 쓸데없이 직감 하나는 발달했으니까 어쩌면 그 와이어를 전부 회피할지도 모르지만.

오히려 그럴 가능성이 높았다.

어라? 설마. 반대로 상성이 가장 안 좋은 상대가 델타 아닌가?

에이 뭐, 어때. 여차하면 진짜 실력을 발휘해 해결하면 되지.

저쪽도 나의 존재를 눈치챘을 것이다. 나는 델타 앞에 등장했다.

"나는 존 스미스. 더 이상은――."

"보스, 뭐 해?"

델타는 코를 킁킁거리며 그렇게 말했다. 꼬리를 기쁜 듯이 빙글빙글 돌리면서.

"나, 나는 존 스미스. 네놈의 보스가――."

"보스! 델타랑 사냥할래?"

"……사냥은 안 해."

망했다. 완전히 들켰다.

목욕하고 향수까지 잔뜩 뿌리고 왔는데. 델타의 코를 너무 얕봤던 것이다.

나는 가면을 벗고 모습을 드러냈다.

"보스가 존 스미스야?"

"뭐, 그렇지."

"으으으~~ 그럼 델타는 존 스미스를 이기지 못해. 알파 님한테 알려드려야겠어!"

"잠깐만!"

나는 당장 뛰어가려고 하는 델타의 꼬리를 확 붙잡아 그녀를 멈춰 세웠다. 미안, 털이 좀 빠졌네.

"꺄흥! 꼬리는 안 돼!"

"미안, 미안. 델타, 내 말 자~알 들어봐. 난 지금 비밀스런 시크릿 임무를 수행하는 중이야."

"비밀스런 시크릿 임무?"

"그래, 비밀스런 시크릿 임무란 것은 아무에게도 들키면 안 되는 비밀스럽고도 시크릿한 임무를 말하는 거야."

"멋지다! 델타도 할래!"

"아니, 이 임무는 나밖에 못해. 그런데 델타가 알파에게 존 스미스의 정체를 보고하면, 비밀스런 시크릿 임무는 실패하게 될 거야. 그 이유가 뭔지는 알지?"

"몰라!"

"그건 더 이상 비밀이 아니게 되니까. 그러니까 이것은 아무에게도 말하면 안 돼."

"하지만 델타는 알파 님의 임무를……."

델타는 귀를 축 늘어뜨리고 나를 쳐다봤다.

"걱정 마. 내가 델타에게 새로운 임무를 맡길게. 『섀도우 가든』의 규칙은 기억하지?"

"기억 안 나!"

"내가 맡긴 임무는 다른 무엇보다도 우선시되는 거야. 알파의 임무보다도."

"알파 님한테 안 혼나?"

"안 혼나."

틀림없이 혼날 거다. 난 그렇게 생각했다.

애초에 델타는 현재 미쓰고시 상회의 임무를 수행하는 중이니까. 먼 옛날에 정했던 별것도 아닌 『섀도우 가든』의 규칙을 여기에 적용하는 것은 완전히 말도 안 되는 짓이다.

미안해, 델타. 모든 일이 끝나면 나도 같이 사과하러 가줄게.

“이것도 세상을 위해서야…….”

“세상을 위해서……?”

“그래. 세상을 위해서.”

“세상을 위해서!”

“응. 미안해, 델타. 임무가 끝나면 상으로 너한테 뭔가 해줄게.”

“뭐든지 해줄 거야?!”

델타가 눈을 반짝반짝 빛내면서 힘차게 꼬리를 흔들었다.

“뭐든지 해주는 것은 아니야. 가능한 범위 내에서, 또 별로 힘들지 않은 범위 내에서, 또 돈도 들지 않는 범위 내에서, 할 수 있는 일은 해주도록 선처할게.”

“보스가 내 말을 듣는다고?!”

“방금 이야기한 범위 내에서는 말이지.”

“와, 좋아! 임무 수행할래!”

“그럼 무슨 임무를 맡길까. 아, 그래. 여기서 쭉 가면 무법도시가 나오는데, 거기 검은 탑이 있거든. 그 탑에 있는 저거노트란 놈은 나쁜 도적이니까 네가 사냥해줘.”

“무법도시, 검은 탑, 저거노트? 사냥하면 돼?”

“응, 응.”

“알았어! 사냥하면 보스가 내 말을 들을 거야!”

“아까 이야기한 범위 내에서 말이지. 별로 서두를 필요는 없으니까, 시간 들여서 천천히 다녀와.”

"무법도시! 검은 저거! 사냥해올게!"

그렇게 말하더니 델타는 빠르게 질주해 사라져갔다.

뭔가 좀 이상한 느낌도 들지만. 뭐, 괜찮겠지.

델타를 왕도에서 멀리 떨어뜨려놓은 것만 해도 다행이다. 델타는 연기를 못하니까 뭔가를 숨기려고 해도 금방 들킨단 말이지.

방금 그 정보로는, 상대를 찾아내는 데에도 시간이 걸릴 테고. 그래, 딱 좋다.

그 친구들은 틀림없이 모든 일이 끝난 다음에야 진상을 알게 될 것이다.

"존 스미스를 추적하던 델타의 소식이 끊겼습니다."

"――?!"

감마의 보고를 들은 알파는 펜을 떨어뜨리고 감마를 쳐다봤다.

"현장에는, 이것이……."

그러면서 감마가 보여준 것은 델타의 꼬리털이었다. 억지로 잡아 뜯은 듯한 털. 알파는 깊은 슬픔을 느꼈다.

감마의 눈동자는 냉정한 것처럼 보였다. 그러나 그 안에는 억누를 수 없는 격정이 숨겨져 있었다.

"그래…… 델타가……."

자기 목소리가 생각보다 훨씬 더 가냘프다는 사실을 깨닫고 알파는 조금 냉정해졌다.

각오는 하고 있었다.

언젠가 누군가는 희생된다. 그런 일이 오늘 일어난 것이다.

"델타가 알파 님의 임무를 방기할 리는 없습니다. 그 녀석은, 그 바보는…… 바보이지만, 전투력 하나는 훌륭했고, 알파 님이 시키는 일은……."

"그래, 그만해. 알아."

감마가 떨리는 음성으로 말을 쥐어짜내자, 알파는 그녀를 위로했다.

델타는 그 탁월한 전투력 때문에 항상 위험한 일을 맡아서 했다. 『섀도우 가든』에서 가장 위험한 일을 하는 것은 언제나 델타였다. 델타가 돌아오지 않는 경우가 있다면, 그것은 십중팔구 델타가 죽었다는 뜻이리라…….

"델타의 수색은 계속해. 적어도 시신은 회수해야지……."

"알겠습니다."

알파는 델타의 유발을 받았다. 그것을 소중히 천으로 감싸 품속에 집어넣었다.

존 스미스의 위험성은 666번을 통해 들었다. 델타를 혼자 보내면 안 되는 거였다.

"존 스미스……!"

깊고도 낮은 목소리가 알파의 목구멍에서 흘러나왔다.

"위조지폐의 유통량도 계속 늘어나고 있습니다. 이대로 있으면 조만간 신용 붕괴가…….”

“처음부터 이것이 목적이었던 거야.”

알파가 말했다.

“……네?”

“존 스미스는 위조지폐로 푼돈이나 벌려고 하는 소인배가 아니야. 위조지폐를 유통시킴으로써 신용 붕괴를 일으키는 것이 목적이었어…… 그렇게 생각하면 앞뒤가 맞아.”

“뭐라고요……?!”

“신용 붕괴는 대상회 연합과 미쓰고시 상회 양쪽을 파멸하게 만드는 극약이야. 두 상회가 싸우는 동안에 존 스미스는 씨를 뿌린 거지…… 모든 것을 빼앗기 위해.”

“설마…… 처음부터 모든 것을 꿰뚫어 봤다는 겁니까?”

“신용 창조를 완전히 이해하고, 대상회 연합 지폐의 조잡함을 알아보고, 아주 약간의 빈틈조차 놓치지 않고 완벽한 계획을 세운 거였어.”

“그런 일이 가능한가요……?!”

“——그것이 바로 존 스미스야.”

뿌득. 알파가 어금니를 깨물었다.

『교단』의 연락원이 방에서 나가자, 겟탄은 주먹으로 책상을 내리쳤다.
"도대체 뭐가 어떻게 된 거야?! 위조지폐를 유통시키지 않았다고——?!"
겟탄은 현재 유통되는 위조지폐에 관해 상층부에 연락해서 확인을 해봤다.
그런데 상층부는 현재 유통되는 위조지폐는 자기들과 무관하다고 대답했다.
그렇다면 전혀 상관없는 제삼자가 대량의 위조지폐를 유통시키고 있다는 뜻이다.
이대로 있으면 예정보다 훨씬 빨리 대상회 연합이 파산할 테고, 『교단』은 막대한 자산을 잃어버릴 것이다.
"말도 안 돼! 누가 이런 짓을 한 거야?!"
위조지폐의 양은 하루하루 늘어만 갔는데 그 출처는 도무지 알아낼 수 없었다.
조직적 범행임이 틀림없었다.
그것도 상당히 똑똑하고, 자금력도 있고, 인재도 많고, 신용창조에도 정통한…….
"앗…… 설마?"
겟탄은 바로 그 모든 조건을 충족시키는 조직과 싸우고 있었다.
"미쓰고시 상회의 짓인가!!"
신용 붕괴가 발생하면 대상회 연합도 미쓰고시 상회도 다 같이 죽는다.

그러나 회피할 방법이 딱 하나 있다.

그것은 신용 붕괴를 이겨낼 정도로 막대한 자금을 준비하는 것.

미쓰고시 상회는 누구보다도 빨리 대상회 연합의 조잡한 지폐의 의도를 파악한 것이었다.

그래서 위조지폐를 제조하고 환금하면서 시장에 유통시킴으로써 막대한 자금을 회수하고 있는 것이다.

겟탄의 계획을 전부 다.

처음부터 모조리 간파하고, 이용한 것이다——!

"제…… 제기라아아아아아아아아아아아아아아아아아아아아랄!!"

겟탄은 포효했다.

이러다간 그의 목이 물리적으로 날아갈 것이다.

대상회 연합을 망하게 만들고, 막대한 손해를 보고, 시장은 미쓰고시 상회에게 독점당하는 것이다.

그냥 죽는 것으로는 해결되지 않을 정도였다.

"아직, 아직은 끝나지 않았어……! 자금을 회수하면……!"

가터가 보고한 내용 중에, 위조지폐 유통 루트를 지키는 존 스미스란 남자에 관한 정보가 있었다.

그놈을 추적하면 실수를 만회할 수 있을 것이다……!

맑고 차가운 공기 속에서 만월이 빛나고 있었다.

그런 겨울날 밤에 베타는 그녀의 주인에게 정기 보고를 하러 왔다.

평소처럼『섀도우 가든』의 활동 보고를 마치고, 이어서 미쓰고시 상회의 활동 보고로 넘어갔을 때였다.

평소에는 기본적으로『섀도우 가든』의 활동 보고만 한다. 미쓰고시 상회는『섀도우 가든』의 부속물에 불과하므로, 그런 것으로 주인님을 번거롭게 할 수는 없기 때문이다.

그러나 현재 미쓰고시 상회는 궁지에 몰려 있었다.

그런 분위기를 그도 느꼈나 보다.

"흐음" 하고 고개만 끄덕이던 주인님의 분위기가 변했다.

주인님은 바른 자세로 앉아 주머니에서 수첩을 꺼내더니, 베타의 보고 내용을 들으며 메모를 하기 시작했다.

그리고――.

"그렇군. 그래서?"

"――?!"

정기 보고에서 주인님이 "흐음" 이외의 말씀을 하셨다.

베타는 한순간 말문이 막혔다.

"시, 실례했습니다. 유통되고 있는 위조지폐의 양은――."

보고를 듣는 주인님의 날카로운 시선을 느끼자, 베타는 어쩐지 기뻐졌다.

주인님이 진지해지신 것이다.

베타의 주인은 늘 바쁘셔서 베타와 동료들의 활동에는 기본적으로 간섭하지 않는다. 주인님의 능력과 시간은 언제나 위대한 목적을 위해 사용되는 것이다.

그런 주인님이 진지해지셨다는 것은, 이번 사건이 그만큼 중요하다는 뜻이다.

델타가 그렇게 되기도 해서 현재『섀도우 가든』전체가 우울한 분위기에 휩싸여 있었다.

그러나 주인님이 진지하게 나서주신다면——이 궁지에서 반드시 벗어날 수 있을 것이다.

베타의 가슴속에서 뜨거운 것이 울컥 치밀었다.

"유통되는 통화의 총량이 증가함으로써 물가 상승도 시작됐으며, 그 상승률은……."

"좀 이해가 안 되는데……."

"——?!"

주인님께서 지금 좀 이해가 안 된다고 말씀하셨다.

당연히 그 말은 그대로 받아들이면 안 된다. 베타의 주인은 모든 것을 이해하고 있으므로. 그렇다면 그 발언이 의미하는 것은——보고 내용이 잘못됐다는 뜻이다. 어째서 그런 어리석은 실수를 저지른 것인지 이해가 안 된다. 그는 그렇게 말한 것이다.

상승률이 잘못된 걸까? 아니면 근본적인 사고방식이 잘못된 걸까? 아무튼 그는 베타의 보고 내용에서 잘못된 점을 순식간에 간파하고 지적한 것이었다.

"다, 당장 조사 및 해석을 다시 하라고 하겠습니다."

진지해지신 주인님 앞에서 실수를 하고 말았다. 속상하고 수치스러워서 베타의 얼굴이 빨개졌다.

"이해는 안 되지만, 일단 그대로 적어볼까."

"네, 죄송합니다."

이윽고 정기 보고는 끝났다.

그런데 오늘은 아직 보고해야 할 것이 남아 있었다.

수첩을 덮으려고 하는 주인님을 바라보면서 베타는 무거운 입을 열었다.

"오늘은 보고 드릴 것이 하나 더 있습니다."

"……말해봐."

그 고요하고도 약간 졸린 것처럼 보이는 주인님의 눈동자를 본 순간, 베타는 깨달았다.

그는 지금부터 베타가 하려는 말이 무엇인지 알고 있었다. 생각해보면 당연한 것이었다. 주인님이 모른다는 것이 오히려 말이 안 되었다.

하지만 그래도 베타는 보고해야만 한다.

소중한 동료의 죽음을…….

그것이 동료를 죽게 만든 자기들의 의무이므로.

"존 스미스 추적 임무를 맡았던 델타의 소식이 끊겼습니다. 상황을 보건대, 델타는 이미 목숨을……."

베타의 음성이 떨렸다. 델타는 베타에게도 소중한 동료였다. 손이 좀 가기는 해도, 언제나 베타의 마음을 훈훈하게 해주는 귀여운 동생이었다.

"델타가……."

베타의 보고를 들은 그는 고개를 갸웃거리더니 잠시 생각에 잠겼다.

"아니, 잠깐만. 델타는 좀 먼 곳으로 떠났을 뿐이야."

주인님은 그렇게 말씀하셨다.

그 한마디 속에 숨겨진 다정함 때문에 베타는 눈물을 참지 못하게 되었다.

"네…… 그렇죠. 알겠습니다. 델타는 좀 먼 곳으로 떠나버린 거군요……."

베타의 뺨을 타고 하염없이 눈물이 흘렀다.

주인님의 서툰 다정함이 고맙고 기뻤다.

"존 스미스는 상당한 실력자로 추측됩니다. 혹시 가능하시다면 섀도우 님이 도와주실 수 있을까요……?"

"미안하지만 나도 할 일이 있어."

"네, 그렇죠. 압니다. 어려운 부탁을 드려서 죄송합니다."

주인님은 이미 다른 방향으로 움직이기 시작한 것이리라.

그리고 그것은 틀림없이 미쓰고시 상회에, 또 『섀도우 가든』에 필요한 일일 것이다.

"그럼 오늘은 이만 실례하겠습니다만…… 그 전에."

보고는 끝났고, 베타는 곧바로 다음 임무를 수행하러 가야 하는데. 그 전에 꼭 확인하고 싶은 것이 있었다.

"저, 섀도우 님. 정말로 죄송합니다만 그 메모……."

"메모?"
"네, 그 메모 말인데요. 기밀문서는 즉시 처분하거나 암호화해야 한다는 규칙이 있으므로……."
당연히 주인님도 그런 것은 알고 있을 테지만. 혹시 몰라 확인해보는 것이었다.
주인님은 한순간 멈칫하더니 곧 베타에게 메모를 넘겨줬다.
"읽어봐."
"이, 이건……!"
거기 적힌 글자를 본 베타는 경악했다.
"히라가나, 가타카나, 한자, 아라비아 숫자, 로마자, 독자적으로 개발한 다섯 개의 언어를 이용해서 적은 암호문이다."
"이, 이걸, 섀도우 님이 혼자 만드셨다고요?!"
"그래."
거기 적혀 있는 글자는 아무렇게나 쓴 것이 아니었다. 단순하면서도 규칙성이 있고, 복잡하면서도 무질서했다.
복잡하게 섞여 있는 다섯 가지 언어를 해독하기는 어려울 것이다.
이것을 혼자 만들었다는 주인님. 베타는 존경하는 눈빛으로 그를 쳐다봤다.
"저, 혹시, 괜찮으시다면 이 암호를 가르쳐주실 수 있나요……?"
"흐음…… 아직 일러."
"그, 그런가요……."
베타는 어깨를 축 늘어뜨렸다.

"하지만, 음, 그래……."

주인님은 그렇게 중얼거리더니 수첩에 쓱쓱 뭔가를 적고 그 페이지를 찢어서 베타에게 건네줬다.

"이건……?"

"그 의미를 알게 되면 가르쳐주마——모든 것을."

거기 적혀 있는 것은 다섯 개의 언어가 뒤섞인 문장이었다.

"가, 감사합니다!"

베타는 그 메모지를 가슴골 사이에 소중히 수납하고, 얼른 연구실에 보내 해석을 시키기로 마음먹었다.

대상회 연합은 많은 인원을 동원해 존 스미스의 행방을 찾았다.

그러나 그의 흔적은 어디서도 발견할 수 없었고, 오히려 많은 인원을 동원하는 바람에 주목을 받게 되었다.

아직 위조지폐가 유통된다는 사실은 공식적으로 드러나진 않았지만, 눈치 빠른 사람들은 어렴풋이 눈치채고 있었다.

남은 시간은 얼마 없었다.

붕괴는 어느새 코앞까지 다가와 있었다.

"멈춰! 이 마차를 조사하겠다."

한밤중에 왕도에서 나온 마차를 불러 세우는 사나이들 여러 명이 있었다.

그들은 가터 상회의 사병인데, 수상한 마차는 보이는 대로 불러 세우는 것이었다.

물론 허가도 받지 않았고 법적 구속력도 없었다. 그러나 장사하는 사람들로서는 대상회 연합의 힘은 무시할 수 없어서, 순순히 복종할 수밖에 없는 상황이었다.

그 마차도 사병의 지시대로 멈춰 섰다.

가터 상회의 사병이 난폭하게 마차의 덮개에 손을 댔다.

"……관두는 게 좋아."

"뭐라고?"

어디선가 들려온 낮은 목소리. 사병은 손을 멈추고 주위를 둘러봤다.

"그러다 후회한다."

"흥, 웃기시네."

사병은 그 충고를 듣고 코웃음을 치더니 마차의 덮개를 벗겼다.

그리고 거기 있는 대량의 금화를 목격한 순간――머리통이 날아갔다.

"억……!"

"후회할 거라고 했잖아."

머리가 날아간 사병이 핏방울을 뿌리면서 쓰러졌다. 그의 등 뒤에는 검은 양복을 입고 가면으로 얼굴을 가린 남자가 서 있었다.

"네, 네놈은, 누구냐?!"

주위를 둘러싼 사병들이 검을 뽑았다.

"나는 존 스미스. 모든 것을 파괴하고 재생하는 자——."

"네, 네놈이 그 존 스미스냐! 꼼짝 마라, 얌전히 무기를 버리고……."

달빛 아래에서 무수히 많은 가느다란 실들이 반짝였다.

그러나 그 반짝임을 눈치챈 자는 아무도 없었다.

그들의 머리가 일제히 날아간 것이다.

아무것도 모르고, 아무것도 눈치채지 못하고, 그들은 순식간에 목숨을 빼앗겼다.

그와 동시에 흩뿌려진 피의 비가 주위에 쏟아지는 가운데, 금화를 실은 마차가 움직이기 시작했다.

마차는 천천히 속도를 내서 멀어져갔고, 그 뒤에는 수많은 시체와 존 스미스만 남았다.

그는 피아노를 치는 것처럼 양손 손가락을 움직이면서 거기서 뻗어 나온 무수한 실들을 조종했다.

그리고 아무도 없는 공간을 향해 말을 걸었다.

"——거기 있다는 것은 다 안다."

그와 동시에, 그가 조종하는 와이어가 어둠을 갈랐다.

뭔가가 어둠 속에서 움직였다.

그 직후, 아무도 없는 줄 알았던 어둠 속에서 까만색 보디슈트로 몸을 감싼 여성이 나타났다. 얼굴은 가면으로 가렸지만 그 틈새로 파란 눈동자가 언뜻 보였다.

그녀는 『섀도우 가든』의 알파——복수를 하러 온 최강의 자객이었다.

"안녕하세요. 존 스미스."

그녀는 방울소리처럼 아름다운 목소리로 인사했다. 백금 같은 머리카락이 달빛을 받아 빛났다.

"그리고——안녕히 가세요."

그 한순간에 칠흑의 칼이 존 스미스를 가로로 베었다.

그러나 존 스미스를 베어버린 알파의 칼에서는 저항이 느껴지지 않았다.

"——잔상이다."

배후에서 들려오는 목소리. 알파는 뒤를 돌아봤다.

그곳에 존 스미스가 멀쩡하게 서 있었다.

알파는 차가운 눈으로 그를 쏘아보며 칼을 겨눴다.

상대는 델타를 없앤 실력자다. 이 정도 실력은 있을 거라고 예상했다. 그러나 이 한순간에 그가 보여준 기술은 알파의 예상을 뛰어넘는 것이었다.

"마력의 압축을 이용한 고속이동…… 치밀한 마력제어와 엄청난 부하를 견뎌내는 강인한 마력회로가 요구될 터인데. 그런 움직임을 어디서 배운 거지?"

존 스미스는 대답하지 않았다.

그 직후, 존 스미스의 손가락이 움직이더니 암흑 속에서 무수한 하얀 선이 춤을 췄다.

——와이어.

664번이 보고했던 것이다.

알파는 냉정하게 실의 움직임을 파악하고, 그중에 숨어 있는 진짜를 찾았다.

그리고.

쨍――하는 작은 소리가 나더니, 가느다란 실이 허공에서 잘려 나갔다.

"미끼인 실들 속에 진짜 무기인 가느다란 실을 섞어놓는다……는 것은, 이미 알고 있어."

"흐음……."

알파가 움직였다.

순간적으로 파고들어 거리를 좁히더니 칠흑의 칼로 존 스미스를 베었다.

목을 노린 그 일격은 상식적으로는 피할 수 없는 타이밍이었다.

그러나 존 스미스는 목을 기울여 최소한의 동작으로 피했다.

"――윽!"

알파의 움직임이――멈췄다.

눈을 휘둥그렇게 뜬 알파. 존 스미스의 와이어가 그녀를 덮쳤다.

"이건…… 말도 안 돼."

알파는 와이어의 움직임을 파악하면서 실을 칼로 쳐내고, 그 연속 공격 사이에 반격을 시도했다.

빠르고 날카로운 지고의 참격.

이번에야말로 절대로 피할 수 없는 타이밍이었다.

그러나――.

"이럴 수가, 어째서……."

존 스미스는 그 참격을 완벽한 동작으로 멋지게 피했다.

칼을 닿기 직전까지 끌어들였다가 마치 피부 위로 미끄러뜨리듯이 최소한의 동작으로 피하는 그 절묘한 기술은――.

알파는 간격을 크게 벌려서 전투 그 자체를 회피했다.

"어째서, 당신이 여기에……?"

알파는 가면을 벗었다. 아름다운 엘프의 얼굴이 드러났다.

"당신이, 왜."

알파의 눈동자는 이미 확신에 차 있었다.

"섀도우……!"

존 스미스는 한동안 알파의 시선을 받아내다가 가면을 벗었다.

"그 이름은, 이미 버렸다……."

그리고 가면 아래에서 낯익은 얼굴이 나타났다.

"이름을 버렸다니, 무슨 뜻이야?"

"말 그대로야. 현재의 나는 존 스미스다. 그 이상도, 이하도 아니야."

"왜 당신이, 존 스미스가……."

알파의 목소리는 마치 뭔가에 매달리는 것 같았다.

"이것이 최선이기 때문이야."

"최선이 뭔데……? 그런 말만 해봤자, 알 수가 없잖아."

"모든 것이 끝나면 알게 될 거야."

"저기, 델타는? 델타는 어떻게 됐어……?"

"델타는 먼 곳으로 떠났다."

"그런 말만 하면, 모른다니까……!"

알파의 비통한 목소리가 밤하늘에 울려 퍼졌다. 흘러넘친 마력이 대기를 진동시켰다.

"나는 머리가 나빠서, 당신은 알아도 나는 몰라. 나는 약하니까, 당신은 할 수 있어도 나는 할 수 없어. 하지만, 그래도…… 당신을 이해하고, 돕고 싶어. 우리를 구해준 당신을 위해, 할 수 있는 일은 뭐든지 하고 싶어."

알파의 목소리가 점점 작아졌다.

"하지만 당신은 언제나 혼자서 먼저 가버리고, 나는 당신의 뒷모습을 바라보기만 할 뿐이야……."

알파는 칼을 꽉 움켜쥐고 고개를 숙였다.

"당신에게 나는, 더 이상 필요 없는 거야……?"

그 푸른 눈동자에서 눈물이 흘러내렸다.

"나에게는 내 할 일이 있어."

"……!"

미친 듯이 날뛰는 마력이 소용돌이치면서 알파에게 모여들었다.

"나도…… 항상 짐스러운 존재인 것은 아니야!"

그리고——알파의 모습이 사라졌다.

존 스미스의 얼굴에 처음으로 놀란 빛이 떠올랐다.

미쳐 날뛰는 마력도, 칠흑의 칼도, 알파의 몸도——그녀가 거기 있었던 흔적이 깨끗이 사라져버린 것이다.

그 후 남은 것은 붉은 안개.

다음 순간, 붉은 안개 속에서 나타난 알파가 존 스미스를 등 뒤에서 베었다.

그——검붉은 칼로.

존 스미스는 뒤를 돌아보더니 최소한의 동작으로 회피하려고 했다.

그래, 늘 그랬듯이.

"——?!"

존 스미스의 뺨에 스치는 듯한 상처가 하나 났다.

검붉은 칼이 갑자기 쑥 늘어난 것이다.

알파의 모습이 사라지더니 주위에 붉은 안개가 피어올랐다.

그 직후, 안개 속에서 날아오는 참격이 존 스미스를 덮쳤다.

존 스미스의 양복이 찢어지고, 셔츠에 살짝 피가 배어 나왔다.

존 스미스가 반격하려고 실을 조종했을 때에는 이미 알파의 모습은 붉은 안개 속으로 사라져버렸다.

그 순간 또다시 배후에서 참격이 날아왔다.

알파가 안개 속에서 나타나는 속도, 또 안개 속으로 사라지는 속도는 무섭도록 빨랐다.

간격을 무시하고 일방적으로 공격하고, 물리법칙을 무시하고 말도 안 되게 회피한다.

사라졌다 나타나고.

나타났다 사라진다.

붉은 참격이 사방에서 끊임없이 날아와 존 스미스를 공격했다.

존 스미스의 양복에 수없이 베인 상처가 생겨났다.

그러나 그도 와이어를 조종하면서 삼차원적인 움직임으로 치명상을 막고 있었다.

하지만 간격을 무시하는 알파와, 간격을 유지하면서 싸우는 실은 상성이 좋지 않았다.

"——!"

또 하나. 그의 양복에 상처가 더해졌다.

붉은 안개는 감각기관 역할도 하는지, 알파는 실을 완전히 감지하고 있는 듯했다.

더 이상 존 스미스로선 어쩔 방법이 없는 것처럼 보였다.

"나는 더 이상 짐스러운 존재가 아니야. 당신을 돕는 것도, 이해하는 것도 가능하니까…… 그러니까, 제발……."

붉은 안개 속 어딘가에서 알파의 음성이 들려왔다.

"안개화인가…… 재미있군. 하지만 안개는 질량이 너무 작아."

그는 그렇게 말하더니 손안에서 칠흑의 칼을 만들어냈다.

그 칼에 어마어마한 마력이 모이기 시작했다.

"확 날려버리면. 너는 아무것도 못해."

칼을 휘둘렀다.

발사된 마력과 바람이 거대한 회오리를 일으켰다.

"——아앗!"

안개는 소실되고 알파가 나타났다.

"그래, 그게 정답이다. 계속 안개 상태로 있었으면 위험했을 거야."

우러러보니 머리 위의 구름이 깨끗이 날아가 있었다.

그리고 무자비한 일격이 알파를 덮쳤다.

"강해졌구나."

칠흑의 칼이 알파를 후려쳤다.

"앗……!"

엄청난 충격. 알파의 의식이 점점 희미해졌다.

"——칼등으로 쳤다."

멀어져가는 그의 발소리.

"너는 모든 것을 끝마쳤을 때, 이것이 최선이었음을 알게 될 것이다……."

알파는 흐려지는 의식 속에서 필사적으로 손을 내밀었다.

"기다려…… 제발……."

그러나 그는 멈추지 않았다.

한 걸음, 한 걸음, 확실하게 그녀의 곁을 떠나갔다.

"제발…… 나를, 두고 가지 마……."

알파의 목소리는 그에게 닿지 않았다.

Not a hero, not an arch enemy,
but the existence intervenes in a story and shows off his power.
I had admired the one like that, what is more,
and hoped to be.
Like a hero everyone wished to be in childhood,
"The Eminence in Shadow" was the one for me.
That's all about it.

The Eminence in Shadow

I can't remember the moment anymore.
Yet, I had desired to become "The Eminence in Shadow"
ever since I could remember.
An anime, manga, or movie? No, whatever's fine.
If I could become a man behind the scene,
I didn't care what type I would be.
Not a hero, not an arch enemy,
but the existence intervenes in a story and shows off his power.

위조지폐로 모든 것을 파괴하고 재생하는 자!

The Eminence in Shadow
Volume Three
Epilogue

종장

마침내 이날이 왔다.

위조지폐 공장을 건설했던 그 지하 시설에서는 이미 공장은 정지됐고, 남아 있는 소수의 작업자들이 철수 작업을 하고 있었다.

위조지폐 공장은 그 역할을 다한 것이다.

"존 님, 이것을 보시어요."

존 스미스의 모습인 나는 유키메가 재촉하는 대로 커다란 철문을 열었다.

그러자 천장에 닿을 듯이 쌓여 있는 대량의 금화가 눈앞에 나타났다.

"훌륭해……."

"위조지폐 대부분의 환금을 완료했어요. 충분할 겁니다."

지하의 가장 깊숙한 곳. 누나가 갇혀 있었던 감옥을 개조해서 대형 금고로 만들어놓은 것이었다.

셀 수 없이 많은 반짝반짝한 금화. 그것을 보자 내 가슴이 벅차올랐다.

이 위조지폐 공장은 아직 들키지 않았다.

대상회 연합도 미쓰고시 상회도 무법도시까지는 따라온 것 같았는데, 그 후의 루트는 내가 학교를 빠지면서까지 밤낮으로 감시했다.

그리하여 무법도시에서 이 지하 시설로 오는 흐름을 완벽하게 차단하는 데 성공했다.

"이제는 우리가 준비한 진짜 지폐를, 대상회 연합에 가서 환금하면 다 끝나는 겁니다. 대상회 연합에 이만한 양의 지폐를 환금해줄 능력은 없어요. 신용 붕괴가 시작될 거예요."

그동안 유키메는 위조지폐를 환금함과 동시에 진짜 지폐도 회수했다.

마지막으로 남아 있는 이 진짜 지폐를 대상회 연합에서 환금하는 것. 그것이 붕괴의 신호탄이다.

대상회 연합에는 더 이상 환금 능력이 없다. 그 사실이 공공연하게 드러나면 신용 붕괴가 시작될 것이다.

"그래. 유통되는 통화의 총량이 늘어남으로써 물가 상승도 시작됐고, 그 상승률은……."

나는 베타가 보고한 내용을 자연스럽게 피로하면서 나의 정보 수집 능력과 지식을 보여줬다.

"존 님, 거기까지 조사하셨어요……?"

"훗…… 이건 기본이지."

"존 님을 아군으로 선택한 것이 정답이었어요. 이 계획은 존 님 없이는 성공하지 못했을 것이어요."

"나 혼자만의 공이 아니야. 유키메의 공도 컸어."

"그렇게 말씀해주시니 기뻐요."

유키메는 생긋 웃었다.

우리는 누가 먼저랄 것도 없이 손을 내밀어 악수했다.

"그러면 마무리 작업을 시작합시다. 존 님은 계속해서 무법도시와 이 시설 사이를 감시해주셔요."
"알았어."
"저는 그동안 대상회 연합에 가서 환금하고 오겠습니다."
"——음?"
유키메의 말에 나는 위화감을 느꼈다.
"유키메. 직접 갈 필요가 있나?"
유키메가 가지 않아도 다른 녀석을 보내면 될 텐데.
"이것은 제가 가는 것에 의미가 있어요."
유키메는 시선을 피했다.
그렇구나.
뭐, 그래. 저마다 개인적인 미학을 가지고 있는 거겠지.
"저의 과거 이야기를 좀 들어주시겠어요……?"
그러더니 유키메는 이야기를 시작했다.
"저번에 제가 어린 시절에 어머님과 함께 살았던 이야기를 했었지요. 이건 그 뒷이야기입니다. 어머님이 사냥하러 나가셨을 때, 저희 마을은 적대 부족의 습격을 받았어요. 꼬리가 세 개인 어머님 이외에는 대부분 전투력이 없었던 마을 주민들은 도망치느라 바빴고, 저도 침대 밑에 숨어서 벌벌 떨고 있었지요. 그러나 곧 집의 문이 부서졌고, 제가 숨어 있는 방에 남자들이 들어왔어요. 저는 침대 밑에서 끌려나와 파렴치한 놈들의 시선에 노출되었습니다. 이제는 끝이로구나 하고 생각한 순간, 창문을 통해 한 사내가 나타나서 파렴치한 남자들을 베어버렸어요. 그 사내는 저희 부족과 동맹을 맺은 대랑족의 원군으로, 윤기 나는 칠흑의 귀와 꼬리를 가진 청년이었어요. 그는 자기 이름을 겟탄이라고 밝혔고, 저를 안심시키려는 듯이 꼭 안아주었습니다. 제가 열네 살, 겟탄이 열일곱 살이었을 때의 이야기지요…….”

유키메의 맑은 물 같은 눈동자는 먼 옛날을 바라보고 있었다.

겟탄과의 만남이 유키메의 첫사랑이었다.

적대 부족의 습격 이후, 유키메의 마을 주민들은 대랑족의 도움도 받으면서 마을을 재건해 나갔다.

그 시절은 대영웅 시바가 쓰러진 직후라서 수인의 나라는 전란에 시달리고 있었다. 힘이 있는 부족은 다른 부족을 침략하고, 다음 대영웅을 목표로 힘을 갈구하고 있었다.

그 와중에 동맹 관계를 좀 더 튼튼하게 하려는 움직임이 생기는 것도 당연했다.

그리하여 마을에서 유일하게 세 개의 꼬리를 지닌 여우의 딸인 유키메가 대랑족 족장의 아들인 겟탄의 신부로 선택되었다.

겟탄을 사모하던 유키메는 기꺼이 그 제안을 받아들였다. 유키메의 어머니도 유키메를 구해준 겟탄을 좋게 생각했고, 겟탄도 아름다운 유키메를 귀여워했다.

그들 둘은 모든 이들의 축복을 받으면서 혼약하게 되었는데, 정식 결혼은 유키메가 성인이 되는 열다섯 살 때까지 기다렸다 하기로 했다.

정식으로 결혼할 때까지 그들은 아직은 같이 살면 안 된다.

그들은 서로 다른 마을에 살았고, 한 달에 몇 번쯤 겟탄이 유키메의 마을을 방문했다. 그들은 둘도 없는 그 시간을 소중히 여겼다.

그것이 유키메의 인생에서 가장 행복한 시간이었다. 유키메는 결혼하는 날을 손꼽아 기다리면서 언제까지나 이런 나날이 계속되기를 바랐다.

그러나 평화가 오래 유지되지는 않았다.

가까운 곳에서 대부족(大部族)끼리 충돌하는 바람에, 요호족과 대랑족은 그 싸움에 휘말리고 말았다.

그들은 어느 대부족의 편을 들지 선택해야만 했다.

아군이 된 대부족은 억지로 징병을 해갈 테고, 반대로 적이 된 대부족은 그들에게 보복할 것이다. 정답 따윈 없는 선택이었다. 요호족과 대랑족은 부족들끼리 의논하다가 마침내 하나의 답을 내놨다.

어느 쪽도 편들지 말고, 어느 쪽과도 대립하지 말자.

아슬아슬한 순간까지 시간을 끌다가 내놓은 그 답은 참으로 기회주의적이고, 또 전란이라는 비정한 시대를 전혀 이해하지 못한 어리석은 선택이었다.

대랑족은 힘을 가지고 있었다.

요호족은 지혜를 가지고 있었다.
그런 두 부족이 손잡으면 이 전란을 극복할 수 있다고 생각했던 것이다.
그러나 현실은 그리 만만하지 않았다.
요호족과 대랑족 마을은 겨우 하룻밤 만에 멸망했다.
마을은 피로 물들고 완전히 불태워졌다.
대랑족 최강의 전사였던 겟탄은 분전했지만, 결국 그로서는 단 하나뿐인 약혼자를 데리고 도망치는 것이 고작이었다.
아침 해가 떴다. 그들은 시커멓게 타버린 마을을 망연자실하여 내려다봤다.
"나에게, 좀 더 힘이 있었으면……."
"겟탄……."
상처입고 좌절한 겟탄에게 유키메가 다가갔다.
"힘만 있었으면, 빼앗기지 않았을 거야!"
"당신 탓이 아니야."
"입 다물어!"
겟탄의 노성. 유키메는 여우 귀를 축 늘어뜨리고 벌벌 떨었다.
"……미안하다."
"아냐, 괜찮아……."
겟탄은 고개를 숙이고 입을 열었다.
"내가 동료들에게 제안했었어. 이 힘이 있으면, 어느 한쪽 편을 들지 않아도 전란을 극복할 수 있을 거라고……."
겟탄이 그런 말을 하면서 꺼낸 것은 피처럼 붉은 알약이었다.

"이 힘의 원천을 먹으면 강력한 힘을 손에 넣을 수 있어. 우리는 전란을 극복할 수 있었을 거야. 그런데, 그 여자가 거부했어! 그 여자 때문에 모두들 이 약을 거부한 거야!"

크크큭 하고 웃는 겟탄. 유키메는 그에게서 한 발 물러났다.

"……일찌감치 죽였어야 했어."

"저, 겟탄……?"

"네 어머니는 내가 죽였다."

"그…… 그게, 무슨 소리야?"

유키메의 어머니는 대부족의 습격이 시작된 직후에 모습을 감췄다. 어딘가에 살아 있을 것이라고 유키메는 믿고 있었다.

"그 여자가 모든 것의 원인이야. 알약을 순순히 받아들이고 『교단』의 비호를 받았으면, 무사히 살아남을 수 있었을 텐데."

"『교단』……? 저, 겟탄. 나는 바보라서 당신이 무슨 소리를 하는 건지 모르겠어……. 지금 농담하는 거지?"

"이게 농담 같아? 내가 뒤에서 목을 베어버렸어! 그 여자만 없었으면――!"

"겟탄, 거짓말이지……?"

유키메는 또 한 걸음 뒤로 물러났다.

"이 전란 속에서 너와 마을을 지키려면 이렇게 할 수밖에 없었어."

"아, 싫어, 가까이 오지 마……."

"왜 거부하는 거지? 자, 복수를 시작하자."

그러더니 겟탄은 붉은 알약을 유키메에게 내밀었다.

“너도 이것을 먹어. 빼앗기지 않으려면 빼앗을 수밖에 없어. 힘을 손에 넣어서, 우리의 것을 빼앗아간 놈들을 살육하는 거야!”

“안 돼, 오지 마!!”

유키메는 결국 뒤돌아서 도망치기 시작했다.

“너도 나를 거부하는 거냐!!”

유키메의 등에서 충격이 느껴졌다.

유키메는 그 자리에서 고꾸라졌다. 칼에 베인 그녀의 등에서 피가 철철 흘러나왔다.

“힘을 거부하지 마라.”

“게, 겟탄, 대체 왜…….”

“복수를 두려워하지 마. 빼앗지 않으면, 빼앗긴다.”

“시, 싫어…… 그만해…….”

“아직도 거부하는 거냐!”

기어서 도망치는 유키메의 등에 대고 겟탄은 몇 번이나 칼을 내리쳤다.

하나하나의 상처는 깊진 않았지만, 유키메의 등은 무참히 찢어졌다.

겟탄은 그 등을 짓밟고, 고통에 신음하는 유키메의 귓가에 대고 속삭였다.

“자, 유키메. 이것을 먹어. 같이 복수하자.”

“……싫어.”

너무 아파서 정신이 아득해졌다. 그런데 그때 유키메는 정체불명의 목소리를 들었다.

"이야하핫~!! 야, 이놈아, 돈 내놔!!"
앳된 혀짤배기소리와, 그 소리에 어울리지 않게 살벌한 내용. 틀림없이 환청일 것이다.
유키메는 그대로 기절했다.

그다음에 눈을 떠보니 밤이 되어 있었다.
등에서 위화감이 느껴졌다. 손으로 만져보니 피는 멈췄고 상처는 아물어 있었다. 흉터는 남을 테지만 더 이상 아프진 않았다.
겟탄의 모습은 보이지 않았다. 그런데 이유는 몰라도 근처에 겟탄의 피와 털이 흩어져 있었다.
유키메는 어머니의 시체를 찾으러 마을로 돌아갔다. 이상하게도 마을을 습격한 대부족의 시체가 길가에 널려 있었다.
목이 잘린 어머니의 시신은 금방 발견됐다.
어머니의 마지막 얼굴은 경악하여 눈을 부릅뜬 표정이었다.
정말 좋아했던 탐스러운 세 개의 꼬리는 불에 타버렸다.
"어머님……!"
어머니는 살해됐다.
친구도, 이웃도, 전부 살해됐다.
마을은 불타버렸다.
재산은 빼앗겼다.
그리고 가장 사랑하던 혼약자는 원수가 되었다.
"으…… 으흑……."
유키메는 눈물을 흘리면서 사랑하는 어머니와 고향의 마지막

모습을 눈동자 속에 새겨 넣었다.
그리고 입술을 꽉 깨물었다.
모든 것을 빼앗긴 유키메에게 남은 것은 원수의 존재뿐이었다.
그러나 돈도, 힘도, 피붙이도 없는 열네 살 난 소녀에게는 살아가는 것 자체가 힘든 일이었다. 유키메는 전쟁터에서 창부 노릇을 하면서 살아남아 이리저리 떠돌아다녔다.
그러다가 열일곱 살 때 고급 창관에 몸을 팔고 거기서 최고의 자리에 올랐다.
부자가 된 유키메의 그다음 목표는 힘이었다.
과거에 모든 것을 빼앗겼던 그녀는 원수의 모든 것을 빼앗기로 결심한 것이다——.

유키메는 전부 다 이야기한 것 같았다.
나는 왠지 옛날에 비슷한 일이 있었던 듯한 느낌이 들어서, 중간부터는 이야기를 귀담아듣지 않았다.
"존 님도 이미 어렴풋이 눈치채셨을 테지요. 제가 상회에도 돈에도 관심이 없다는 사실을. 저의 목적은 겟탄의 모든 것을 빼앗는 것이어요. 돈도, 권력도, 목숨도…… 그자가 쌓아올린 모든 것을 빼앗는 것. 그러기 위해서 상회의 힘과, 존 님의 힘이 필요했던 거예요……. 당신을 속이게 되어서 죄송해요. 부디 용서해주셔요."

"그렇군……."

으음, 기억이 안 난다.

"겟탄을 만나 결판을 짓고 오겠습니다. 부디 저를 믿고 기다려주셔요."

유키메는 미소를 짓더니 일어났다.

아무리 생각해봐도 기억이 안 난다. 일이나 해야지.

"슬슬 움직이자."

"출구까지 함께 가실까요?"

나와 유키메는 둘이서 그곳을 떠났다.

겨울의 따뜻한 햇살이 방 안쪽까지 깊숙이 들어왔다. 기분 좋은 화창한 오후, 가터 상회의 본부에서는 노성이 울려 퍼졌다.

"어째서 존 스미스가 있는 곳을 알아내지 못하는 거냐?!"

겟탄은 주먹으로 책상을 쾅 때렸다. 고개 숙이고 있는 가터 회장을 위협했다.

"그, 그게, 무법도시를 경유해 들어온다는 것까지는 알아냈습니다만, 무법도시를 조사하는 것은 너무 위험하고, 조사원들이 잇따라 소식이 끊겨서…….”

가터 회장이 웅얼웅얼 변명했다.

“시간이 없다는 건 알고 있나?! 벌써 왕도에 위조지폐에 관한 소문이 퍼지고 있다고!!”

“네, 네. 그것이…… 지폐를 환금하는 사람이 늘고 있습니다…….”

“크윽, 너무 빨라!”

“오늘 아침에 거액의 환금 요청이 들어왔고, 그게 단숨에 가속되고 있습니다……! 상회 연합의 회장한테서도 ‘이것은 계획에 없었던 일 아니냐’ 하고 클레임이……. 그, 그냥 금고를 잠그고 교환을 막으면 안 되느냐고 물어보는 사람도 있습니다…….”

“멍청한 놈들! 당장 입 다물게 해! 그런 짓을 했다가는 순식간에 소문이 쫙 퍼져서 왕도 전체의 민중이 몰려올 거야!!”

“하, 하지만, 이대로 있으면 자금이 부족해질 겁니다……!”

“그건 나도 알아!!”

겟탄은 또다시 주먹으로 책상을 쳤다.

“히익――!!”

두꺼운 나무 책상이 산산이 부서지면서 가터의 얼굴에 작은 상처를 남겼다.

겟탄은 송곳니를 드러냈다. 그리고 막혀버린 눈으로 바깥을 노려봤다.

“……오늘 아침에 거액의 환금 요청이 들어왔다고 했지.”

“아, 네.”

"수상해…… 행동이 너무 빨라. 그놈을 당장 조사해봐라."

"아, 알겠습니다앗!"

가터가 뛰쳐나가자, 겟탄은 손으로 자신의 눈을 덮었다.

욱신욱신. 마치 잃어버린 안구가 거기 있는 듯한 통증이 느껴졌다. 이런 경우에는 반드시 어딘가에서 과거의 일이 얽혀 있었다.

"설마…… 아니, 그럴 리가……."

겟탄은 한동안 눈을 덮은 채 과거의 기억을 더듬었다.

존 스미스의 정체가 섀도우라는 사실은 『일곱 그림자』들만 아는 기밀이 되었다.

이 소문이 퍼지면 『섀도우 가든』의 사기가 떨어진다고 판단한 것이다.

그리고 아마도 그 판단은 옳았을 것이다. 감마는 눈을 내리깔고 있는 알파의 모습을 보면서 그런 생각을 했다.

난롯불이 타닥타닥 타오르고 있었다.

"그는, 오직 그만 다다를 수 있는 영역에 있는 거야……."

"알파 님……."

"그러니까 나는 이제 필요 없어……."

"그렇지 않습니다."
이런 대화가 벌써 몇 번이나 반복되고 있었다.
깊은 슬픔에 잠긴 알파에게는 더 이상 『섀도우 가든』을 운영할 능력이 없었다.
현재 『섀도우 가든』을 운영할 수 있는 인재는 감마밖에 없었다.
그러나 화장으로는 완전히 가려지지 않는 눈가의 다크서클과 홀쭉해진 뺨을 보면, 감마도 거의 한계에 다다랐음을 알 수 있었다.
그래도 감마에게는 꼭 보고해야 할 일이 있었다.
감마는 각오를 다지고 입을 열었다.
"대상회 연합의 붕괴가 시작됐습니다. 오늘 아침부터 다수의 민중이 몰려가 환금을 마친 것 같습니다. 아마도 내일은 더 많은 민중이 몰려갈 테지요……."
"그래……."
"대상회 연합만큼 심각하진 않습니다만, 미쓰고시 상회에도 환금을 요청하는 민중이 오고 있습니다. 아마도 내일 이후에도 계속 늘어날 테고, 그러다 대상회 연합이 파산하는 순간에 한꺼번에 몰려올 겁니다."
"그래……."
알파는 영혼 없는 표정으로 감마의 보고를 듣고 있었다. 그러다가 불쑥 한마디.
"버틸 수 있을까?"
그런 질문을 던졌다.

감마는 알파의 표정을 보고 한순간 말문이 막혔다. 그러나 곧 숨김없이 고백했다.

"……자금이 부족합니다."

그것이 현실이었다.

오늘까지 감마와 동료들은 대상회 연합의 붕괴에 대비해 필사적으로 자금을 모았다.

세계 각지에 있는 자금을 회수했지만, 그것도 신용 창조로 늘린 양에 비하면 부족했다.

"그래……."

알파는 미소 지었다.

왠지 울 것 같은 그 미소를 보자 감마의 눈에도 눈물이 고였다.

"틀림없이 괜찮을 거예요. 산더미같이 금화를 쌓아놓으면, 다들 안심할 거예요……."

"아냐, 이제 됐어."

대상회 연합의 붕괴를 목격한 민중이 겨우 그 정도로 얌전해질까? 그러리란 보장은 어디에도 없었다.

그 사실은 감마도, 또 알파도 다 알고 있었다.

"이제, 됐어……."

"알파 님……."

알파는 여전히 슬픈 미소를 지으며 감마를 쳐다봤다.

"위조지폐를 유통시켜서 신용 붕괴를 일으킨 것은 그 사람이야. 그는 우리를 버리기로 한 거야……."

"그…… 그렇지 않아요! 섀도우 님은 결코 저희를 버리지——."

"우리는 그의 기대에 부응할 만한 능력이 없었다……. 그 결과가 이거야."
"그럴 리…… 그럴 리가……."
없다……고 말할 수는 없었다.
주인님의 전투력, 창조력, 지모, 그 어떤 분야에서도 자기들은 그를 뛰어넘을 수 없었다. 최고의 환경과 최고의 지식을 제공받았음에도 불구하고 주인님의 영역에는 도달하지 못했다.
주인님은 자기들의 능력을 보고 포기해버린 것이다.
"그럴…… 수가……."
감마는 다리의 힘이 풀렸다.
비틀비틀 소파 위로 쓰러졌다.
반대로 알파는 일어났다. 무슨 각오를 한 듯한 그녀의 눈동자 속에서는 난롯불이 타오르고 있었다.
"그가 그것을 원한다면, 나는 그가 원하는 대로 할 거야. 약속했으니까……. 그가 원한다면, 나는 목숨을 바치겠다고……. 그것은 그와 나의 첫 번째 약속이었어."
"알파 님……."
바로 그때였다.
"실례합니다."
가볍게 인사하고 방 안으로 들어온 것은 진갈색 머리 소녀, 뉴였다.
"새로운 정보를 입수했습니다. 대상회 연합의 실질적인 보스는 겟탄이라는 남자인데, 역시 그는『교단』의 관계자인 것 같습니다.”

“그렇겠지.”

감마는 힘없이 맞장구를 쳤다.

이제 와서 그걸 알아봤자 아무 의미도 없었다.

“그는『교단』과 연대해서 미쓰고시 상회를 망하게 할 계획을 세웠던 것 같습니다.”

“그게 어떤 계획이지?”

“그건…… 위조지폐를 유통시켜서 신용 붕괴를 일으킬 계획이었을 겁니다.”

“그래…… 그랬구나.”

감마는 허공을 우러러봤다.

당했다.

미쓰고시 상회와『섀도우 가든』의 관계가 아직 들통 나지도 않았는데,『교단』이 공멸까지 각오하고 미쓰고시 상회를 끝장내려고 할 줄은 몰랐다.

설마 대상회 연합의 신용을 붕괴시킴으로써 미쓰고시 상회까지 지옥의 길동무로 만들려고 할 줄이야.

설령 성공하더라도 큰 희생을 치르게 될 텐데.

그 정도로 미쓰고시 상회가 위협시되고 있었다니…… 우리의 인식이 너무 안일했던 건가.

“완전히『교단』의 술수에 당해버렸구나.”

“아뇨, 그것이……『교단』의 계획은 아직 실행되지 않았다고 합니다.”

"뭐? 그게 무슨——."

감마의 머릿속에서 퍼즐 조각이 점점 맞춰지는 듯한 느낌이 들었다.

그 순간.

"알파 님!"

노크도 안 하고 베타가 방 안으로 뛰어 들어왔다. 손에는 서류 한 장을 들고 있었다.

"연구실의 에타에게 해독을 맡겼던 섀도우 님의 암호가 드디어 풀렸습니다!"

에타는 연구를 전문으로 하는 일곱 번째『일곱 그림자』였다. 이전에 베타는 주인님에게서 암호를 받아, 에타에게 해독을 맡겼다고 했다.

"이겁니다!"

베타가 내민 서류를 알파가 받았다.

그 내용을 읽어 내려가는 알파의 눈에서 점차 생기가 되살아났다.

"저, 알파 님……?"

감마가 의아해하면서 말을 걸자, 알파는 온 얼굴을 일그러뜨리며 활짝 웃었다.

그녀의 뺨을 타고 흐르는 한 줄기 눈물은 기쁨의 눈물이었다.

"우리는 버림받은 게 아니었어……."

그렇게 말하더니 서류를 내밀었다. 감마는 그것을 받아 읽어 봤다.

"이, 이건――!"

그 서류에는 에타의 필적으로 놀라운 사실이 적혀 있었다.

『미안하지만 나는 배신을 할 거야. 협력자와 함께 위조지폐를 만들어 자금을 회수하고 있어. 옛날에 다 함께 누나를 구출했던 그 지하 시설에다 금화를 모아놨어. 너희는 나를 원망할지도 모르지만, 나는 이것이 최선의 선택이었다고 생각해.』

정신을 차려 보니 감마의 뺨에서도 눈물이 흐르고 있었다. 머릿속의 퍼즐은 이상(理想)을 뛰어넘은 형태로 완성되었다.

알파도, 감마도, 또 베타도.

모두들 엉망이 된 얼굴로 웃으면서 울고 있었다.

"전부 다 섀도우 님이 준비해주신 거군요."

베타가 존경심 가득한 목소리로 말했다.

"이것이, 그가 보았던 풍경……. 멀기만 하구나."

알파가 울먹이는 목소리로 말했다.

"모든 것을 꿰뚫어보고 최선의 선택을 하다니…… 역시 굉장하세요."

감마는 왠지 안심한 듯한 목소리로 말했다.

"그는 누구보다도 빨리 『교단』의 계획을 간파했던 거야."

"그리고 그걸 거꾸로 이용했다. 『교단』이 움직이기 전에 먼저 위조지폐를 유통시키면 막대한 자금을 회수할 수 있으므로."

"그 자금으로 미쓰고시 은행은 신용 붕괴를 극복할 수 있어요."

"결국 『교단』은 대상회 연합을 잃고 혼자서만 패배하는 거야."

"『교단』도 상대를 잘못 골랐네요. 누구보다도 완벽하게 신용 창조를 이해하고 있는 섀도우 님이시니까 이런 방법을 쓸 수 있었던 거예요."

"신용 붕괴의 위험성을 알면서, 대담하고도 효율적으로 자금을 모은 그 수완…… 한 수 배웠습니다."

"『섀도우 가든』과 미쓰고시 상회와의 관계가 노출되는 것을 두려워한 우리들은 자유롭게 움직이지 못했다. 그래서 그가 뒤에서 암약해준 거야."

"정체를 숨긴 것도 우리와의 관계를 끊기 위해서였군요. 위조지폐와 미쓰고시 상회가 연관이 있을 거라고는 아무도 상상하지 못할 겁니다."

"섀도우 님은 일부러 잘 아는 곳에다 위조지폐 공장을 만들고, 금고의 위치까지 적어주셨습니다."

"이제는 우리가 그 자금을 회수하면 된다――그런 거지?"

모두가 깊은 한숨을 쉬었다.

"모든 것을 끝마쳤을 때, 이것이 최선의 선택이었음을 알게 될 것이다……. 그의 말이 맞았어."

"적을 속이려면 우선 아군부터 속여야 한다……는 것이군요."

"섬세한 고도의 계산에 바탕을 둔 완벽한 계획…… 과연 섀도우 님은 훌륭하십니다. 그런데 델타는……?"

불안한 듯이 감마가 말했다. 그러나 알파의 눈동자는 더 이상 흔들리지 않았다.

"델타잖아. 걱정할 필요 없어."

그때 밖에서 소리가 났다.

그리고 천천히 창문이 열렸다. 거기서 왠지 멋쩍어하는 듯한 델타가 나타났다.

"——거봐. 맞지?"

"델타?! 다행이다……."

감마의 얼굴이 기쁨으로 가득 찼다.

"우우…… 알파 님…… 델타는 비밀 시크릿 임무를 수행하느라…… 어……."

델타는 알파의 반응을 살피면서 쭈뼛거렸다.

"응, 알아. 그 사람이 너에게 뭔가를 시킨 거지?"

델타는 확 밝아진 얼굴로 고개를 끄덕끄덕했다.

"델타는 검은 저거를……! 아우, 비밀 시크릿 임무니까 말하면 안 돼……."

"델타, 말은 똑바로 해야지. 비밀 시크릿 임무라니, 의미가 중복되잖아."

"하, 하지만, 보스가……!"

"그 사람이 그런 말을 할 리 없잖니. 아무튼 무사해서 다행이야……."

알파는 뭔가 말하고 싶어 하는 델타의 머리를 쓰다듬고 꼭 끌어안았다.

감마도, 또 베타도 델타를 껴안았다. 그리고 그들은 눈물을 닦으며 웃었다.

"그 사람은 우리를 위해 이렇게까지 해준 거야. 자, 이제 남은 일은 우리가 해야 해. 그가 준비해준 금화를 회수하자."

"네!"
"그래요!"
"우우~~."
그날 밤, 『섀도우 가든』이 움직였다.

나는 무법도시 방면의 루트를 철저히 경비한 뒤 지하 시설로 돌아갔다.
슬슬 유키메도 돌아올 시간이다.
유키메는 마차에 금화를 잔뜩 싣고 올 것이다.
그것을 기다렸다가, 지하 금고의 금화를 회수해서 철수한다. 그다음에는 신용 붕괴가 일어나는 장면을 멀리서 구경하기만 하면 된다.
그리고 존 스미스는 고층 호텔에서 왕도를 내려다보면서 다리를 꼬고 중얼거리는 것이다. "계획대로군. 붕괴가 시작되었는가……" 하고. 그리고 최고급 와인을 입에 머금고, 테이블 위에 수북하게 쌓인 금화를 힐끗 보면서 의미심장한 미소를 짓는 것이다——.
멋있어.
나는 그런 망상을 하면서 지하 시설의 통로를 따라 걸었다.

그나저나 이상하리만치 조용하군.

작업자들은 모두 철수했지만, 아직 경비원은 남아 있을 텐데.

심심해서 잠들어버렸나? 하긴, 내가 너무 열심히 일해서 아무도 여기까지 오지 못했으니까 그럴 만도 하지.

"후후후……."

나는 하얀 이를 드러내면서 가벼운 발걸음으로 나아갔다. 그러다가 금고 앞까지 와서 멈춰 섰다.

"어라……?"

금고. 열려 있는데……?

그것도 열쇠로 연 것이 아니었다. 억지로 문을 연 듯한…….

"아, 아니, 설마……."

나의 경비는 완벽했을 것이다.

무법도시 방면에서는 쥐새끼 한 마리도 이쪽으로 오지 못했다.

다리가 떨렸다.

손도 떨렸다.

미친 듯이 식은땀이 났다.

"괘, 괘괘괘괘, 괜찮을 거야, 틀림없이……."

나는 반쯤 열린 금고의 문을 열었다.

안은——텅 비어 있었다.

높이 쌓여 있던 황금의 산이, 흔적도 없이 사라진 것이다.

"마, 말도 안 돼……."

다리의 힘이 풀렸다. 나는 그 자리에 털썩 주저앉았다.

"왜, 어째서……."

나의 금화가…….

“하, 하하하, 이건, 꿈인가……?”

나는 부들부들 떨리는 손으로, 옆으로 넘겼다가 흐트러진 머리카락을 정돈하고 일어났다.

괜찮아, 틀림없이 괜찮을 거야.

유키메가 무슨 이유가 있어서 꺼내 갔을지도 몰라.

설령 누군가에게 빼앗겼다 해도, 대량의 금화를 옮기려면 시간이 걸린다. 어지간히 수완이 좋지 않고서는 그다지 멀리 가지는 못했을 것이다.

나는 후들후들 떨리는 다리를 움직여 금고 밖으로 나왔다.

그때 이쪽으로 다가오는 두 개의 기척을 느끼고 애써 평온한 척했다.

“——존 님!!”

내 이름을 부르며 뛰어오는 두 명의 섹시한 미녀들.

유키메의 측근인 나쓰와 카나였다.

응, 알아. 무슨 일이 있었지? 무슨 일이 있었던 게 분명해. 금고가 아주 깨끗하게 텅 비어버렸으니까.

“유키메 님이——유키메 님이 사라지셨습니다. 아마도 겟탄에게……!”

“뭐……라고……?”

유키메가…… 겟탄에게…… 그렇구나!

머릿속에서 모든 퍼즐 조각이 맞춰졌다. 나는 쿡쿡거리며 웃었다.

"저, 존 님……?"

"그래, 그런 것인가……."

의아해하는 나쓰와 카나. 나는 금고 문을 활짝 열어 보여줬다.

"이, 이건──!"

"서, 설마 그놈이──!! 하지만, 좀 빠른 듯한 느낌이……."

경악하여 눈을 크게 뜨는 두 여자.

"그놈이 어디 있는지 아느냐."

"아, 네……!"

"그럼 문제없어. 당장 되찾으러 간다."

그리고 나는 두 여자 사이를 지나갔다. 마력을 폭발시켜 대기를 흔들었다.

"이, 이 엄청난 마력은?!"

"조, 존 스미스의 진짜 실력인가?!"

이어서 와이어를 조종해 슈슈슈슈웃! 하고 공기를 가르며 아름다운 빛의 선을 그려냈다.

"겟탄…… 네놈은, 나를 화나게 했다……!"

자, 이제 복수를 시작하자──.

시간을 좀 거슬러 올라가──.

슬슬 해가 질 무렵. 왕도에서는 눈이 내리기 시작했다. 세상이 붉게 물들다가 점차 어둠으로 덮여가자, 눈도 점점 더 많이 내리게 되었다.

그런 왕도의 거리를 멀리서 바라보면서 평원에 서 있는 은백색 요호가 하나 있었다.

그녀는 새하얀 숨을 토해냈다. 어쩐지 슬퍼 보이는 눈빛으로 뭔가를 기다렸다.

이윽고 날이 완전히 저물고 시간이 좀 흐르자, 그런 그녀의 등 뒤에 누군가의 그림자가 다가왔다.

"설마 네놈이 관련되어 있었을 줄이야. 유키메……!"

조금씩 쌓이기 시작한 눈이 모든 소리를 흡수해버린 것처럼 매우 고요한 이 밤에, 그 원망으로 가득 찬 목소리는 크게 울려 퍼졌다.

유키메가 뒤를 돌아봤다. 그곳에는 두 눈을 잃어버린 칠흑의 털을 지닌 수인이 있었다.

"겟탄…… 저는 그동안 쭉, 이날이 오기를 기다렸어요."

"존 스미스가 너의 협력자냐……! 이것이 네놈의 복수인가!!"

묘하게 평온한 유키메의 얼굴과는 대조적으로 겟탄의 얼굴은 험하게 일그러졌다.

"이미 다 끝났어요. 포기하시지요……."

"아니――아직 안 끝났어. 네놈들이 빼앗아간 돈만 있으면, 아직은 만회할 수 있어!!"

겟탄이 칼을 뽑았다. 자신의 키와 비슷할 정도로 기다란 칼이었다.

"겟탄……."

유키메는 철선을 꺼냈다.

"저는 이전의 저와는 다릅니다."

밤의 대지에 새하얀 눈이 쌓였다.

하늘에서는 하얀 달과 수많은 별들이 빛나고 있었다.

하얀색과 검은색으로 이루어진 이 아름다운 밤의 세계에서, 철선과 칼이 교차했다.

하얀 눈이 날리면서 핏방울이 튀었다.

바닥에 쌓인 하얀 눈의 캔버스를 붉은 피가 선명한 색으로 물들였다.

"이…… 이럴 수가……!"

무릎을 꿇은 것은 겟탄이었다. 그는 유키메를 노려보더니 눈을 부릅떴다.

어느새 유키메의 모습이 변화한 것이었다.

아홉 개의 은백색 꼬리가 한층 더 굵고 길게 변했고, 맑은 물 같은 눈동자는 피 같은 붉은색이 되었다.

유키메를 둘러싼 농밀한 마력은, 시각을 잃어버린 겟탄조차도 눈치챌 수 있을 정도였다.

"이것이 요호족의 진정한 모습……. 이제 그대에게 승산은 없어요."

"전설의 요호의 힘…… 그 정도 힘이 있으면, 그런 힘이 나에게 있었으면, 빼앗기지 않아도 됐을 텐데――!!"

증오로 가득 찬 겟탄의 얼굴. 그걸 본 유키메는 서글픈 미소를 지었다.

"겟탄…… 그대는 왜 변해버린 건가요. 과거의 그대는 그렇지 않았건만."

"입 다물어!!"

"이제는 다 끝났어요."

유키메는 겟탄의 목에 정확히 철선을 들이댔다.

그 차가운 감촉에 겟탄의 표정이 얼어붙었다.

"유키메——!"

유키메는 철선을 들이댄 채 가만히 겟탄을 내려다보고 있었다.

그 표정은 먼 옛날을 떠올리는 것 같았다.

시간이 멈춘 것처럼 그들은 미동도 하지 않았다.

눈송이만 그들 사이에 내려서 쌓이고 있었다.

이윽고 유키메는 철선을 밑으로 내렸다. 아홉 개의 꼬리와 눈동자 색깔도 원래대로 돌아왔다.

"뭐 하는 짓이냐……."

"저의 복수는 이것으로 끝났습니다."

"끝났다……고?"

"무엇이 그대를 변하게 만들었는지 저는 모르겠어요. 하지만 그대가 죄를 지었어도, 과거에 저희 마을과 저의 목숨을 구해준 것은 사실이므로……. 죄가 선행을 덮지도 않고, 선행이 죄를 덮지도 않습니다. 저는 아직 그대의 마음속에, 그날 저를 구해줬던 그대가 남아 있을 것이라고 믿고 싶어요……."

유키메는 돌아서서 하얀 눈을 밟고 걸어갔다.

"영원히 만나지 맙시다. 안녕, 겟탄……."

겟탄은 망가진 두 눈으로 유키메의 뒷모습을 노려봤다.

"웃기지…… 마……."

그의 원망스런 목소리는, 떠나는 유키메에게는 닿지 않았다.

그는 붉은 알약을 삼켰다. 상처가 급속도로 낫더니, 이어서――.

"……아."

눈 위에 피의 꽃이 피었다.

"어디까지, 나를 우롱할 셈이냐……!"

"겟……탄……."

칼에 찔린 유키메가 눈밭 위에 쓰러졌다.

의식이 점점 흐려졌다. 유키메의 눈동자에서 눈물이 흘러내렸다.

"존…… 님…… 용서하셔요……."

그때 갑자기 일진의 바람이 불었다. 주위에 가루눈이 흩날리면서 검은 그림자가 날아 내려왔다.

"――?! 누구냐!"

하얗게 물든 밤의 어둠 속에서 한 남자가 등장했다.

가루눈은 그의 주위에서 춤을 췄다. 와이어가 허공을 갈랐다.

"――나의 소중한 것을 빼앗은 자가 네놈이냐."

가면으로 얼굴을 가리고 검은 양복을 입은 모습으로 다가오는 그 남자는――존 스미스.

"존 님……."

유키메는 고통스러운 듯이 그 이름을 불렀다. 왠지 존의 모습이 그립게 느껴졌다.

"네놈이 존 스미스인가. 내가, 네놈에게서 빼앗았다고……? 그러나 네놈도 나한테서 빼앗아가지 않았느냐!"

겟탄은 그 망가진 눈구멍으로 존 스미스를 쏘아봤다.

"나는 빼앗긴 것을 되찾으러 왔다――단지 그뿐이야."

"이 녀석 말인가? 흥, 과연 네놈이 되찾을 수 있을까?"

"되찾을 것이다."

"피라미 주제에…… 하지만 나도 되찾아야 한다. 너희가 나에게서 빼앗아간 것을!"

그러더니 겟탄은 긴 칼을 겨누었다.

"무슨 소리냐."

"시치미 뗄 작정이냐? 이 비열한 자식……!"

겟탄은 쳇 하고 혀를 찼다.

"말이 안 통하는군."

"시간낭비다."

존 스미스도 와이어를 전개했다.

두 남자는 증오하는 눈빛으로 서로를 쏘아보더니, 그 후――.

"겟탄――!"

"존 스미스으으으으으으으읏――!!"

화려하게 격돌했다.

겟탄의 장도(長刀)가 존 스미스를 덮쳤다. 그러나 존 스미스는 그것을 피하려고 하지도 않았다.

장도는 그대로 그의 목으로 날아가다가 돌연 정지했다.
"——뭐야?!"
허공에서 돌연 정지한 자신의 칼. 겟탄은 놀라서 칼을 다시 거두었다.
존 스미스는 태연하게 그 모습을 바라보며 중얼거렸다.
"방금 무슨 일이 있었나……?"
겟탄은 불쾌한 듯이 혀를 찼다.
"네 이놈…… 가느다란 실에 마력을 불어넣어 칼을 막은 거냐."
"……호."
"잃었기 때문에 비로소 알게 된 것이 있다. 나는 시력을 잃고 나서, 마력에 의한 공간 탐지 능력이 비약적으로 상승했다."
겟탄의 마력이 주위에 차올랐다.
"나에게는 다 보인다! 네놈의 실이 전부 다 완벽하게!! 실을 자유자재로 조종하는 그 기량에는 나도 놀랐다. 그러나——."
겟탄은 입술을 일그러뜨리며 웃었다.
"상대를 잘못 만났구나, 존 스미스!!"
겟탄이 또다시 존 스미스를 베었다. 존 스미스는 거리를 벌리면서 겟탄의 장도에 대처했지만, 존 스미스의 와이어는 겟탄에게 스치지도 않았다.
"소용없어!! 다 보인다고 말했잖아!!"
후퇴하는 존 스미스, 쫓아가는 겟탄.
유키메는 격렬하게 싸우는 두 남자를 눈물 젖은 눈으로 바라봤다. 그 눈동자에 비치는 것은, 최선을 다해 싸우는 존 스미스의 모습…….
유키메는 그동안 존 스미스가 이 정도로 분노를 드러내는 순간은 본 적이 없었다.
그와는 오래 알고 지낸 사이는 아니었다.
하지만 감정을 겉으로 드러내는 타입이 아니란 것은 알고 있었다.
그런 그가 화내고 있었다.
진심으로 화내고 있었다.
그는, 유키메를 빼앗고 상처 입힌 겟탄에게 진심으로 화내고 있는 것이었다.
"존 님……."
수세에 몰린 것처럼 보이는 존 스미스. 그러나 그의 실력이 이 정도가 아니란 것을 유키메는 알고 있었다.
그리고——.
"겨우 이 정도냐……?"
그 말은 존 스미스에게서 흘러나왔다.
"크윽……."
겟탄은 숨을 거칠게 쉬면서 존 스미스를 쏘아봤다.
겟탄은 계속해서 존 스미스를 쫓아갔지만, 그의 장도는 한 번도 존 스미스를 건드리지 못했다.
아니, 오히려 그의 몸에는 무수한 작은 상처가 나 있었다.
분명히 겟탄은 모든 와이어를 파악했다.
그러나 그걸 파악했기 때문에 그는 와이어 그물망 속으로 뛰어

들지 못했다.
존 스미스가 전개한 와이어는 마치 거미줄처럼 펼쳐져 있어서, 한번 거기 뛰어들면 벗어날 수 없었다.
사냥감의 움직임을 예측하고, 봉쇄하고, 포획하는 완벽한 배치. 겟탄은 그것을 눈치채버린 것이다.
시험 삼아 조금 무리하게 전진해보면 즉시 무수한 상처가 생긴다.
전진하지 않으면 칼은 닿지 않는다. 그러나 전진하면——죽는다.
어느새 겟탄은 영원히 닿지 않는 칼을 휘두를 수밖에 없게 되었다.
존 스미스는 그저 태연하게 겟탄에게 다가갔다. 그의 와이어는 이미 겟탄의 퇴로를 차단해버렸다.
"말해라……. 네놈은 분명히 해야 할 말이 있을 것이다."
"——!"
존 스미스의 지적을 받은 겟탄은 딱 한순간 유키메를 돌아봤다. 그러나 그는 고개를 가로저었다.
"나는, 할 말 따윈 없다!!"
"그런가——."
그 직후에 겟탄의 가슴에서 피가 터져 나왔다. 그를 둘러싼 와이어가 그의 살을 베어낸 것이다.
그러나 겟탄은 고통스럽게 얼굴을 찡그리면서도 존 스미스를 노려봤다.

"나는 힘을 원했다! 많은 것을 희생시키면서 힘을 얻고자 했다!! 이제 와서 물러설 수는 없어!!"

그는 품속에서 대량의 붉은 알약을 꺼내 한꺼번에 삼켰다.

그것은 아무리 봐도 그의 허용량을 넘은 것이었다.

"나는 더 이상, 두 번 다시 빼앗기지 않아…… 빼앗길 거면 차라리……."

겟탄은 다시 한 번 유키메를 쳐다봤다. 그 망가진 눈으로 뭔가를 보려는 것처럼.

이어서 겟탄의 몸이 시커멓게 변색되어 갔다.

근육이 비대해지고 흉하게 일그러졌다.

그리고 대량의 마력이 휘몰아치면서 허공의 눈을 흩어버렸다.

"더 이상——목숨 따위는 아깝지 않아."

겟탄의 망가진 눈구멍이 열렸다.

그곳에는 붉은 핏덩어리 같은 안구가 있었다.

피눈물이 뺨을 타고 흘러내렸다.

겟탄의 움직임은 이전과는 비교가 안 될 만큼 빨라졌다.

바닥의 눈이 튀어 오르더니, 다음 순간에 그는 존 스미스의 눈앞에 나타났다.

"우오오오오오오오오오오오오오오오오오오오오옷!!"

겟탄은 포효하면서 칼을 휘둘렀다.

존 스미스의 손가락이 움직이고, 와이어가 허공을 갈랐다.

"——흠."

장도와 와이어가 교차했다. 후퇴한 것은 존 스미스였다.

존 스미스의 손가락에서 잘려 나간 와이어 몇 가닥이 스르륵 떨어졌다.

겟탄은 멈추지 않았다.

후퇴하는 존 스미스를 짐승 같은 움직임으로 추격했다.

그 장도는 또다시 존 스미스의 와이어를 잘라냈다.

겟탄이 장도를 휘두르고, 존 스미스의 와이어가 춤을 춘다.

두 사람의 충돌은 한동안 계속되었다. 마침내 존 스미스는 모든 와이어를 잃어버렸다.

"아아아아아아아아아아아!!"

무기를 잃은 그에게 겟탄이 덤벼들었다. 광기 어린 미소를 지으면서.

그런데 존 스미스는 한숨을 쉬더니 그 자리에 멈춰 섰다.

"결국 평범한 강철일 뿐인가……."

시시하다는 듯이 그렇게 중얼거리더니, 자신에게 덤벼드는 겟탄을 응시했다.

그리고――두 사람은 충돌했다.

겟탄의 무시무시한 참격. 존 스미스는 한 발 앞으로 나아가 몸을 비스듬히 기울임으로써 그것을 피했다.

그의 뺨에 장도가 스쳤다. 검은 머리카락이 허공에 흩어졌다.

그 회피는 최소한의 움직임이었다.

그 전진은 가장 짧고, 가장 빨랐다.

그것은 회피와 전진을 동시에 하는 이상적인 움직임.

즉――무(武)의 경지.

"앗?!"

겟탄이 경악하여 눈을 크게 떴다. 그 직후, 그의 턱에 존 스미스의 팔꿈치가 콱 박혔다.

"커헉!"

비틀비틀 후퇴하는 겟탄. 존 스미스는 가차 없이 그를 추격했다.

겟탄의 단전에 주먹을 꽂아 넣고, 기역자로 구부러진 상체를 무릎으로 차서 들어 올렸다.

존 스미스의 연격은 멈추지 않았다.

별로 특별하지도 않은 주먹이, 팔꿈치가, 무릎이 겟탄의 육체에 꽂힐 때마다, 비대해진 그 육체가 신기하게도 확 튕겨져 날아갔다.

자신의 육체야말로 끝까지 믿을 수 있는 최강의 무기다. 존 스미스는 그것을 체현하고 있었다.

그러나 겟탄도 필사적으로 후퇴하면서 그 폭풍우에서 벗어나려고 했다.

그의 육체는 알약의 효과 덕분에 타격을 받자마자 금방 회복된다. 언젠가는 끝나게 될 이 폭풍우를 쭉 견뎌내면서 안전한 곳으로——.

그러나 존 스미스는 멈추지 않았다.

그 한 걸음이 겟탄의 퇴로를 차단하고, 그 일격이 겟탄의 다리에서 힘을 빼앗아갔다.

순간적인 공방전 속에서 모든 것을 계산하고 다 꿰뚫어 보고 있었다.

그리하여 존 스미스는 그저 일방적으로 상대를 계속 때렸다.
언제나 지근거리, 자신의 공격범위 내에서.
사냥감이 어떻게 움직여도 반드시 그 공격범위 내에 붙잡아놓았다.
담담하게, 마치 기계적인 작업을 수행하듯이 계속 때렸다.
"억…… 아헉…… 크, 크으으…… 커헉!"
겟탄은 뼈가 부서지고, 이가 부러지고, 내장이 망가지고, 그래도 또 금방 회복됐다.
그것은 끝나지 않는 고문이었다.
사방으로 튀는 붉은 피가 하얀 눈 융단 위에 떨어져서 얼룩을 만들어냈다.
그리고 조금씩 존 스미스의 주먹에 힘이 실렸다. 속도도 빨라졌다.
"말해. 네놈은 해야 할 말이 있을 것이다……."
"악…… 끄흑."
존 스미스는 때리면서 말을 걸었다.
마침내 한계가 왔다.
겟탄의 회복이 중지된 것이다.
그것을 본 존 스미스는 반 발짝 뒤로 물러나서――오른발을 힘차게 휘둘렀다.
겟탄의 옆머리에 그의 오른발이 꽂혔다. 겟탄은 눈밭 위를 마구 굴러가다가 쓰러졌다.
존 스미스는 일어나려고 하는 겟탄을 발로 밟았다.

겟탄이 시선을 들어 존 스미스를 노려봤다.
과거를 기억해내는 것처럼, 겟탄의 눈이 욱신거렸다.
"커억……."
존 스미스는 그의 안면에 주먹을 내리꽂았다.
"——말해."
다시 한 번 내리꽂았다.
"——해야 할 말을 해."
"존 스미스. 그렇군…… 네놈이, 그때 그……."
어느새 겟탄은 복잡한 감정이 뒤섞인 얼굴로 존 스미스를 보고 있었다.
분노, 증오, 선망, 후회…….
"만약에 나에게 너 같은 힘이 있었더라면, 뭔가가 바뀌었을까……."
복잡한 감정이 그의 목소리에 무게를 실어줬다.
"자신의 나약함을 외면하고 계속 도망친 결과가 이거다……. 내가 정말로 지키고 싶었던 것은……."
그리고 겟탄은 웃었다.
"너에게는…… 맡길 수 있겠구나……."
겟탄의 음성에는 더 이상 힘이 없었다. 그는 떨리는 손가락으로 유키메를 가리켰다.
"유키…… 부탁한다……."
"……알았다."
그 떨리는 손가락을 존 스미스가 붙잡았다.

"네 뜻은, 틀림없이 이어받았다."

겟탄은 숨을 거두었다.

"드디어 기억났어요…… 당신이, 저를……."

유키메가 존 스미스의 가슴에 얼굴을 묻었다. 눈물이 그의 양복에 스며들었다.

존 스미스는 마력이 담긴 손으로 유키메의 상처를 쓰다듬었다.

"따뜻해……. 이 힘은, 그날의……."

두근.

유키메의 심장이 뛰었다.

유키메는 모든 것을 빼앗겼던 그날부터 얼어붙은 심장으로 혼자 살아왔다.

무슨 일이 있어도, 누구에게 안겨도, 미소를 지으며 모든 것을 받아들였다.

얼음은 자신을 지키는 방어벽. 결코 녹지 않았다.

그런데 그 얼음이 녹아내렸다.

"……고마워요."

존 스미스는 고개를 갸웃거렸다.

그리고 조그맣게 중얼거렸다.

"저쪽 눈 밑에 묻어놨단 말이지……."

"아직 마지막으로 할 일이 남아 있어."

그렇게 말하더니 구멍을 파기 시작한 존 스미스. 유키메는 그를 그곳에 남겨두고 일단 왕도로 돌아갔다. 그는 겟탄의 무덤을 파고 있는 것이리라. 어쩌면 겟탄은 죽을 장소를 찾아다녔던 걸지도 모른다.

옛날을 떠올리게 하는 겟탄의 평온한 마지막 표정. 그걸 본 유키메는 그렇게 생각했다.

유키메는 왕도에서 하룻밤 쉬었다. 그리고 이제 막 환금한 금화를 회수해서 아지트로 향했다.

유키메의 상처는 존 스미스가 치료해줬다. 등에 있었던 흉측한 흉터조차도 깨끗하게 사라졌다.

아지트에 도착한 유키메는 금화를 가지고 금고로 갔다. 그 안을 확인하고, 경악했다.

"이게 무슨……."

금고의 내용물이 어디로 갔는지 하나도 보이지 않았다.

고개를 갸웃거리는 유키메. 그 배후에 소리도 없이 검은 여자가 나타났다.

"당신이 설호 상회의 유키메지……?"

"──?!"

뒤를 돌아본 유키메가 본 것은 아름다운 백금발 엘프 여성이었다.

"당신은 누구죠?"

유키메는 언제든지 철선을 뽑을 수 있는 태세로 질문했다.

“나는 알파. 『섀도우 가든』의 멤버야. 그 모습을 보니, 그에게서 이야기를 듣지 못했나 보군.”

“알파…….”

존 스미스, 즉 섀도우가 『섀도우 가든』의 수장이란 것은 유키메도 알고 있었다.

그러나 그가 직접 『섀도우 가든』에 관한 이야기를 한 적은 없었다. 이제 와서 생각해보면 이상한 일이었다.

“당신이 그의 협력자……. 그리고 대상회 연합의 겟탄의 연인…….”

“무슨 말을 하고 싶은 건가요.”

“이 편지를 당신에게 전해주고 싶어. 봉투는 뜯었지만, 제대로 당신에게 전달하는 것이 옳은 일이라고 생각했어.”

알파가 내민 것은 낡은 편지 한 통이었다.

“대상회 연합은 곧 붕괴될 거야. 그 전에 회수해야 할 것은 회수했어. 이것은 겟탄의 방에서 발견된, 당신에게 보내는 편지……아니, 유언일 거야.”

“겟탄의…….”

유키메는 그 편지를 받아서 읽기 시작했다.

우선은 글씨가 너무 지저분해서 깜짝 놀랐다. 시력을 잃어버린 그가 타인의 힘을 빌리지 않고 혼자 쓴 것이리라. 유키메는 그 지저분한 글씨에서 분명히 그의 필적의 흔적과 따뜻함을 느낄 수 있었다.

그 편지는 유키메와 고향 주민들에 대한 참회로 시작해서 자신의 나약함을 저주하는 내용이었다.

그리고 점점 경악스런 사실이 등장했다.

"디아볼로스 교단……."

그것이 겟탄을 꼬드긴 조직의 정체였다.

"『섀도우 가든』은 디아볼로스 교단과 싸우고 있어. 물론 그 사람도……."

"존 님도……."

"미쓰고시 상회는 『섀도우 가든』이 대외적으로 만든 기업이야."

"——?! 그럼, 설마……!"

"처음부터 모든 일이 그의 손바닥 안에서 벌어졌던 거야. 미안하지만 금화는 전부 우리가 회수했어."

"그것으로 미쓰고시 상회는 신용 붕괴를 극복할 수 있다는 건가요."

"대상회 연합의 판매로까지 손에 넣어서 절대적인 지위를 확립할 테지."

"존 님은…… 아니, 섀도우 님은 모든 것을 다 알고 계셨던 거군요."

"그를 배신자라고 비난하고 싶다면 그래도 돼. 그는 그것조차 받아들일 생각일 거야."

유키메는 고개를 가로저었다.

"비난할 마음은 없습니다. 저는 섀도우 님께 두 번이나 구원을 받았어요."

"……그렇군."

알파는 유키메의 말에 고개를 끄덕였다.

"우리는 당신을 받아들일 용의가 있어. 당신만 괜찮다면, 당신은 이대로 설호 상회를 운영하면서 무법도시와 연대를 했으면 좋겠어."

"알겠습니다. 미쓰고시 상회는 밝은 부분을, 설호 상회는 어두운 부분을……. 그런 뜻이지요?"

유키메와 알파는 똑같은 표정을 지으며 웃었다.

둘 다 진심으로 감복한 듯한 얼굴이었다.

"잘 부탁해."

"잘 부탁드려요."

악수를 한 뒤, 유키메는 작게 중얼거렸다.

"난처하게도 그에게는 소중한 존재가 많이 있는 모양이군요……."

그리고 두 여인은 앞일에 관해 이야기하며 아지트를 뒤로했다.

대상회 연합은 순식간에 붕괴됐다.

지폐를 환금하러 온 수많은 민중의 요구를 들어줄 만한 금화가 그들의 수중에는 없었다. 가게 문을 닫고 야반도주하는 상회도 있었다. 최종적으로는 기사단이 개입해 강제적으로 금고를 열게 했는데, 그 내용물은 현재 유통되고 있는 지폐에 비하면 턱없이 부족한 금액이었다고 한다.

상인들은 체포됐다. 앞으로 엄벌을 받게 될 것이다.

그리고 대상회 연합의 붕괴를 목격한 민중이 그다음으로 향한 곳은 미쓰고시 은행이었다.

대상회 연합이 붕괴된 다음 날 아침, 그들은 미쓰고시 은행 왕도 지점 앞으로 몰려갔다.

왕도의 큰길을 꽉 채울 정도로 엄청난 인원수였다고 한다.

아침 개점과 동시에 그들은 지폐를 움켜쥐고 안으로 들어갔다. 그리고 경악했다.

위가 뻥 뚫린 커다란 홀 전체에 눈부신 대량의 금화가 쌓여 있었기 때문이다.

은행원들도 웃는 얼굴로 민중을 맞이했다. 여유가 넘치는 태도였다.

차근차근 환금 요청에 응하는 미쓰고시 은행. 그 모습을 본 민중은 하나둘씩 돌아가기 시작했다.

그리고 그날 오후에는 미쓰고시 은행 앞에 줄을 선 민중은 거의 다 사라졌다.

실제로 환금한 인간은 그날 줄 섰던 민중의 30퍼센트 정도였다.

민중은 미쓰고시 은행의 대응을 보고 안심한 것이다.

수북이 쌓여 있는 대량의 금화, 웃는 얼굴로 예의 바르게 행동하는 은행원, 그리고 지금까지 쌓아온 미쓰고시 그룹 전체의 신뢰.

그 증거로, 당장 지폐 대출을 희망하는 고객도 나타났다.

미쓰고시 은행과 미쓰고시 상회는 대상회 연합의 붕괴에 의해 더 높은 지위와 신뢰를 획득한 것이다.

그 힘은 이제는 국가조차 함부로 건드릴 수 없을 정도였다.

지금 미쓰고시 상회가 철수한다면 왕국의 경제는 붕괴된다.

왕국은 이번 소동으로 신용 창조를 위험시하게 되었다. 그러나 미쓰고시 그룹 및 그들이 주도한 신용 창조 덕분에 왕도가 전무후무한 호경기를 누리게 된 것도 사실이었다.

왕국은 미쓰고시 그룹 및 미쓰고시 은행의 대표와 의논을 해서, 신용 창조에 관한 몇 가지 규칙을 정하게 되었다.

그리하여 일련의 소동은 막을 내렸다.

나는 슬라임 삽으로 구멍을 파고 있었다.

그 후로 쭉, 끊임없이 구멍을 팠다.

그런데 이유가 뭘까——왜 아무것도 안 나오는 거지?

이유가 뭘까——왜 유키메와 연락이 끊긴 거지?

유키메를 보내서 왕도에 있는 금화를 가져오게 하고, 나는 구멍을 파서 금화를 회수하면 해피엔드. 그렇게 될 예정이었는데.

그러나 금화는 나오지 않았고, 유키메는 연락이 끊겼다.
그리고 정신 차려보니 신기하게도 미쓰고시 은행은 살아남아 있었다.
대체 왜.
뭐가 어떻게 된 거야.
딱 하나 이해한 것은, 내 계획이 완전히 망했다는 것이다.
"보스, 아무것도 안 나와요."
손으로 열심히 땅을 파면서 델타가 말했다.
"틀림없이…… 틀림없이, 있을 거야."
나도 그렇게 말하면서 땅을 팠다. 단순히 땅 파는 게 목적이라면 이 일대를 한꺼번에 날려버려도 되지만, 그랬다가는 금화까지 다 날아갈 것이다.
결국 조금씩 차근차근 팔 수밖에 없었다.
내 냄새를 맡고 찾아온 델타에게도 도와 달라고 했다. 이런 때에는 개 발이라도 빌려야지.
"보스, 이것도 비밀 시크릿 임무야?"
"그래. 그러니까 알파나 다른 애들한테는 말하면 안 돼."
"알았어!"
"델타, 이것은 다잉 메시지다."
"다잉…… 메시지?"
"죽은 사람이 남긴 진실의 한마디란 거야. 나는 서로 증오하면서 사투를 벌였던 적과, 최후의 순간에 교감할 수 있었어. 죽어가는 그가 마지막으로 남긴 말은『*유키』. 그리고 그가 가리킨 장소는『이곳』이었어. 즉, 그는 이 눈 밑에 소중한 것을 묻어놓은 거야.”

“우와~!”

“이게 바로 추리라는 거다.”

“추리!!”

델타는 꼬리를 힘차게 흔들면서 눈을 반짝반짝 빛냈다.

“보스, 구멍 파기가 끝나면, 뭐든지 내 말을 들어줄 거야?”

“뭐?”

“보스가 약속했어!”

“뭐어?”

“보스가 약속했다니까!!”

“뭐어어?”

“우우~.”

델타는 눈을 치뜨면서 나를 째려봤다.

“미안, 미안. 어, 그래. 그런 이야기를 했었지만.”

“했어!”

“뭐든지 다 들어주겠다고 하지는——.”

“들어준다고 했어!”

“아니, 나는 가능한 범위 내에서…….”

“들어준다고 했다니까!!”

안 되겠다. 델타의 머릿속에서는 이미 내가 말한 것으로 되어

*일본어로는 '눈'.

있는 패턴이다.

"델타, 거짓말은 하면 안 돼. 나는 그런 말은 하지 않았어. 만약 여기에 녹음기가 있었으면, 델타의 거짓말은 들통 났을 거야."

"녹음, 기?"

"어둠의 병기야. 기동되면 세상이 소멸한다."

"뭐라고?!"

"세상이 소멸하는 것은 싫지? 그러니까 거짓말은 하면 안 돼."

"우우~~ 세상이 소멸하는 것은 싫어……. 하, 하지만, 보스가 말했는데……."

델타는 울상을 지었다. 아니, 이미 반쯤 우는 얼굴이었다.

"아~ 알았어. 나도 양보할게. 가능한 일은 해줄게. 하지만 델타, 나는 산타 할아버지가 아니니까 뭐든지 다 해주지는 못해."

"산타 할아버지?"

델타는 고개를 갸우뚱했다.

"산타클로스…… 어둠의 세계에 군림하는 극악무도한 붉은 마왕이야……."

"마왕?!"

"그놈의 옷은 피로 물든 빨강. 사람들의 꿈을 배신하고 절망을 안겨주며, 그 피로 옷을 붉게 물들인 거지……."

"너무해!"

"맞아, 너무한 녀석이야. 나도 옛날에 끔찍한 일을 당했어."

"보스도?!"

"나는 꼭 이루고 싶은 꿈이 있어서 언제나 빌고 또 빌었지만,

그 기대는 계속 배신당하기만 했어."

"꿈이라니?"

"나는『어둠의 실력자』가――아니, 됐다. 나는 정말로 중요한 것은 말로 표현하지 않기로 결심했거든. 아무튼 나는 어릴 적부터 해마다 그놈한테 배신을 당해서 심각한 마음의 상처를 입었어. 요컨대, 델타. 내가 하고 싶은 말은, 나는 산타 할아버지가 아니기 때문에 뭐든지 다 들어줄 수는 없다는 거야."

델타는 내 얼굴을 물끄러미 바라보면서 눈을 깜빡거렸다. 이어서 고개를 갸우뚱했다.

"그런데 산타 할아버지는 뭐든지 다 들어주지는 않잖아? 산타 할아버지는 보스의 꿈을 이루어주지 않았어!"

그건 그렇다.

"어라?"

"어라!"

"이야기가 연결이 안 되네?"

"연결이 안 되네!"

우리는 둘이 동시에 고개를 갸웃거렸다.

"에이 뭐, 어쨌거나. 양보는 할 테지만, 뭐든지 다 들어주진 못한다는 거야."

"우우~~."

"자, 나는 지금부터 여행을 떠날 테니까. 내가 돌아올 때까지 무엇을 부탁할지 생각해둬."

"여행?!"

“응. 자아를 찾아 떠나는 여행…….”

알파와 친구들은 분명히 화가 났을 테니까 조금 냉각기간이 필요할 것이다. 사람의 감정이란 것은 시간이 지날수록 점점 약해지니까. 즉 시간이 약이다. 마침 학교도 겨울방학이 시작됐고.

방학이 끝나면 시치미 뚝 떼고 알파와 친구들 앞에 등장하면 된다. 일부러 사과하지는 않을 거다. 마치 아무 일도 없었던 것처럼 평소같이 행동할 것이다.

왜냐하면 나는 인간관계에서 절대로 지지 않는 최강의 오의를 터득했기 때문이다.

그것은――상대를 질리게 만드는 것.

‘아, 이놈한테는 무슨 말을 해도 소용없구나’라는 생각을 심어주면 된다.

아기가 무슨 짓을 해도 뭐라고 하는 사람은 하나도 없다. 즉, 나 자신이 그 수준까지 내려가면 된다.

그런데 조심해야 한다. 이 오의는 양날의 칼이다.

왜냐하면 이것은 승리인 동시에 패배이므로…….

“아, 그리고 구멍은 이제 안 파도 돼. 도와줘서 고마워.”

내 계획은 망했다. 결국 미쓰고시 상회는 무사히 살아남았고, 이제 와서 돈만 손에 넣어봤자 의미가 없다.

“자, 그럼 나는 여행을 떠날게! 다음에 봐, 안녕.”

“앗, 보스! 뭔가 나왔어――!”

등 뒤에서 델타가 부르는 소리가 들렸지만, 나는 그녀의 『부탁』에 발목 잡히지 않으려고 전력 질주로 그곳을 떠났다.

내가 처음 산타클로스에게 배신당한 것도 이렇게 눈 내리는 밤이었다.

Not a hero, not an arch enemy,
but the existence intervenes in a story and shows off his power.
I had admired the one like that, what is more,
and hoped to be.
Like a hero everyone wished to be in childhood,
"The Eminence in Shadow" was the one for me.
That's all about it.

The Eminence in Shadow

I can't remember the moment anymore.
Yet, I had desired to become "The Eminence in Shadow"
ever since I could remember.
An anime, manga, or movie? No, whatever's fine.
If I could become a man behind the scene,
I didn't care what type I would be.
Not a hero, not an arch enemy,
but the existence intervenes in a story and shows off his power.

The Eminence in Shadow
Volume Three
Appendix

보충

Delta

(이름) 델타

(성별) 여성

(연령) 15

델타는 사냥이 특기예요.

= Delta

『일곱 그림자』 서열 4위. 개 수인.
〈악마 빙의〉가 되어 무리에서 쫓겨났다가
섀도우에게 구조됐다.
『특공병기 델타』라고 불릴 정도로 천부적인
전투감각이 있고, 단순한 전투력만 따진다면
『일곱 그림자』 중 최강이라고 평가받기도 한다.
오감도 발달했고, 기척을 없애고 사냥하는 것도
특기. 그러나 바보라서 함정에 빠지기 쉽다.

Epsilon

(이름) 엡실론

(성별) 여성

(연령) 17

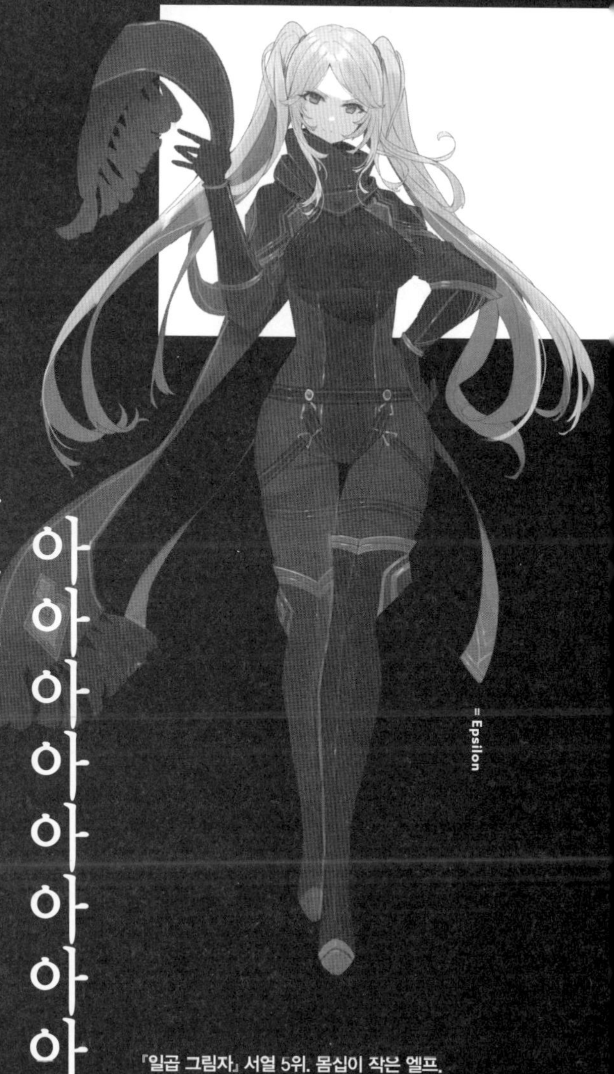

들킬까 보냐아아아

아아아아아아아아아

아아아아아아아아앗!!

= Epsilon

『일곱 그림자』 서열 5위. 몸집이 작은 엘프.
『치밀』의 엡실론이라고 불릴 정도로
섬세한 마력 제어가 특기.
어떤 것의 자연스러운 흔들림을 재현하기 위해서는
치밀한 마력 제어가 필요했던 것이다.
가슴은 부풀리고 허리는 조이고,
비밀스런 키높이 구두로 다리를 늘여서
이상적인 육체를 슬라임 슈트로 재현하고 있다.

Claire Kagenou

시드에게
무슨 짓을 했다간,
절대로 가만두지 않을 거야.

= Claire Kagenou

(이름) 클레어 카게노

(성별) 여성

(연령) 17

시드의 누나이자 카게노 가문의 기대주.
어린 시절에 〈악마 빙의〉가 되었지만
시드가 몰래 치료해줬다.
검술 실력도 좋고 기사단의 스카우트
제의도 받았지만, 본인은 동생이 걱정돼서
그와 떨어지고 싶지 않은 것 같다.
어떤 사건을 계기로, 자신이 보통이 아니라
특별한 존재일지도 모른다는
생각을 하게 되었다.

Yukime

(이름) 유키메

(성별) 여성

(연령) ??

이기는 것은 저와 새도우 님입니다.

무법도시의 『백의 탑』에 군림하는 요호.
철선을 무기 삼아 춤추듯이 싸운다. 꼬리는 아홉 개.
요호족 중에서도 특별히 뛰어난 소질을 가지고 있다.
은백색 머리카락과 물색 눈동자를 지닌 여성.
언제나 노출이 심한 기모노를 입고 있다.
무법도시에서는 홍등가를 지배하는데,
외부 세계에서는 평범한 상회도 운영하는 수완가.

섀도우 님 전기 완전판——3권

저자 : 베타

밤하늘에『붉은 달』이 떴다. 맨 처음에는 평범한 달과 거의 비슷한, 약간 불그스름한 달에 불과했다. 그래서 그것이『피의 여왕』부활의 전조란 것은 아무도 눈치채지 못했다——단 한 사람, 섀도우 님을 제외하고는.

『피의 여왕』은 1,000년 전에 단 하룻밤 만에 나라를 멸망시킨 전설의 시조 흡혈귀. 만약 섀도우 님이 눈치채지 못하셨다면 도대체 무슨 일이 벌어졌을지. 생각만 해도 무서울 정도다. 세상을 멸망시킬 힘을 가진 전설의 흡혈귀의 부활을 알게 된 섀도우 님은 놀랍게도…… 혼자서 싸우는 길을 선택하셨다! "고작 달이 붉어진 것뿐이다. 나 혼자서도 충분해"라고 자신만만한 아름다운 표정으로 말씀하신 섀도우 님의 늠름한 모습은, 나는 평생 잊지 못할 것이다.

그 후 섀도우 님은 단신으로『피의 여왕』이 잠들어 있는 무법도시로 쳐들어가셨다!

무법도시에서는『피의 여왕』의 부하가 여왕의 부활을 준비하고 있었다. 구울들이『붉은 달』의 힘을 얻어 광포해져서 무법도시 주민들을 덮치기 시작했다. 골목길은 피로 물들고 집집마다 비명이 울려 퍼졌다. 말 그대로 무법도시가 된 것이다! 이런 상황에서 마침내 섀도우 님이 움직이셨다. 섀도우 님은 미쳐 날뛰는 구울들을 거침없이 해치우면서, 겁에 질려 이리저리 도망쳐 다니는 사람들을 구해주셨다! 섀도우 님을 지명 수배하는 마검사 협회의 무능한 놈들까지도 구해주시다니, 섀도우 님은 도대체 얼마나 마음이 넓으신 걸까! 도움을 받은 그들은 틀림없이 자신의 하찮음을 깨닫고 섀도우 님을 평생 숭배할 것이다.

그런데 섀도우 님이 하찮은 인간들의 목숨을 구하시는 동안에『피의 여왕』은 부활하고 말았다! 부활한『피의 여왕』과 대치한 ㅋ것은 바로――눈물점이 있는 은발 절세미인 엘프, 베타였다! 베타는 섀도우 님이 도착할 때까지 부하를 거느리고 시간을 벌기로 결심한 것이었다! 부하들이 속수무책으로 당하는 와중에 베타는『피의 여왕』과 맞서 싸웠고, 온몸이 상처투성이가 되면서도 섀도우 님의 누나를 지키는 데 성공했다. 온몸을 바치는 그 용감함에 전 세계가 감동의 눈물을 흘렸고, 섀도우 님도 깊은 감명을 받으셨을 것이다. 그 증거로 그곳에 도착한 섀도우 님은 베타를 감쌌고, 그 바람에 평소보다 움식임이 둔해지셨다!

사랑하는 베타를 지키려다가 궁지에 몰린 섀도우 님――절체절명의 상황에서 베타는 소리 높여 외쳤다!!

"나는 괜찮아…… 그러니까, 세상을 구해줘!"

그 갸륵한 모습에 섀도우 님의 심장은 뜨겁게 타올랐다!! 사랑의 힘은 전설의『피의 여왕』을 순식간에 물리쳤고, 놀랍게도 그녀를 제정신으로 되돌려놓았다! 정신을 차린『피의 여왕』은 섀도우 님께 진심으로 감사하고, 앞으로 무슨 일이 있으면 섀도우 가든에 협력하겠다고 약속을 해줬다. 그리고 세상을 구하고 사랑을 되찾은 섀도우 님은 다시 밤의 어둠 속으로 사라지셨다——!

섀도우 님이라고 하면 주로 최강의 힘에 주목하게 되는데, 정말로 경이로운 것은 그분의 지혜일지도 모른다. 섀도우 님의『어둠의 지혜』에 힘입어 약진하는 미쓰고시 상회는 이제는 미드갈 왕국 및 주변 국가에서 가장 잘나가는 상회가 되었다. 그런데 산전수전 다 겪은 상인들이 그걸 가만히 두고 볼 리 없었다. 미쓰고시 상회의 약진을 질투하는 상인들이 대상회 연합을 결성한 것이다! 그러나 이제 와서 연합을 결성해봤자 너무 늦었다. 미쓰고시 상회의 힘은『어둠의 지혜』덕분에 대상회 연합의 상상보다 훨씬 더 강해졌기 때문이다.

미쓰고시 은행의 지폐에 대항하기 위해서 대상회 연합도 지폐를 발행했다. 그러나 후발주자인 대상회 연합의 지폐의 유통은 난항을 겪었다. 무모한 싸움을 시작한 어리석은 대상회 연합이 파탄 나는 것은 시간문제였다. 그런데 정말로 어리석은 것은 누구였는지――훗날 우리는 뼈저리게 알게 된다.

대상회 연합의 위조지폐가 시장에 유통되기 시작한 것은 가을이 끝나갈 무렵이었다. 대상회 연합의 지폐는 조잡해서 위조지폐를 만들기 쉬웠다. 이 위조지폐가 실은 모든 것을 꿰뚫어 본 섀도우 님의 책모였다는 것은, 우리들로선 알 수가 없었다. 신용 창조에서 위조지폐는 대단히 위험한 것이다. 위조지폐가 유통되면 사람들이 지폐의 가치를 의심하게 되어서 신용 붕괴가 일어나는 것이다. 대상회 연합 지폐의 신용이 무너지면, 연쇄적으로 미쓰고시 상회 지폐의 신용도 무너진다. 그것을 눈치챈 우리는 한시라도 빨리 위조지폐의 출처를 찾아내려고 조사했다. 그리고 적의 정체가 밝혀졌다. 적의 이름은 존 스미스. 와이어를 다루는 실력자였다.

존 스미스는 델타조차 물리쳤다. 그 보고를 들은 우리는 이루 말할 수 없는 충격을 받았는데, 이제 와서 돌이켜보면 그것은 당연한 결과였다. 이때 델타를 위해 복수하려고 알파 님이 존 스미스를 없애러 갔다. 그리고 우리는 충격적인 사실을 알게 된다. 알고 보니 존 스미스의 정체는 변장한 섀도우 님이었던 것이다!

의기소침해져서 귀환한 알파 님은 충격으로 몸져누웠다. 그것도 당연했다. 위조지폐를 유통시켜 신용 붕괴를 일으키려고 하는 사람이 섀도우 님이었으니까. 우리가 할 수 있는 일은 아무것도 없었다. 섀도우 님이 미쓰고시 상회의 붕괴를 원하신다면, 그것을 받아들이는 것이 우리의 사명이므로. 그저 깊은 슬픔에 빠져 있었다. 그리고 붕괴 전날. 섀도우 님이 주셨던 암호가 풀렸다. 그 암호에는 경악스런 진실이 담겨 있었다!

놀랍게도 대상회 연합은 디아볼로스 교단의 꼭두각시 인형이었다. 그들은 고의로 조잡한 지폐를 만들고, 위조지폐를 유통시켜서 신용 붕괴를 일으킬 계획이었던 것이다. 그것을 일찌감치 눈치챈 섀도우 님은 교단보다 먼저 위조지폐를 유통시키고 환금함으로써 막대한 자금을 조달했고, 그 자금을 바탕으로 미쓰고시 상회는 신용 붕괴를 극복한다는 계획을 세우셨던 것이다. 진실을 알게 된 우리는 감동의 눈물을 흘리면서 자신의 어리석음을 부끄러워했다. 이것은 오직 모든 것을 꿰뚫어 본 섀도우 님만 해낼 수 있는, 경이롭고도 아주 장대한 계획이었던 것이다! 그리고 섀도우 님은 대상회 연합을 조종하던 교단 간부를 해치웠고, 우리는 섀도우 님의 자금을 회수해 신용 붕괴를 극복하고 한층 더 승승장구하게 되었다!

자, 지금까지 섀도우 님의 이번 대활약을 알아봤다!!

다음에 선보일 섀도우 님 전기 완전판은 오리아나 왕국 격투 편!! 암약하는 교단! 굳은 결심을 한 로즈 왕녀의 앞에 나타난 섀도우 님의 의도는?! 오리아나 왕국에 숨어 있는 진실은 과연?! 그리고 마침내, 나이츠 오브 라운즈가 움직이기 시작한다!!

다음 편을 기대하시라!!

후기

『어둠의 실력자가 되고 싶어서!』 3권을 읽어주셔서 감사합니다.

여러분께 보고할 것이 두 가지 있습니다.
우선 사카노 안리 선생님의 『어둠의 실력자가 되고 싶어서!』 만화책 1권이 발매됐습니다!
섀도우 가든 활동 초기의 단편 소설도 수록되어 있으니 꼭 한 번 읽어주시면 좋겠습니다.

그리고 『어둠의 실력자가 되고 싶어서!』의 향후 전개에 관해 말씀드릴게요.
여러분도 아실 테지만 이 작품은 『소설가가 되자』에서 연재하고 있는 작품을 책으로 엮은 것입니다.
이 책에서는 가필은 했어도, 내용 자체는 웹 연재분과 별 차이가 없거든요. 저는 그 점이 늘 아쉬웠습니다.
그래서 독자 여러분이 조금이라도 즐기실 수 있도록, 이 책 3권에서는 웹 연재분과는 좀 다른 방식으로 이야기를 전개해봤습니다. 핵심 줄거리는 그대로 놔두고 세부적인 흐름을 변경해서 잘 다듬어봤어요. 그렇게 웹 연재분과 서적의 차별점을 만들려고 노력했습니다.

그리고 4권부터는 완전히 오리지널 스토리로 진행하기로 결정했습니다!

웹 연재분과는 전혀 다른 이야기가 될 테니까, 이미 웹 연재분을 읽으신 독자 여러분도 재미있게 즐기실 수 있을 거예요. 또 시간을 들여서 지금까지보다 더 재미있는 이야기를 만들 수 있을 겁니다!

응원해주시는 독자 여러분을 위해서라도 최고로 멋진 4권을 보여드릴 수 있도록 노력하겠습니다. 앞으로도 『어둠의 실력자가 되고 싶어서!』를 따뜻하게 지켜봐주시길 바랍니다!

마지막으로 감사 인사를 드리겠습니다.

책 만드는 작업을 전체적으로 도와주신 담당 편집자님. 최고의 일러스트를 그려주신 토자이 선생님. 멋진 디자인으로 이 책을 꾸며주신 BALCOLONY.의 아라키 님. 그리고 응원해주신 독자 여러분. 다시 한 번 진심으로, 진심으로 감사드립니다.

그럼 4권에서 또 만나요!

아이자와 다이스케

글

아이자와 다이스케

소설책 3권과 만화책 1권을 발매하게 되었습니다.
응원해주신 독자 여러분께 진심으로 감사드립니다.

일러스트

토자이

저는 풋내기라서 드릴 말씀이 없습니다.
오로지 정진할 뿐입니다.

번역

한수진

저는 델타가 참 귀엽다고 생각합니다.

어둠의 실력자가

되고 싶어서!

NEXT

어둠의 실력자가 되고 싶어서! 3

2020년 3월 25일 제1판 제1쇄 발행
2023년 10월 30일 제1판 제4쇄 발행

지음 | **아이자와 다이스케**
일러스트 | **토자이**
옮김 | **한수진**

발행인 | 오태엽
편집팀장 | 김충영
편집담당 | 안세연
한국어판 디자인 | Design Plus
라이츠사업팀 | 이은선, 조은지, 이선, 백승주
출판마케팅팀 | 안영배, 이풍현, 경주현
제작담당 | 박석주

발행처 | (주)서울미디어코믹스
등록일 | 2018년 3월 12일
등록번호 | 제 2018-000021
주소 | 서울특별시 용산구 새창로 221-19(한강로2가)
전화 | (02)799-9181(편집), (02)791-0752(마케팅)
팩스 | (02)799-9334(편집)
인쇄처 | 코리아 피앤피

ISBN 979-11-367-0595-2
ISBN 979-11-6459-970-7(세트)

●잘못된 책은 구입하신 곳에서 교환해 드립니다.

새로운 출발을 함께하는 제이노블 시리즈—!!
J—NOVEL 3월 인기 발행작—!!

어둠의 실력자가 되고 싶어서! 3권

초판한정 **책갈피** 증정!!
3권 한정판 동시 발행!
한정판 구성 : **랜터큘러 카드, 보조배터리**
아이자와 다이스케 지음 / **토자이** 일러스트 / **한수진** 옮김

클레어의 제안으로 『무법도시』를 방문한 시드.
그곳에 잠들어 있는 시조 흡혈귀 『피의 여왕』 토벌 의뢰에 참가하게 된 그의 눈앞에 나타난 것은 『최고의 뱀파이어 헌터』라는 수수께끼의 미소녀 메리였다.
『무법도시』의 3대 세력, 『폭군』 저거노트, 『요호』 유키메, 『흡혈귀』 크림슨.
거기에 『시조의 피』와 『악마 빙의』의 연관성을 찾으려는 『섀도우 가든』까지 난입하여 극도로 혼란해진 전장에서, 지금 이 순간 『전설의 시조의 각성이 시작된다……!

뭐, 대충 이렇게 장난 아니고 거창한 『어둠의 실력자』 이벤트가 대발생!!!!!!

©Daisuke Aizawa 2019 Illustration: Touzai / KADOKAWA CORPORATION

J NEXT

변경의 노기사 3권 -발드 로엔과 왕국의 태자-

초판한정 **책갈피** 증정!!
시엔 BIS 지음 / **사사이 잇코** 일러스트 / **이신** 옮김

감동의 에픽 구루메 판타지, 제3탄!
화제의 코믹스판도 발행 중!

고든 자르코스와 헤어진 노기사 발드 로엔은, 다시 오바 강 서쪽으로 향한다. 로드반 성에서 열리는 변경 경무회를 관전하고, 여기사 드라이텟사가 벌이는 싸움의 향방을 지켜보기 위해.
방관자로서 그 자리에 입회할 터였던 노기사는, 예상하지 못한 흐름에 따라 사건에 휘말려 든다. 그리고 발드는 파르잠의 왕도로 걸음을 옮긴다. 그것은 뜻밖에도 중원 선제를 끌어들이는 농란의 서장이 되는데…….

©shienbishop 2015 Illustration:Sasai Icco
KADOKAWA CORPORATION

J NEXT

[코믹] 변경의 노기사 2권 -발드 로엔-

초판한정 **스페셜 책갈피** 증정!!
키쿠이시 모리오 만화 / **시엔 BIS** 원작

큰 강 주변의 도시에서 노기사는 운명을 알게 된다.
그것은 하나의 부고와 두 개의 비밀——.
맛있는 음식을 찾아 여행을 계속하는 노기사 발드 로엔.
그의 목표는 교역 도시 린츠의 이곳저곳을 다니며 음식 맛보기.
하지만 그를 기다리고 있던 것은 변경과는 어울리지 않는 칙사 일행, 솜씨 좋은 도적, 자객과의 만남. 그리고 아이드라 공주의 아들인 쥴랑이 가져온 한 통의 편지. 운명은 발드를 음모의 소용돌이로 밀어 넣고, 아이드라 공주의 과거로 이끈다.

무장한 열네 명의 적에게 나이 든 사자가 홀로 맞선다——!

©Shienbishop, Morio Kikuishi ／ Kodansha Ltd.

J NEXT

[코믹] 어둠의 실력자가 되고 싶어서! 1권

초판한정 **스페셜 책갈피** 증정!!
사카노 안리 만화 / **아이자와 다이스케** 원작 / **토자이** 캐릭터 디자인

암암리에 스토리에 개입하면서 실력을 보여주는 『어둠의 실력자』를 동경하던 소년 시드.
이세계에서 전생한 그는 어둠의 실력자로서 암약한다는 『설정』을 즐기고 있었는데, 별생각 없이 부하로 삼은 소녀들이 그를 진짜 『어둠의 실력자』라고 착각한다…?!

최강의 실력자(?)가 빚어내는
착각 시리어스 코미디, 발진!!!

©Anri Sakano 2019 ©Daisuke Aizawa 2019 ©Touzai 2019／KADOKAWA CORPORATION

J NEXT

회복술사의 재시작 6권

초판한정 **책갈피** 증정!!
츠키요 루이 지음 / **시오콘부** 일러스트 / **문기업** 옮김

마왕 하쿠오를 토벌하고 이브를 새 마왕으로 만드는 데 성공한 케얄가 일행. 하지만 【대포】의 용사 브렛에게 【현자의 돌】을 빼앗긴 케얄가 일행은 【현자의 돌】을 탈환하기 위해 곧장 지오랄 성으로 향해 간다. 복수심에 불타는 케얄가는 적의 성에서 끝없이 나오는 자객들을 구렌과 함께 물리친다! 그리고 【현자의 돌】을 탐색한 끝에 도착한 왕성의 지하실. 침착하게 버티고 있던 지오랄 왕은 케얄가를 지배하에 두기 위해 감언이설로 꾀려고 하는데?!
"멍청하긴. 웃기지 마라……. 이 세계의 지배자는——나다!"
숙명의 지오랄 왕국을 무대로 복수귀와 금기를 범한 악한 왕이 격돌.

신수의 불꽃과 광기를 두른 영웅이 지금, 숙청의 칼날을 휘두른다!!

©Rui Tsukiyo, Siokonbu 2019/KADOKAWA CORPORATION

J NEXT

[코믹] 게이머즈! 6권

초판한정 **스페셜 책갈피** 증정!!
타카하시 츠바사 만화 / **아오이 세키나** 원작 / **사보텐** 캐릭터 디자인

치아키가 무심코 한 '거짓말'에 케이타뿐만 아니라 게임 동호회 멤버들, 또 동생인 코노하까지 줄줄이 가차 없이 말려든다…! 그 와중에 타스쿠는 불운하고 요령도 없는 치아키의 사랑을 응원하겠다고 선언한다. 그 말이 새로운 오해를 낳고, 그는 역시나 바람둥이로 찍혀서 대혼란을 초래한다?! 게다가 텐도 카렌은 케이타를 다시 한 번 게임부로 데려온다는 중대한 임무를 맡게 되는데?!

다양한 방향으로 호감이 뒤틀리고, 몰리고, 헝클어지면서
온갖 재난이 덮쳐오는 시련의 제6권!

©Sekina Aoi 2019 ©Tsubasa Takahashi 2019
©Sabotenn 2019 ／KADOKAWA CORPORATION

J NOVEL

물론, 위자료를 청구하겠습니다! 1권

초판한정 **책갈피** 증정!!
soy 지음 / **m/g** 일러스트 / **김수연** 옮김

돈벌이를 좋아하는 악역(?) 영애의
위자료 러브코미디!

돈벌이를 무척 좋아하는 백작 영애인 나, 유리아스. 결혼도 장사라는 생각에 후작 아들과의 결혼을 결심하지만 약혼자에게서 "반드시 약혼을 파기하고 말겠어!"라는 말을 듣게 된다. 원인은 최근 전학 온 서민 출신의 영애. 하지만 어째서인지 그 영애의 행동에서 기시감이 느껴지는데…….
잠깐, 항간에서 인기를 얻고 있는 연애소설의 주인공과 똑같지 않아? 게다가 나를 악역 영애로 몰아가려고 하다니?! 좋아! 그렇다면 위자료를 청구하겠어요!!

MOCHIRON, ISHARYO SEIKYU ITASHIMASU ! Volume 1
©soy 2018 Illustration:m/g
KADOKAWA CORPORATION

J NOVEL PURPLE

[코믹] 소드 아트 온라인 프로젝트 앨리시제이션 2권

초판한정 **스페셜 책갈피** 증정!!
야마다 코타로 만화 / **카와하라 레키** 원작 / **abec** 캐릭터 디자인

《GGO》에서 일어난 《사총사건》의 범인 중 하나인 《조니 블랙》. 그의 주사기에 담겨 있던 독에 당해 의식불명 상태가 되어 긴급 후송된 키리토.
그가 눈을 뜨자, 자신의 피험자로 참가했던 《STL(소울 트랜스 레이터)》에 의해 만들어진 '지극히 현실에 가까운' 가상세계 《언더월드》가 펼쳐져 있었다.
숲속을 헤매던 키리토 앞에 나타난 것은, 거대 삼나무 《기가스시더》 패기가 〈천직〉인 황갈색 머리칼의 소년, 유지오.
알 수 없는 친근감을 느낀 키리토는, 그의 도움을 받아 《언더월드》에서 탈출을 시도하는데——.

TV애니메이션도 호평인 『SAO』의 인기 장편,
《앨리시제이션》편 코믹스 제2탄!

©Reki Kawahara/Koutarou Yamada 2018 KADOKAWA CORPORATION

J NOVEL

시리즈 연속 증쇄!
압도적 재미의 화제작 코미컬라이즈!

COMIC

어둠의 실력자가 되고 싶어서! 1

The Eminence in Shadow

머나먼 과거, 계기는 이미 망각의 저편에…
다만 철들었을 때에는 이미 동경하고 있었다…
「어둠의 실력자」를!!

초판한정
스페셜
책갈피
증정!

암암리에 스토리에 개입하면서 실력을 보여주는「어둠의 실력자」를 동경하던 소년 시드.
이세계에서 전생한 그는 어둠의 실력자로서 암약한다는 「설정」을 즐기고 있었는데, 별생각 없이 부하로 삼은 소녀들이 그를 진짜「어둠의 실력자」라고 착각한다…?!
최강의 실력자(?)가 빚어내는
착각 시리어스 코미디, 발진!!

만화／**사카노 안리** • 원작／**아이자와 다이스케** • 캐릭터 디자인／**토자이**

NEXT

감동 에픽 구루메 판타지, 제3탄! 화제의 코믹스판도 발행 중!

변경의 노기사

Ⅲ 발드 로엔과 왕국의 태자

드리아텟사는 비원인 경무회 우승을 이뤄낼 것인가?

초판한정 **책갈피** 증정!

변경의 노기사

발드 로엔

화제의 코믹스판도 발행 중!!

고든 자르코스와 헤어진 노기사 발드 로엔은, 다시 오바 강 서쪽으로 향한다. 로드반 성에서 열리는 변경 경무회를 관전하고, 여기사 드리아텟사가 벌이는 싸움의 향방을 지켜보기 위해.

방관자로서 그 자리에 입회할 터였던 노기사는, 예상하지 못한 흐름에 따라 사건에 휘말려 든다. 그리고 발드는 파르잠의 왕도로 걸음을 옮긴다. 그것은 뜻밖에도 중원 전체를 끌어들이는 동란의 서장이 되는데…….

지음/**시엔 BIS** · 일러스트/**사사이 잇코** · 옮김/**이신**

NEXT